王开林 ⊙ 著

战国九局

团结出版社
UNITY PRESS

© 团结出版社，2025 年

图书在版编目（CIP）数据

战国九局/王开林著 . -- 北京：团结出版社，
2025. 7. -- ISBN 978-7-5234-1709-6

Ⅰ . I247.5

中国国家版本馆 CIP 数据核字第 2025EK0436 号

责任编辑：韩　旭
封面设计：谭　浩

出　　版：团结出版社
　　　　　（北京市东城区东皇城根南街 84 号　邮编：100006）
电　　话：（010）65228880　65244790（出版社）
　　　　　（010）65238766　85113874　65133603（发行部）
　　　　　（010）65133603（邮购）
网　　址：http://www.tjpress.com
电子邮箱：zb65244790@vip.163.com
经　　销：全国新华书店
印　　装：三河市东方印刷有限公司

开　　本：163mm×240mm　16 开
印　　张：16.75　　　　　　　　字　　数：197 千字
版　　次：2025 年 7 月 第 1 版　　印　　次：2025 年 7 月 第 1 次印刷

书　　号：978-7-5234-1709-6
定　　价：59.00 元

乱世多名局

（自序）

现代学者张荫麟著《中国史纲》，第五章是《战国时代的政治与社会》，其中有这样一段妙文："春秋时代的历史，大体上好比安流的平川，上面的舟楫默运潜移，远看仿佛静止；战国时代的历史，却好比奔流的湍濑，顺流的舟楫，扬帆飞驶，顷刻之间，已过了峰岭千重。论世变的剧繁，战国的十年，每可以抵得过春秋的一世纪。若把战争比于赌博，那么，春秋的列强，除吴国外，全是涵养功深的赌徒，无论怎样大输，决不致卖田典宅；战国时代的列强，却多半是滥赌的莽汉，每把全部家业作孤注一掷，每在旦夕之间，以富翁入局，以穷汉出场，虽然其间也有一个赌棍，以赌起家，终于把赌伴的财产骗赢净尽。"

张荫麟先生以史实为证，战国时期，国与国之间设局滥赌，最终唯有秦国成了实打实的赢家，大小通吃。

写史纲的人必具大视野、大格局，应该说，他的这番见解令人信服。

我留意战国史，对于那些风格各异的"操盘手"更感兴趣，他们或优或劣的表现决定着万千生灵的饥饱、寒暖、存亡。

世人"熙熙为名，攘攘为利"，万千只手布置着万千种局：有大局，有小局；有好局，有坏局；有明局，有暗局；有困局，有解局；有疑局，有骗局；有危局，有和局；有胜局，有败局；有成局，有破局；有僵局，有变局。所有这些局，其中都藏匿了机括，布置了陷阱。哪怕就是区区的一个饭局，比如鸿门宴，归根结底，也是搏命的豪赌。有人押宝将相王侯，有人押宝功名利禄，有人押宝酒色财气，有人押宝爱恨情仇。只要是有人做局，就会有人搅局；只要是有人设局，就会有人拆局；只要有人控局，就会有人破局；只要有人入局，就会有人出局。总而言之，任何一件事，任何一个人，一旦有开局，就必然有结局。

历史是过往的现实，现实是未来的历史。在人类社会中，有两种处境较为常见：一种厕身于局内，身不由己；另一种置身于局外，静观其变。很难说，哪种处境更美妙，更安全，它们呈现变动的状态，角色易转换，时空常交错。

本书着重打量和分析战国时期的九个赌局。它们具备怎样的共同点？显在收益越高，潜在风险越大；逐利竞争愈烈，求生空间愈小。一众赌徒置身局中，无论是幸运儿，还是倒霉蛋，其命运仿佛被无形的巨手操控，难以摆脱其钳制。世间牛人与之较量高低，就算发力十足，通常也难敌它发力三分。被它饶过而高举轻放的偶有一二，这样的数值，相对于大多数豁出性命的人来说，实在是太少了些。

从战国到秦末，参赌者自由组合，分布于不同的赌台。各方势力尔虞我诈，勾心斗角，阳谋与阴谋不断叠加。九个赌局个个藏有局中局，人性的表现充满反转，剧情大起大落，若非"老司机"，体验"高空过山车"的生死时速，不晕车就算超级牛。

商鞅辩才博得秦孝公信任，挑翻秦国的利益集团。他豪赌"变法图强"。秦国实力大增，霸业大成，但商鞅作法自毙，难逃杀身之祸。

范雎冒险犯难，寻求良机，渴望兑现阶层跨越的梦想。他豪赌"封侯拜相"。待事事如愿以偿，他受到蔡泽的敲打点拨，恍然大悟，及时抽身，从容实现"软着陆"。正确的选择比加倍的努力更重要，此之谓也。

苏秦和张仪，同门师兄弟，凭仗三寸不烂之舌，周游列国，博取卿相地位，竟如拾草芥。他们豪赌"合纵连横"。兄弟唱双簧，心计耍千般，手段施百样，终于做大做强。"一怒诸侯惧，安居天下息"，他们的赌功、赌术足以睥睨天下。

战国四公子（孟尝君、平原君、信陵君、春申君），都善于扩充个人权威和家族势力。他们豪赌"养士干政"。家家蓄养食客三千，令人捧腹大笑的是：食客如云，却多为锦鸡，少有凤凰。他们的德行决定了他们的结局。

吕不韦大富未安，弃商从政，豪赌"立主定国"。吕不韦助王子嬴异人（子楚）顺利上位，做了储君和国王，自己的愿景也随即兑现，获利高达千万倍。然而完美之局仍有不完美之处，他玩火自焚，断送了大好晚景。

赵姬原本是吕不韦布置好的一盘神仙棋，运思之巧妙，着法之灵敏，一度无懈可击。可是赵姬由王后晋级王太后，却不肯安心度日，清心寡居，她豪赌"偷欢产子"。结果悲催，情夫嫪毐聚众谋反，私生子败露行藏，一齐断送了性命。她的余生唯有愁肠百转，以泪洗面。

韩非是法家队列中扛鼎级的人物，其理论水平稳居超一流，他豪赌"做帝王师"。韩非凭借治国理念折服了秦王嬴政，引导后者崇尚严酷的刑法。他顾前不顾后，虽知伴君如伴虎，却对同门师弟李斯疏于防范。三寸不烂之舌能够摇撼帝王心，终究敌不过一杯毒酒。

荆轲是铁胆侠士，义薄云天，堪称神勇，他豪赌"刺杀秦王"。"图穷匕首见"的千载良机摆在眼前，可惜荆轲的想法太奇，剑术欠精，一击未中，徒留万古遗憾。

李斯反复观察厕中鼠、仓中鼠截然相反的处境，由此感悟人生，参透官场奥秘，他豪赌"保全富贵"。李斯心地暗黑，对师兄韩非落井下石；他利令智昏，与胡亥、赵高勾结，矫诏逼迫扶苏自杀；他苟且偷生，与虎谋皮，滑向万劫不复的渊谷。其所作所为，不仅葬送了秦王朝，葬送了数以千万计的黔首黎庶，也葬送了自己的整个家族。

第九局已超出战国年限，应该归属秦朝才对，但它是战国系列赌局的顺延。秦朝其兴也勃，其亡也忽，李斯于战国末期入局，仿佛进了晚场，与前八局紧密勾连，难以切割。

仔细打量战国九局，我们不难看出，设局者往往能够顺利入局，也能够平稳控局，解决许多技术难题，然而他们无法保证自己不出局、不败局。发挥天赋与兑现欲望都不是最难的，最难的是保住胜果。智者千虑，必有一失。任何豪赌，一次大胆误判，一次反向操作，就足以造成致命伤害。毕竟他们的对手个个心狠手辣，赛过虎狼。

高产出伴生高风险，反之亦然。赌徒个个豪兴万丈，除非输光筹码，很少有人见好就收，贪婪的本性大概率会将他们引向愿望的反面。在乱世，拎着自己的脑袋上赌台，孤注一掷，说得好听点，是烈士殉名，志士殉功；说得难听点，则是火中取栗，刀口舔蜜。然而人类的命运总是由"局中人"提供无数教训，血泪相和，方能勾勒出大致的轮廓。"生仲达""死诸葛"也好，"成者王""败者寇"也罢，都无外乎这样的套路。

有人言之凿凿："历史的外围，全是英雄豪杰随心所欲；历史的内场，则全是赌友博徒恣意而为。"这句话耐人寻味。

胡适先生曾感叹"麻将中有个鬼"。这个"鬼"，别名叫"手气"。手气是什么？无风可捕，无影可捉，无迹可寻。这个"鬼"究竟藏在哪儿？说白了，它的窟穴就盘结在形形色色的赌局之中，无赌局则"鬼"不上身，有赌局则"鬼"不绝迹。

世间无处不是赌局，大局里套着中局，中局里套着小局，小局里套着微局。人们出入其间，貌似信马由缰，实则身不由己，处处受到游戏规则的限制。在极端情形下，即零和状况下，输与赢的双味"套餐"如同猪食，难以下咽。

诚然，唯有不赌，才能立于不败之地。然而天底下究竟有多少明白人肯及时从赌台边撤离，避之如沸汤烈火？芸芸众生为屑屑蝇头小利要赌，为区区蜗角微名也要赌。于是乎，世人喜欢使用八字真言，"小赌怡情，大赌伤身"，来自圆其说。

战国时期，赌徒精神遍地可见，游戏精神普世难逢。

赌徒精神是顶级"鸡尾酒"，由丛林法则、独赢策略、零和博弈勾兑，以狂野为主题，以暴烈为基调。

游戏精神是顶级"苹果汁"，由公平法则、共赢策略、正和博弈调制，以健康为主题，以温和为基调。

前者可致幻致死，后者能提劲提神。

赌徒执迷不悟，大概率会沦为滥赌鬼，输到剩下一条裤衩，捡回半条烂命，就算幸运儿。

游戏者从容不迫，总保持个性和本色，拿得起，放得下，进得去，出得来。游戏开始，他们以绅士淑女的角色入局，眼中充满笑意；游戏结束，他们仍复以绅士淑女的角色退场，脸上保持笑容。

滥赌鬼们智不圆，气有漏，想法多，办法笨，就算能玩转、玩活前头，也大概率会玩脱、玩死后头。战国时期，赌台林立。起初，体面、快乐而又活跃的赌徒较多，等到他们离开赌桌，走出赌场大门时，体面、快乐而又活跃的赢家却所剩无几。

赌徒厕身局内，呼卢喝雉，从不退缩，也无处退缩。这类人在历史中不乏典型，在现实中也容易偶遇，他们的结局通常只有两种：一是到地狱办绿卡，二是去天堂闯红灯。

所谓名局，事后来看，全都有破绽，无破绽的人生，无破绽的历史，我们究竟该到哪里去寻觅？

总之，赌徒出来混，宿债迟早要偿还。把恺撒的还给恺撒，把撒旦的还给撒旦，尘归尘，土归土，这样才合情合理。

王开林

2024 年 1 月 22 日改定于长沙松果书屋

目录

第三局

第四局

第五局

第六局

第七局

第八局

第九局

第一局

商鞅的霸道：变法图强

赌霸：商鞅，又叫公孙鞅、卫鞅

最高职务：大良造，掌握秦国军政大权

最高赌绩：变法成功，秦国强大

赌术精要：以霸道强推先军政治，移风易俗

致命败着：未废除太子，不接受禅让

大结局：遭乱刀砍死，被五马分尸

"世必有非常之人，然后有非常之事；有非常之事,然后有非常之功。"

赌台若有形若无形，它一直摆放在那里，为了攫获名利权色，智者和勇者络绎而至，有的手里拎着脑袋，有的腰间掖着脑袋，有的肩头扛着脑袋，相继登上赌台。豪赌既要讲兴致，讲运气，更要讲策略。

萤火虫万千也掩盖不了巨星的一缕光芒，商鞅亮相仿佛天神降下云端，注定了，他将改变人间格局。

在赌台上，商鞅堪称炸裂的表现非同凡响，因此引发了广泛的争议。反感他、仇视他的人贬斥他为千王中的千王，喜欢他、推崇他的人则褒赞他是赌圣中的赌圣。

引言：料定魏惠王是蠢材

年轻时，商鞅不叫商鞅，叫公孙鞅。他喜爱刑名学，对于法律和政治钻研极勤极深，祖国（卫国）没给他施展身手的用武之地，他就前往邻国（魏国），投在相国公叔痤的门下，担任中庶子，负责打理公族事务。公叔痤独具慧眼，深知这位年轻管家是个不可多得的人间奇才，绝非长久屈居人下的"红漆板凳"。他本想把公孙鞅隆重地推荐给魏王，可是病体支离，卧床不起，这事就给耽搁下来了。

当时，魏惠王姬罃在位，此人即孟轲初试牛刀时游说过的那位好利、黩武的梁惠王。有一次，他与齐威王在边境会猎，虚荣心和攀比心爆棚，竟询问齐威王拥有什么镇国之宝，齐威王摇摇头，说他没有。魏惠王大惑不解，但已刹不住话头："这怎么可能呢？寡人的国家不算宽广，尚且有十颗鸽子蛋那么大的夜明珠，能够照亮前后十二部马车。"等魏惠王吐实、露拙、显摆完毕，齐威王这才不紧不慢地告诉他："在我心目中，镇国之宝并不是夜明珠这样的东西，而是贤臣。在这方面，我有檀子、盼子、黔夫、种首，他们有本事守城御敌，缉盗安民，通国受益，足以明照千里，岂止照亮十二部马车！"听了这话，魏惠王羞愧得无地自容，随行的魏国大臣们也都面红耳赤。

魏惠王胆大包天，在东周，他是诸侯当中第一个僭称国王的冒失鬼。孟轲说："人之患在好为人师。"这话不假，但他当评委的那份执念也够呛，他点评魏惠王，准没好词："梁惠王不仁啊！仁者以其所爱推及所不爱，不仁者以其所不爱推及所爱。"孟轲向弟子公孙丑解释道："梁惠王因为土地的缘故，涂炭百姓而兴兵作战，大败，将复仇，担心不能取胜，所以驱使他所喜爱的子弟去流血拼命，这就叫以其所不爱推及所爱。若是一介平民，满脑子糨糊，未必有很大的伤害性。但梁惠王是一国君主，智商低，就会诚心诚意地祸害百姓。

梁惠王姬罃的祖父是魏文侯姬斯，在位长达五十年，以节士段干木为楷模，以贤士卜子夏为业师，以贤士田子方为朋友，顺天应人，上下和合，赢得了国际盛誉。姬斯在位期间，长治久安，就连野蛮强大的秦国都不敢打魏国的歪主意。

梁惠王姬罃的父亲是魏武侯姬击，在位二十五年。他的贤君成色已比父亲姬斯差了不少。姬击做太子时，有一次外出，在路上遇到贤士田子方，他赶紧下车行礼，此举可算很斯文了，但出乎意料的是，田子方受了礼，却并不回礼。对方的怠慢令姬击心怀不忿，他气鼓鼓地质问道："天底下到底是富贵的人有资格傲慢，还是贫贱的人有资格傲慢？"田子方的回答足够精彩："理所当然，贫贱的人才有资格傲慢！富贵的人哪里敢傲慢！国君傲慢就会失国，大夫傲慢就会失家。我从未听说过，谁会礼待失国的君王和失家的大夫。至于贫贱之士，言不用，行不合，趿上破鞋子，掉头就走，他到哪儿会找不到自己习以为常的贫贱？"姬击领受了这番敲打和教训，立刻改容，向田子方致歉和致谢。

姬击即位之初，魏国的国势颇为强盛，他的小宇宙难免膨胀。有一回，他与大将吴起在西河乘船而下，泛于中流，景若移人人不禁，他感叹道："美哉！山河之固，此魏国之宝也！"吴起见魏武侯脑门子发热，就兜头泼下去一瓢冷水："国家的稳固，在于德行，不在于险阻。从前，三苗氏左有洞庭，右有彭蠡，他未能修明道德和礼义，结果被大禹消灭了。夏桀的都城左有黄河，右有泰华山，南有伊阙山，北有羊肠阪，他不乐意推行仁政，结果被商汤流放在外。商纣王的国家左有龙门，右有太行山，北有恒山，南有黄河，政治十分黑暗，结果他被周武王起兵消灭了。由此看来，国家的根基稳固在于德行，不在于险阻。如果君王不能够修明道德，这条船上的人个个可以变成他的仇敌。"魏武侯姬击欣然领受教益，对吴起的即兴发言赞不绝口。

祖父受益于高人，父亲受教于贤士，这笔政治遗产堪称扎实、丰厚，但不肖子孙姬䓨却只会一门心思瞎折腾。

相国爷公叔痤重病缠身，好几天不沾水米，已到了仓公乏术、扁鹊望而却步的地步。就算姬䓨是个混账，此时此际他也不得不将酒色暂且搁置一旁，抽空前往相国府，探望弥留垂死的老相国。

公叔痤的气色极差，口舌不太利索，姬䓨就不打算兜圈子、绕弯子了。

"公叔病重如山，万一无法治愈，后事打算如何安排？"

公叔痤自知大限将至，余日无多，就专等这个现成的机会送上门来，好推荐自己心目中理想的接班人。他说：

"老臣府中的管家公孙鞅，年纪轻轻，却是一位极其罕见、十分难得的人才，请大王让他接替我的职位，凡事都信从他的计谋，绝不会出差错。"

姬䓨见公叔痤如此抬举自己府中的年轻管家，竟到了超越群臣的高度，内心不以为然，但他嘴上不便明说，于是嘿嘿干笑几声，未置可否。待姬䓨缓缓起身准备回宫时，公叔痤立刻屏退卧室里的闲杂人等，郑重其事地提醒那位毫无远见的国王：

"大王若不肯听信老臣的嘱咐重用公孙鞅，就一定要杀掉他，不能让他跨出国境半步。一旦此人被敌国尤其是邻国重用，就会贻患无穷。"

　　这一回，魏惠王倒是很爽快，满口答应公叔痤的请求。待姬罃的马车刚驶出大门，公叔痤就立刻要家人叫来公孙鞅，他用歉疚的语气说：

　　"今天大王来探病，问我谁可以接替魏国的相位，我说府中管家公孙鞅是最佳人选，大王不以为然，这桩美事肯定泡汤了。于是，我只好先为大王谋算，再为你设想，就忠告大王，倘若他不肯重用公孙鞅，就得将此人杀掉，永绝后患。这回大王答应了我的请求。你还是赶快去收拾行囊，逃命要紧，再耽搁就会束手就擒，沦为刀下之鬼。"

　　公叔痤超级滑头，极端精刮。他在魏国官运亨通，娶公主，做驸马爷，固然是主因，算盘打得精则是辅因。举个例子，吴起是军事家，谋略不凡，然而公叔痤略施小计，就将这位强劲的政敌永远排挤出魏国政坛。有一天，公叔痤对魏王说："吴起是公认的贤人，魏国不算大国，我担心吴起不肯久留，主公何不将公主许配给他，吴起要是不想为主公长期效力，就会推辞。"第二天，公叔痤请吴起到家中作客，故意让公主出身的妻子演戏，当众折辱自己，使他颜面无存。此后，魏武侯要将公主许配给吴起，吴起联想到公叔痤的遭遇，立刻婉言谢绝。如此一来，魏武侯自然怀疑吴起的忠诚度不够，后者在魏国的政治前途就画上了一个大大的休止符。

　　作为资深赌徒，公叔痤老谋深算。死前一刻，他仍旧赌性不改，两头下注，自以为天衣无缝，人鬼莫测，但这位相国爷的神机妙算，以公孙鞅的法眼洞烛，简直就如同十岁小儿自鸣得意的加减乘除。

　　公孙鞅并非不感恩，不领情，或不知道政治风险究竟有多大，官场浊水究竟有多深，而是他太了解魏惠王姬罃臭烘烘的牌技了，他神情轻松，语调轻缓，告诉公叔痤：

　　"既然大王不肯听信相国的力荐擢用卑臣，又怎会听从相国的忠告捕杀卑臣呢？"

瞧，公孙鞅洞烛机先，料事如神，不愧为政治赌坛上即将崛起的顶尖高手。魏惠王姬罃满脑袋糨糊，昏愚弱智，老相国公叔痤临死支出两招，他左耳进右耳出，居然将警言忠告当成废话，嗤之以鼻，态度很不端正。回宫后，他对左右亲信说："老相国真是病糊涂了，可悲啊！他竟然指点寡人，将国家大事委托给公孙鞅那种资历既浅、身份又贱的家臣全权打理，这岂不是太荒唐了吗？"

公孙鞅好整以暇，平心静气，继续待在相国府中，为公叔痤料理后事。

真正荒唐的当然不是公叔痤，而是魏惠王姬罃。数年后，公孙鞅率领秦军攻打魏国，所向披靡，势如破竹，取得大胜和完胜，因此他获赏商於两块封地，爵号商君，人称商鞅。到那时，魏惠王不得不献西河的大片良田沃土给秦国求和，将国都从安邑（今山西省夏县）迁往大梁（今河南省开封市），他咬牙切齿，捶胸顿足，说什么"吾恨不用公叔之言"，可就是把肠子悔青了，也丝毫改变不了赌局的结果。

开局：以霸道说服秦孝公

公叔痤死后，公孙鞅决定另谋高就。他听说秦孝公发布了一道招贤令，不禁怦然心动。在魏国，国君昏愚，群臣庸懦，政治黑暗，像公孙鞅这种桀骜不驯的霸才注定难有出头之日，于是他决定腋间挟着魏国先贤李悝的那部《法经》，去秦国碰碰运气，说不定有机会一展雄才伟抱。这么说来，唯有志向远大的君主，那位发誓要恢复先祖秦穆公霸业的君主，才的确是公孙鞅乐意效犬马之劳的对象。

战国初期，秦国的国际地位岌岌可危，诸侯各国都将秦国视为夷狄，排斥它，摈弃它，不让它参与中原各国的会盟。这就是说，在国际事务中，秦国毫无话语权，毫无存在感。昔日占领的西河之地也被魏国抢夺回去。秦孝公嬴渠梁二十一岁即位，是个热血青年，受到这样强烈的精神刺激，他没有抓狂，没有灰心，没有丧气，而是迁都栎阳（今西安市内），知耻而后勇，决心奋发图强，"复穆公之故地，修穆公之政令"，成就霸业。他求贤若渴，在朝堂上向群臣大声喊话，推行奖励机制："宾客和群臣，谁要是能够献出奇计使秦国强盛，就可以做到高官，获得大面积的封邑。"这就是说，谁有计谋和本事，只管和盘托出，君无戏言，奖赏就摆在眼前：荣华富贵，齐齐整整，谁有本事操盘，就赏给谁。

身为客籍智士，公孙鞅想晋见贵为一国至尊的秦孝公，并无方便之门，必须得有人居间引荐才行。于是公孙鞅找了条捷径，寻机打通了秦孝公的亲信宠臣景监的关节。景监可不傻，两人稍稍接谈之后，他就暗自庆幸，祖坟冒青烟，自己撞上了鸿运，遇到了顶尖的操盘手，这公孙鞅正是主公急于物色的那种文武兼资、智勇双全的治国奇才，他非常乐意作介绍人。

初见秦孝公嬴渠梁，公孙鞅恣意驰骋舌辩之才，口若悬河，滔滔不绝，却仿佛对牛弹琴。出于礼貌，秦孝公偶尔点点头，眼睛却望着别处，漫不经心的样子。时间一长，他干脆闭目养神，打起瞌睡来。事后，秦孝公的失望之情溢于言表，对景监难免有点责备的意思：

"你推荐的宾客是个狂妄可笑的家伙，哪能授以高官重任！"

景监原以为此宝一押即中，没料到初试竟不及格，反倒落下了主公的埋怨。景监找到公孙鞅，皱紧眉头，指出他无的放矢，言不及义，根本没有瞄准靶心，更没有挠中主公的痒痒肉，口水喷了全是白喷，徒增烦厌。公孙鞅呵呵一笑，既不懊恼，也不沮丧，他当即复盘分析道：

"今天，我尝试用帝道说服主公，他志不在此，脱靶是正常的。"

过了五天，秦孝公再次抽空接见公孙鞅。这回，公孙鞅主动转换主题，讲得天花乱坠，眉飞色舞，可依然是秋风射马耳，秦孝公无动于衷。事后，秦孝公再次责备景监荐人不当，眼力太差。景监则把怨气转账到公孙鞅的户头，后者也承认自己的第二次试探有失准星：

"我今天尝试用王道开解主公，却未能打动他。成功已近在眼前，请大人再给我一次机会，保准能够成功。"

公孙鞅很清楚：上了赌台，输一把没关系，输两把仍可补救，若连输三把，就会被赶下赌桌。赌圣岂能在关键时刻垂着头、蒙着眼栽进天坑？他将牢牢把握第三次机会，巧妙翻盘。

秦孝公求贤若渴，公孙鞅志在必得。这一回，他们谈得很嗨，投缘投机，尽兴尽致，彼此简直就好像熟识了几十年。不过秦孝公并没有应允景监的请求马上重用公孙鞅。事后，他只是让景监吃下一颗定心丸：

"你推荐的宾客确实具有不俗的见解，可以与他纵谈国事。"

为了说服秦孝公，公孙鞅总共准备了三套方案，花费了三趟口舌功夫，反复调整准度，终于锁定了秦孝公的志向，他总结道：

"我今天尝试用霸道点拨主公，他乐意奉行这样的军事和政治主张。只用再见上主公一面，我就能够巩固成果，实现夙愿。"

果然，接下来，公孙鞅与秦孝公的高峰对话不仅丝丝入扣，而且环环相扣，自始至终融洽无间，谈到投机合辙的地方，秦孝公的膝盖不知不觉移过了自己的席位。一连数日，他们如切如磋，如琢如磨，不仅不厌倦，而且越聊越心欢，越聊越神旺。大猎头景监看在眼里，喜上眉梢，他询问公孙鞅：

"你是用什么迷魂大法吸引主公？主公如此开心，如此惬意，我还是头一回见到。"

于是公孙鞅向景监分析自己先后几次与秦孝公谈话的内容，比较不同的预期和效果，他的总结相当精辟：

"前两回，我劝导主公推行帝道和王道，以求功毗三皇，德邻五帝，而主公说：'这样做，见效太慢，费时太久，我没有那份耐心。何况贤明的君主理应在当世功成名就，我想大刀阔斧，不想慢针长线，苦等数十年、上百年才成就帝王大业。'所以我改用富国强兵、称雄诸侯的霸道来引导主公，他一听就动了心，上了瘾，着了魔。不过这样子降格以求，秦国若想囊括四海，并吞八荒，与商朝、周朝并德媲美，就难上加难了。"

王道和霸道究竟有何不同？孟子说："以力假仁者霸，霸必有大国。以德行仁者王，王不待大，汤以七十里，文王以百里。以力服人者，非心服也，力不赡也；以德服人者，中心悦而诚服也，如七十子之服孔子也。"可见，霸道靠的是以武力称雄，压制众人；王道靠的是以仁德取信，感化众人。前者"以力假（假借）仁"，弱势的一方唯有委曲求全，忍气吞声；后者"以德行仁"，弱势的一方则望风归附，心悦诚服。王道是一种理想的状态。《说文解字》释"王"为"天下所归往也"，即指天下人所欲奔赴的归宿。在古书中，"王"也被训释为"往"，在上古，"往"就是"奔赴"和"归属"的意思。汉朝大儒董仲舒有一个更为通俗易懂的解释：古人造字，以一竖贯串三横，称之为"王"，三横象征天、地、人，一竖则为道。"王"可视之为取法天地，以人为本，由此而产生的那种公平正义、无私无偏的状态。

公孙鞅对秦孝公的心思洞若观火，其当务之急，乃"报施救患，取威定霸"，这才是切合现实的选择。尽管秦国的军事实力不弱，秦献公（秦孝公的父亲）在位期间即"常雄诸侯"，一些制度也具备雏形，但与秦孝公心急火燎要成就的霸业尚有一段遥远的距离。

在政治尚未纳入正轨的打拼时期，孤注一掷是必然的，也是必需的，否则捷径无法走通，大功难以奏成。秦孝公把筹码全押在公孙鞅一人身上，赌就赌他是个旷古罕见的治国奇才，赌就赌他是个旋转乾坤的操盘高手。

公孙鞅一步登天，由布衣直臻卿相，获得了秦孝公的全权委任。从此他将在秦国撸起袖子，甩开膀子，迈开步子，猛干而飞奔，主导一场旷古罕见的大变革，走一道前人从未走过的"高空钢索"。秦孝公嬴渠梁乐得做个甩手掌柜，这就叫"疑人不用，用人不疑"。他向公孙鞅提出高要求：把秦国做大做强，称霸诸侯，领袖群伦。这位董事长找准了自己异常赏识的职业经理人，也可以叫作职业操盘手，于是实行百分之百的目标管理。他特许公孙鞅孤行己意，为达目的，甚至可以不择手段。

大匠造屋，不谋于路人。公孙鞅要实行政治变革，从根本上大修大改秦国利益集团死死抱紧不放的成法，另行制定一套富国强兵的方案，可想而知，阻力天大，压力山大。

变法之前，秦孝公郑重其事，主持了一场宫廷辩论会，做好理论铺垫，由公孙鞅单挑秦国名士甘龙、杜挚，就变法的优劣及其可行与否各抒己见。从这场针锋相对、短兵相接的辩论会，我们不难观察到革新派与守旧派之间大异其趣的地方。公孙鞅率先发言：

"操行可疑就无法成名，事业存疑就难以成功。品德高尚，必定会被举世指责；见解独到，难免会遭庸众嘲笑。蠢人只认死理，智者觉察端倪，把握先机。主政者不可与民众同绘改革蓝图，只可与他们分享改革成果。探求最高德行的人不向流俗轻易妥协，成就伟大功业的人则须力排众议。所以贤明的执政者必须具有真知灼见，如果推行新法能够增强国力，就不必师法先人；如果运用新法能够造福百姓，就不必因循旧礼。"

"好！"秦孝公带头击案喝彩。

输攻墨守，双方势均力敌才能上演好戏，但商鞅的攻势如同疾风骤雨，甘龙难以招架，他将公孙鞅的观点全盘否定，却苦于没料（论据不足），只好老调重弹：

"圣人不必调换对象也能实行教化，智者无须变更法令也可实施治理。用老百姓喜欢的方式去教导他们，不必太辛苦就可事半功倍；依据现成的法令管理国家，官吏熟悉程序，民众也会乐于顺从。"

问题是，如果旧法只是百姓和官吏唯一的选择，根本没得比较，又何从鉴别它的好坏？公孙鞅打蛇打七寸，他抓住甘龙的迂腐之见，奋舌痛扁：

"甘龙刚才所讲的只不过是世俗的看法。常人偏安于旧俗，学者拘泥于见闻。凭仗这两点居官守法当然没有什么大问题，但它们与我们现在所要讨论的常法之外的变法并不搭界。三代不同礼而各自称王，五伯不同法而各自称霸。智者订立法令，百姓受到制衡；贤者变更礼数，众人受到约束。自古以来就是如此。"

甘龙被公孙鞅驳斥得哑口无言，心中暗叫"厉害厉害"。公孙鞅词锋锐利，犹如热刀切黄油；思维缜密，犹如密网捞池鱼。甘龙和杜挚食古不化，显然不是对手。甘龙已败下阵来，杜挚不肯当众示弱太过，只好奋舌迎前，同样是卑之无甚高论：

"按常规常理，若不是百倍获利，不变更法令；若不是十倍收效，不替换器皿。执守成法才不致铸成大错，遵循旧礼才不会逾越正轨。"

这些陈词滥调迂腐不堪，这种榆木脑袋则恰恰是公孙鞅最喜欢敲打的东西，他乘胜追击，得理不饶人：

"清明盛世绝非用同一方法、由同一途径得来，雄强自信的国家绝不会墨守成规。所以成汤和姬发不效法古人而称王，夏桀和殷纣不变更礼数却亡国。除旧革新的人无可厚非，守礼拘俗的人并不算高明。"

"好！"

秦孝公再次击节赞叹，他果断拍板，公孙鞅走马上任，履行左庶长的职责，主持制定新法令。

控局：拿权贵小试"牛刀"

秦孝公任命公孙鞅为左庶长，制定新法令。新法令的条款并不繁琐，内容也不枝蔓，但治安法规确实要比旧法苛刻许多，严酷许多。注重军备和农桑，是新法令的核心所在：百姓以十家为一单位，一家有罪，其他九家必须举报，否则一齐受到牵连。不告发奸细的人腰斩于市，告发奸细则跟上阵杀敌受到同等奖赏，收留奸细与叛国投敌受到同等惩罚。农民有两个儿子以上不分家的，要加收一倍赋税。作战立功人员论功授爵，为私事争斗的人则按过失轻重判刑。全力做好本职工作，鼓励农桑，多种粮食、多织布帛的人免除其赋税徭役。舍本逐末、出工不出力而生活贫困的人，则没收其妻儿，贬为公家的奴婢。宗室子弟若没有立过军功，则剥夺其贵族身份。处处明确尊卑爵禄的等级，各以次序命名田地房屋，便于区分。婢仆的服装严格按照主家的爵位而定，不得僭越等级。有功的人社会地位显荣，无功的人即使富有，在社会上也得不到任何美誉。

相比旧法无的放矢，新法就如同药石专门对准病灶。秦国现状不容乐观，非猛药难治痼疾。医家常说"若药不瞑眩则厥疾难瘳"（要是吃了药不嗜睡不头晕，病情就很难痊愈），正是相通的道理。

秦国地瘠民穷，非力耕而不得粟，非力织而不得帛，政府奖励农桑，使勤勉者获得更多好处，使懒惰者无地自容，才能大幅度提高生产效益，达到富国的目标。再者，归心于农业可使民风淳朴，民风淳朴则百姓听从指挥，守战两端必定更为得力。富国与强兵不可偏废，秦国要与东方各国争雄，整军经武，兼弱攻昧，乃是长期的方略。保甲制严密，连坐法严厉，可以提升国民的凝聚力和监督力，促使基层自治，民众协作，彼此监督，官方将省事省心。赏罚分明，奸细不作，国民勇于公战，怯于私斗，铁的纪律和军事化管理将使原本桀骜犷悍的民风变得收放自如。放于外而收于内，放于外则招之能至，至则能战，战而能胜；收于内则战场上的猛虎也只是和平环境里的绵羊。整个国家的治安状况好转了，黑恶势力必消弭于无形。贵族子弟无军功者不被录用，世袭制所孳生的尸位素餐之徒也必将锐减，那些报效国家的精英脚底下有了升迁之路，就不会沉沦潦倒，磨灭雄心和壮志。至于明确尊卑，划分等级，则意在迫使国民以服从为天职。总而言之，凡是为国家建功立业的人，不管以何种方式——种田，织布，戍边，打仗，都能提高社会地位，得到社会广泛的尊重。这样一来，爱国主义思想就势必深入人心，成为源源不绝的驱动力。

说白了，秦国变法则富，变法则强，前景相当光明。

法令已经制定，尚未颁布施行。公孙鞅比谁都明白这样一个硬道理：获得国君的信任才可登上权力巅峰，获得百姓的拥护才能巩固权力基础。在京城南门，他竖起一根三丈巨木，当众颁布游戏规则：

"谁要是有力气，能将这根巨木扛到北门去，政府就奖给他十两金子。"

价码高得离谱，老百姓感到奇怪，没人敢去移动那根大木头。公孙鞅见状，马上提高赏格。

"谁能立刻扛走这根巨木，政府奖给他五十两金子。"

终于有个身体壮实的愣头青上前尝试，他扛起巨木，径直奔向北门，围观者也哗哗地跟过去。待那位愣头青把大木头往北门一搁，五十两黄金真就落袋为安了。围观者啧啧称羡，伸出的舌头险些着凉。公孙鞅已表明政府令出必行，言而有信，绝不蒙骗众人，绝不糊弄众人。新法令的信誉因此确立不拔。

在《资治通鉴》中，司马光对公孙鞅的行令守信有一段精辟的论说，大意是：信用是人君的大宝。国家的保障在于人民，人民的保障在于信用；信用不足就无法使人民服从，人民不肯服从就无法守卫国家。因此古代的王者不欺骗四海，霸者不欺骗四邻，善于治国的君主不欺骗百姓，善于治家的家长不欺骗亲人。不善于治国治家的昏愚之徒则反其道而行之，欺骗他的邻国，欺骗他的百姓，甚至欺骗他的兄弟，欺骗他的父子。上面不信任下面，下面不信任上面，上下离心离德，以至于不败不止。所得的利益不能治疗他所伤害的，所获的好处不能补足他所丧失的，岂不是很悲哀！往昔齐桓公不背弃受曹沫胁迫签订的盟誓，晋文公不贪求伐原的红利，魏文侯不错过与虞人约定的日期，秦孝公不作废徙木的奖赏。这四位君主，道德并非粹白，商君尤其堪称刻薄，又处于春秋战国时期，天下趋向于使阴谋和武力，尚且不敢抛开信用以集聚民心，何况推行四海治国平天下的政令！

孔子曾与子贡讨论过兵、食、信三者谁最重要，孔子认为，如果情势迫不得已，他会先舍去兵，再舍去食，只有信不可舍弃。为什么？因为"自古皆有死，民无信不立"。尽管公孙鞅崇尚的是法家精神，但他既然懂得帝道和王道，对儒家精神就并未全部尘垢，一概秕糠。

公孙鞅制定的新法令施行了一年，秦国京城批评新法令不好的有千余人。恰在这时，太子犯法，撞在刀口上。公孙鞅说：

"法令之所以不能贯彻执行，是因为上面有人作奸犯科，却得不到相应的惩治。"这就是说，公孙鞅认为在赌台上有狠角色出老千，必须将他揪出来，当众严办。

那个出老千的狠角色居然是太子嬴驷，太子是储君，公孙鞅不便绳之以法，于是他找到替罪羊，判处太子的高级助理公子虔徒刑，判处太子的师傅公孙贾黥刑，以辅佐无力、教导无方的罪名翦除太子的党羽。"王子犯法，与庶民同罪"，这样的说法，秦国人依稀听闻过，但这样的做法，所有秦国人绝对是头一回见识真格真章，其震慑作用巨大，足以使众廷臣浑身冷不丁打一波寒战。法令的威严神圣不可侵犯，赌台上的游戏规则从此约束着每一名赌客。

嗣后，秦国的贵族和庶民唯法是遵，唯令是从，就算谁真的吃了熊心豹子胆，也不敢跟新法令较劲。利益集团的集体噤声，所表现出来的低调是前所未有的，他们就算想反抗，也只能保持耐心，静待时机，不敢硬碰硬。秦孝公嬴渠梁授权给公孙鞅，在国内似乎是无上限的，生杀予夺，均可以依照新法令去做出裁量。我估计，那段日子举国震惊，秦国的官员们掀起了学习新法令的高潮。世间的确有东西关乎生死，秦国的新法令就是其中最严厉的存在。

新法令推行了十年，秦国的民生状况大为改观，道不拾遗，夜不闭户，家给人足，风清气正。国民勇于为国捐躯，却不敢私自约架，各地的治安情形日益良好。起初批评新法不好的人也调转口径，高唱赞歌。公孙鞅说：

"这些人自以为高明，专门扰乱教化，必须严加惩戒！"

公孙鞅管控舆论之严厉堪称极端，批评新法令固然获刑，表扬新法令也算犯罪。他杜绝一切争吵和辩论，以铁腕统一国民的思想，将那些多嘴多舌的评论家全部流放到边疆的苦寒之地。久而久之，举国上下就没有人再敢横议新法令的优劣了。

成局：内政有序，外战告捷

区区十余年，秦国就做到了令行禁止，全民听从中央的指令，内政井然有序，于是对外扩张、实现开疆拓土的愿景成为当务之急。秦孝公决定小试牛刀，他任命公孙鞅为大良造（秦国最高军政长官，相当于相国），统领大军攻占魏国安邑。三年后，秦国在咸阳建造冀阙和宫室，将国都由雍东迁来，从此对东方列国虎视鹰瞵。新法令的"补丁"也随即面世：

"禁止父子兄弟混居一室（以杜绝公公扒灰，小叔子盗嫂之类的乱伦行为）；将多个小乡邑集合为一个县，设置县令、县丞，全国总共划分为三十一个县（一说四十一个县，这无疑是秦朝郡县制的先声）；田

间地头开出阡陌，做好标记，以息纷争，按田亩多少交纳赋税；重新厘
定度量衡的标准。"

新法令大获成功，秦国日益富强，周朝天子派使臣给秦孝公送来祭
肉，这是周王室对于诸侯的最高褒奖，通常只有诸侯中的贤君和霸主才
能获得这样的礼物，列国纷纷派使者前来道贺。至此，秦国的变法成功
了一半，另一半则必须到战场上见分晓。

天赐良机，恰在这时，齐国在马陵打败魏国，俘虏了魏国太子魏
申，射杀了魏国大将庞涓。魏国受此沉重打击，不仅士气低迷，而且国
力虚弱。于是公孙鞅跃跃欲试，把定这个吊民伐罪的时机，对秦孝公嬴
渠梁说：

"秦国与魏国，好比人之有腹心之疾，迟早总有一天，不是魏国兼
并秦国，就是秦国兼并魏国。为何如此？这是魏国的地理位置决定的，
它的国都在安邑，与秦国以渭河为界，但魏国更方便获得崤山以东的利
益。它得势了就向西侵略秦国，不得势就向东侵夺邻国土地。如今，主
公贤圣，秦国富强。恰巧魏国去年被齐国打得一败涂地，诸侯普遍不再
与它交好，这正是秦国讨伐魏国的千载良机。魏国招架不住秦军强劲的
攻击，国都就必定会向东迁移，一旦向东迁移，秦国就能占据崤山和渭
河的有利地形，进可攻，退可守，制衡东面的列国诸侯，这正是建立霸
业的千载良机。"

这番点拨入情入理，不难打动雄心万丈的秦孝公，秦孝公深以为然，
立刻任命公孙鞅为大将。魏惠王已掉入失败者陷阱，担心什么就来什么，
眼看强敌压境，外交斡旋失灵，只好硬着头皮派公子姬卬带兵仓促迎敌。
两阵对圆，公孙鞅派人送信给公子姬卬，在信中套起近乎来：

"早年，我与公子的交情超越常人，想不到有朝一日居然兵戎相见。

虽说我们各为其主，但怎么忍心互相残杀？我愿意与公子单独会面，签订盟约，然后举爵言欢，撤兵罢战，秦魏两国世代睦邻友好。”

魏惠王缺心眼，他重用的领兵大将公子姬印寡谋略，不觉公孙鞅有诈，竟然轻率赴约。会盟完毕，照例饮酒，埋伏的武士一拥而上，将公子姬印轻松拿下，然后秦军大举进攻，魏军折损了主帅，群龙无首，溃不成军。魏惠王在东西两面连吃“夹肉大饼”，小小胃口消化不良，国库明显空虚，士气日益低落，他心惊胆寒，只好忍痛将河西地区的大片沃土割让给秦国，以求获得喘息之机。从此，魏国元气大伤，正如公孙鞅早先所预料的那样，魏国的政府机关悉数迁出安邑，迁往大梁。公孙鞅以诡谋诈术建立奇勋，秦孝公依照惯例予以重赏，将商於的十五个乡邑打包赏赐给他，作为封地。从此公孙鞅被人称为“商君”和“商鞅”。

在秦国政界，商鞅的权势炙手可热，他的威信也在一人之下万人之上。正是这位勇于豪赌的卫国人开启了秦国的黄金时代。

解局：赵良开示，商鞅迷途

商鞅在秦国出任大良造，政绩卓著，战功煊赫，人民温饱，国势强盛，但那些宗室贵戚的利益并未增多，反而减少，不少强梁对他怀恨在心。

有一天，名士赵良远道来访。他乡遇故知，这是人生四乐之一。商鞅摆酒高会，宴请嘉宾，推杯换盏之际，两人回忆往事。商鞅说：

“我记得，当初与先生相识，由孟兰皋居中介绍，今天我想更进一步，与先生结为良友，行吗？”

倘若换作别人，商君主动要与他结成良友，谢天谢地谢祖宗还来不及，哪能当面推辞？偏偏赵良是位心明眼亮的儒士，他竟然婉言谢绝：

"鄙人不敢奢望大人的垂青。孔子曾说：'推贤而戴者进，聚不肖而王者退。'鄙人无德无能，所以不敢答应。鄙人还听说过这样一句话：'非其位而居之曰贪位，非其名而有之曰贪名。'真要是鄙人与商君结为良友，只怕外界会纷纷猜疑鄙人贪图地位和名誉。所以鄙人抱歉不能顺从商君的提议。"

所谓"不能"，其实就是不肯。听话听音，赵良的弦外之音，商鞅一听就知，摆明了，这位老相识持不同政见。

"莫非赵先生不喜欢我治理秦国的这套法令措施？"

"能够听见不同声音才叫聪，能够看清内心才叫明，能够战胜自我才叫强。虞舜说过这样一句话：'自卑也尚矣（自卑也很了不起啊）。'商君不妨讲求一下虞舜之道，没必要询问鄙人喜不喜欢这些法令措施。"

赵良远兜远转，竟请出上古的孔丘和远古的虞舜来做代言人，其用意的确是要批评商鞅的某些作为。商鞅当即为自己辩解：

"起先，秦国沿袭野蛮的习俗，父子没大没小，同室而居。现在秦国恪守人伦，真正做到了父子有序，男女有别。秦国还建筑了宏伟的冀阙，营造规模与鲁国、卫国相当。赵先生看我治理秦国，相比五羖大夫百里奚，谁更出色？"

名士毕竟不同于常人，名士就应该有名士的胆量，名士就应该有名士的评判标准。赵良说：

"一千张羊皮，还抵不上狐狸腋下那块小皮有价值；一千个附和者唯唯诺诺，还抵不上一位正直之士发出疑问。周武王能包容不同意见而振兴王业，商纣王专搞一言堂而颠覆宗庙。要是商君不反对周武王采取的做法，那么鄙人请求整天直言而不至于脑袋搬家，行吗？"

赵良这话弦外有音，暗讽商鞅在秦国实行高压政策，没有人敢持不同政见。商鞅心中或许感到不快，但他还是想听听名士赵良的看法，毕竟从别人那儿他早已听不到真话了。商鞅的语气十分诚恳：

"有道是，敷衍应付的话漂亮，推心置腹的话朴实，苦口婆心的话是良药，阿谀奉承的话会致病。先生果真肯整天直言，那正是我迫切需要的良药。我将感激先生，先生又何必过虑！"

赵良得到商鞅的口头保证后，就敢于重槌擂大鼓了，他侃侃而谈：

"五羖大夫百里奚，是楚国边境的穷汉子，他听说秦穆公贤德而决意投奔，出远门短缺路费，就把自己卖给秦客做奴仆，身穿破衣烂衫，喂养牛群。过了一年，秦穆公听人说百里奚有治国的才能，于是将他从卑贱的看牛倌一举提拔为百姓仰视的大臣，秦国上下没有谁敢奢望同样的幸运。他治理秦国不过数年，文治武功非同凡响，秦国向东讨伐郑国，三次安置晋国的君主，一次挽救楚国的危亡。发布教令于封疆之内，巴人踊跃进贡；布施德行于诸侯之间，八戎前来宾服。由余听说秦相百里奚如此贤明睿智，衷心佩服，也叩门求见。五羖大夫治理秦国，再怎么劳累也不乘坐马车，再怎么炎热也不张开羽盖，在国内巡视，从不带车队，从不带卫兵，他的功名都记入了史册，德行泽被后世。五羖大夫去世之日，秦国的百姓无不为之流泪，儿童不唱歌，舂米的人停下杵子。这都是五羖大夫难以比肩的功德所致。商君的情形则正好相反，求见主公是由宦官景监引荐，名不正言不顺；治理秦国不把百姓当回事，滥用人力，大建冀阙，这也不是什么令天下称道的功勋；商君严惩太子的师傅，用残酷的刑罚伤害百姓，适足以积累怨恨，埋下祸根；商君不断用旁门左道树立威严，使国民害怕商君更胜过害怕国君；商君受封于商於之后，口口声声自称寡人，天天去找寻秦国权贵的阴私和把柄，动不动就将他们绳之以法。古诗说：'相鼠有体，人而无礼；人而无礼，何不遄死。'从这样的诗句来看，一意孤行可不是长久之计。公子虔闭门不出已经八年之久，商君还杀掉了祝欢，判处公孙贾黥刑。古诗说：'得人者兴，失人者崩。'这几件大事，全都不得人心。商君出门，总有十多部马车跟随，前呼后拥，大批精悍的侍卫负责警戒。如果保卫措施不够周全，商君就不敢外出。《尚书》中有这样的告诫：'恃德者昌，恃力者亡。'商君的生命危如朝露，莫非还想靠强权延年益寿？商君何不将封地归还给秦国，到边境找块空地种种麦子，劝导主公多起用民间的隐逸之士，赡养老人，抚育孤儿，敬爱父兄，奖励有功者，尊重有德者，这样做可以化解怨毒，安身立命。要是商君一如既往，贪恋商於这两块封地的富贵，珍惜固有的权威，累积百姓的怨恨，一旦主公溘然谢世，秦国宗室必定疯狂反扑，第一个要收拾的就会是商君，这岂不是明摆着的隐忧吗？等到那时，商君的祸患就彻底无解了。"

赵良的一席话，将商鞅批评得体无完肤，一无是处，但他为商鞅周全设想，找寻退路，用心不恶。赵良置身局外，明察秋毫，预见尚未萌芽的祸患，洞察力令人佩服。然而商鞅已走得太远，除非他肯立即放弃既得的荣华富贵，及早投奔东方诸侯，另起炉灶，才有可能免于危亡。商鞅一向强力强行，无畏无惧，宁肯输掉手中最后一个筹码，也不肯选择一条前辈范蠡走过的退路，泛舟五湖，去做富可敌国的陶朱公。

性格即命运，强者尤其如此。儒家赵良的话在法家商鞅听来，通篇都不过是缩头乌龟的理论，他要是害怕就不会豪赌，既然豪赌就不打算退缩。呈现异彩的生命闪亮而短暂，灰蒙蒙的生命暗淡而长久，一个人究竟如何抉择，是由性格的强弱、胆魄的大小、志向的远近、才智的高低、处境的好坏等多种因素综合决定的。商鞅的可贵之处正在于此，就算是身死族灭，商鞅还是商鞅，狮子还是狮子，他不肯去做那只全身远祸的羚羊，何况做羚羊的风险同样不小，未必能够全身远祸。赵良的忠告确实触动了他内心柔软之处，但也就仅止于触动而已。商鞅真要是为自己预留后路，就应该敦劝秦孝公废除旧储君，另立由自己扶植和掌控的新储君，从而阻断前者上位的机会，使旧储君的党羽压根就无法通过隐忍苦候，找寻报仇泄愤的途径、机会。但他并没有做好功课。只一味地剑走偏锋，不按牌理出牌。他太过于自信了，简直到了极端自负的地步，应该说，强者不怕敌手强横，就怕刚愎自用。顶尖高手多半自毁长城，自己打败自己，堡垒从内部攻破，总是更容易。

出局：作法自毙，五马分尸

秦孝公嬴渠梁还真是个非同凡俗的君主，临终之际，他有意把秦国的大位禅让给商鞅，商鞅婉言谢绝，于是太子嬴驷顺利即位，史称秦惠文王，公子虔和公孙贾扬眉吐气，咸鱼翻身。一朝君主一朝臣，商鞅失势，告老还乡。那些死对头岂容商鞅返回封地颐养天年？一方面，他们齐进谗言："大臣权力太重，君王的国家就会有祸患；宠官过于亲近，君王的生命就会有危险。现在秦国的男女老幼都念念不忘商君的法令，将它标记在大王名下是完全不可能的，这就颠倒了尊卑之序，商鞅贵为国君，大王反而降格为他的臣子。商鞅原本就跟大王有好几笔旧账要算清，请大王尽早拿定主意！"另一方面，他们诬告商鞅蓄意谋反，依照新法，谋反是头等重罪，不仅要杀身，而且要灭族。

谣言满天飞，政局风云突变，商鞅闻讯出逃，逃到函谷关，天色已晚，关门已闭，只得去客栈投住一宿。当年极端落后，既没有电视台，也没有印刷品，国家领导人究竟长什么模样，普通百姓无从得知，所以店主压根儿就没想到眼前这个风尘仆仆、面色憔悴的男人竟然是权倾一国的大良造商鞅。他用公事公办的语气说：

"商君的新法令明文规定，如果客栈收留没有证件的可疑人员，店主将遭到株连。你就别为难我了，我可不敢违法犯罪。"

商鞅终于领教了作法自毙的厉害，事已至此，唯有仰天长叹：

"唉，真想不到制定法律的害处竟有如此之大！"

商鞅设法逃到魏国，魏国人怨恨他当年诱骗公子姬卬，偷袭魏国军队，坚决不肯收留他。商鞅无奈，只好另作打算。魏国人商议道：

"商君是秦国的头号通缉犯，秦国强横，它的头号通缉犯逃到魏国，若不归还给他们，后果不堪设想。"

商鞅被引渡回秦国后，居然寻机逃脱，重返封地，率领残余的追随者攻打相邻的郑县，结果遭到秦国军队围剿，在郑县渑池，商鞅被乱刀砍死。仇家恨意未消，还要公然泄愤，他们将商鞅的遗体五马分尸，将商鞅一家满门抄斩。然后遍告国民：

"天下再没有谁比商鞅更反动更邪恶的了！"

商鞅变法，前后二十年，将秦国的国力骤然提升了好几个档次，不仅名闻天下，而且威震诸侯。他为秦国充实了府库，扩大了版图，最了不起的功劳是，他将一个野蛮落后的偏僻穷国改造成为法制之邦。在感情上，秦惠文王嬴驷拗不过师傅，同意将商鞅的遗体五马分尸，但他的理智十分健全，不同意废除商鞅制定的法令，这正是秦国赖以继续做大做强的基石。

商鞅死后数十年，赵国的大儒荀卿游历秦国，对商鞅变法后所取得的佳绩津津乐道，赞不绝口："入境观其风俗，其百姓朴，其声乐不流（淫荡）汙（猥亵），其服不挑（轻佻），甚畏有司而顺。……及都邑官府，其百吏肃然，莫不恭俭、敦敬、忠信。……入其国（首都），观其士大夫……不比周，不朋党，倜然莫不明通而公也。……观其朝廷，其朝（早）间听决，百事不留，恬然若无治者。"照此看来，秦国的民情甚好，政况极佳，就算将荀卿的写实小作文打上七折，也很不错了。

现在我们复盘一下，商鞅初见秦孝公，总共准备了三套完整的方案：一是帝道，二是王道，三是霸道。最终秦孝公选择了霸道。商鞅用二十年时间兑现了他的诺言，达成了富国强兵的预期目标。太史公司马迁在《史记·商君列传》中评述道：商鞅天性刻薄，除刑法之外，对仁义无所关怀，他起先用帝道和王道去试探秦孝公，只不过是打出漂亮的幌子，是无根的游谈，其真实居心并不在此。司马迁的这番话就有点诛心的色彩和味道了。当初，倘若秦孝公采择了帝道或王道，商鞅的治绩未必逊色。上善若水，随物赋形，秦孝公是霸主之器，商鞅就帮助他完成霸业，这说明他确实是旷古罕逢的奇才。

法家藐视仁义，重视爵禄和刑罚。商鞅将诗、书、礼、乐弃若敝屣，在《商君书·靳令篇》中，他讥诮儒家的六艺为"六虱"。据《韩非子·和氏》所记载，商鞅"教孝公燔《诗》《书》而明法令"，敢情秦始皇嬴政下令焚书，创意并非出自丞相李斯，而是源于先贤商鞅。

西汉学者刘向编纂《新序》，用儒家观点评价商鞅，主要谴责他执政时采取严刑峻法，积怨太深，因此身遭显戮，无人同情，同时他又认为秦惠王杀害商鞅，使后者的霸才未能尽展，也很可惜。原文是这样的："昔周（公）、召（公）施善政，及其死也，后世思之，'蔽芾甘棠'之诗是也。尝舍于树下，后世思其德，不忍伐其树，况害其身乎？管仲夺伯氏邑三百户，无怨言。今卫鞅（即商鞅）内刻刀锯之刑，外深斧钺之诛，步过六尺者有罚，弃灰于道者被刑，一日临渭而论囚七百余人，渭水尽赤，号哭之声动于天地，畜（蓄）怨积雠，比于丘山；所逃莫之隐，所归莫之容，身死车裂，灭族无姓，其去霸王之佐亦远矣。然惠王杀之亦非也，可辅而用也。使卫鞅施宽平之法，加之以恩，申之以信，庶几霸王之佐哉！"

商鞅惨遭秦国的最高统治集团报复和残杀，这是专制政体在权力更迭之际必然释放的罪恶，一方为了稳固自己的宝座，而从根本上消灭对手的肉体，彻底剪除其羽翼，瓦解其势力。

商鞅并不是一个狂热的权力攫取者，否则他就会欣然接受秦孝公临终前的禅让安排，把太子集团狠狠地踩在脚下，使之化成一团肉酱、一摊烂泥，就算遇到秦国宗室的强力抵抗，他也会不惜一切代价，铤而走险。然而商鞅谢绝了秦孝公的美意，让太子顺利继位，这就说明他并没有夺取王位的政治野心，"谋反之罪"何从谈起？

周公、召公是在一个活力四射的新王朝中辅佐少主，有所为，必定有所不为；商鞅则是在一个实力已遭到削弱的旧王国中辅佐英主，有所不为，必定有所为；前者推行仁政，与民休息；后者推行法政，富国强兵；均属务实的选择。见效最快的政治变革必然造成异常酷烈的社会震荡，在短时期内，商鞅变法所取得的巨大成就有目共睹，实际上已经完成霸业，而且后世很难复制，这正是他了不起的地方。

秦惠文王杀害了商鞅，却并未废除商鞅制定的法令，很显然，理智告诉他，商鞅变法是秦国赖以强大和继续强大的百年基石，动摇它，就会前功尽弃，后世堪忧。

商鞅强调"导之以政，齐之以刑"，存留在《商君书》中的那套"驭民五术"——愚民、弱民、疲民、辱民、贫民，是秦法政的理论基石，两千多年间，历代王朝统治者，都是这么干的，无非套用了儒表法里的伪装，干得颇为隐蔽，也颇为肮脏。

商鞅以赤裸裸的方式告知，等于把锋利无比的刀刃直接亮给世人看，以免误触而割伤，这比假仁假义埋雷更实诚些。他做真小人，不做伪君子，他用显规则，不用潜规则。

问题在于，商鞅挥舞秦法，要的是服服帖帖的工具，不是活活泼泼的国民；他只给予守法者身份，不给予守法者尊严；他只能保证秦法的公平，却不能保证秦法的公正；国家强大之后，国民的安全感、幸福感、获得感如何？这些"烂问题"，他是根本不加考虑，不予回答的。

可悲的是，有朝一日，他将发现自己也是工具，自己也会被剥夺尊严，自己也享受不到公正的审判，自己也会痛失安全感、幸福感、获得感。

他弄出一个巨型怪兽（秦法），最终吞噬了包括他自己在内的无数人，在战场上，或者在刑场上。

秦国确实强大了，但以无数人的生命为代价，这种形同骷髅塔的强国是外强中干的。作为极致典型，秦朝二世而亡。

商鞅弄出愚民、弱民、疲民、辱民、贫民的"驭民五术"，便是将致强于国与造福于民对立起来了，他拿不出两全其美的解决方案。

商鞅的工具理性彻底压制人文关怀，与孟子的思想"民为贵，社稷次之，君为轻"完全抵牾。说它恶意满满，真不是厚诬。

历朝历代，儒生斥责商鞅败德伤民的不在少数，但总有一些高官名士儒表法里，对他赞赏备至。

王安石赋诗《商鞅》："自古驱民在信诚，一言为重百金轻。今人未可非商鞅，商鞅能令政必行。"

这首诗高度赞赏商鞅的政治手段：以"诚信"为本，以令行禁止为。

梁启超、麦孟华等人撰写《中国六大政治家》一书，对商鞅推崇备至，将他与千古名相管仲、诸葛亮、李德裕、王安石和张居正相提并论、等量齐观，认为近代中国积弱积贫，唯有崇尚法治，始得振衰起隳，富国强兵。

从赌兴、赌术、赌绩来看，商鞅均无愧于"赌霸"之名。

其军政能耐足以强国，却不足以保命，豪赌者往往顾全不了自家后路，喜欢大赢特赢的人迟早会有一次大输特输，极可能输得性命不保。

苏轼立论，讲求不偏不倚，他在《商君功罪》一文中写道："商君之法，使民务本力农，勇于公战，怯于私斗，食足兵强，以成帝业。然其民见刑而不见德，知利而不知义，卒以此亡。故帝秦者商君也，亡秦者亦商君也。其生有南面之福，既足以报其帝秦之功矣；而死有车裂之祸，盖仅足以偿其亡秦之罚。理势自然，无足怪者。"

这番评价较为公允，既没有昧其功，也没有讳其过；既没有存心抬高他，也没有刻意贬低他。

商鞅在九泉之下有知，想必也会认账。

第二局

范雎的执念：拜相封侯

赌神：范雎，人称范叔，爵封应侯

最高职务：秦国丞相，掌握政权

最高赌绩：逼退穰侯魏冉，逼死武安君白起

赌术精要：博得君王的特殊信任

疑问手：为恩人谋求重要官职

大结局：淡出政坛，寿终正寝

　　榜样的力量无比巨大。商鞅变法，取得了空前未有的成功，天下智士的目光开始牢牢盯住偏处西部的秦国，将它视为追求荣华富贵、实现政治理想的首选国度，因为那里的游戏规则最透明，也最公平，凡事都是放在台面上解决，几乎没有任何黑箱操作的痕迹。

　　他们不畏路远，不惧风寒，骑马乘车，来到咸阳，为的是博个彩头，撞回大运。曾几何时，在华夏人才市场的选秀大舞台上，秦国独执牛耳，屡著先鞭，往往能够挑选到顺位第一号的智力高手。那些天才衣褐怀宝，在本国玩不转"彩票"，只要一路向西，就很可能在秦国连中一万注头奖。那些年，咸阳的星空格外璀璨，那是受商君新法令保障的极其真实的星空。韩、魏、燕、赵、齐、楚六国不约而同，为秦国提供丞相坯模，遂成定式。这真是一个耐人寻味的政治现象。

引言：高才致疑忌，大难不殒身

范雎是魏国人，其人生理想的首选项就是做魏王的文臣，但由于家境贫寒，他连打点引荐人的红包都支应不了，一时无法如愿。范雎只好硬着头皮从基层干起，为魏国中大夫须贾打杂。须贾出使齐国，范雎充当随从。须贾在齐国滞留了好几个月，事务棘手，迟迟未能办成。齐襄王听说范雎辩才无碍，就派宦官赠给他黄金和酒肉，范雎婉言谢绝，不敢接受。须贾听说此事后，妒火中烧，直气得脑门子上青筋突暴，硬说范雎出卖了魏国的重要情报，不然的话，区区一个随从不可能得到齐王的垂青和如此丰厚的馈赠。但考虑齐魏两国的外交关系正处于敏感时期，不容有丝毫的闪失，须贾按捺妒火和怒火，并未发作，还吩咐范雎领情，收下酒肉，只将礼金返还给齐王。

须贾回国复命后，仍然不依不饶，急于发泄心头的怨气。他添油加醋，将范雎收受齐王礼物的事情禀报相国魏齐，魏齐也怀疑范雎是内奸，是敌特，是隐患。于是，魏齐命令家丁动用私刑，打断了范雎的肋骨，还敲掉他的门牙。范雎一看这大刑侍候的架势，心知奇祸临头，就赶紧两眼翻白，双腿一伸，假装昏死过去。那年月没有心电图、脑电图扫描仪，也没有什么脑死亡之类的说法，更没有活摘人体器官之类的高端医术，把人打断气了，就可以开具死亡证明书。于是范雎被打得一身血污，屏息假装死透，尽管体温未凉，居然也骗过了须贾，他命令家丁将范雎用芦席一卷，扔入茅厕了事。须贾喝得酩酊大醉，半夜解手，将一泡臊尿滋撒在范雎身上，先是从头到脚，然后从脚到头，他存心污辱

"死者"，口中念念有词：

"叫你到齐王那儿出风头！"

范雎继续装死，浑身尿臊味，那都不算什么，受伤的地方感觉剧痛，却连轻微的呻吟都不可发出，这才叫考验意志力。他头脑很清醒，天亮前，他瞅准时机，从芦席中探出头来，对守卫说：

"要是你能仗义行善，将我救出相府，我一定重重地酬谢你！"

这守卫平日就看不惯须贾的为人行事，眼下范雎都被严刑折磨死了，须贾居然还要撒尿糟践尸体，存心作恶就是本性邪恶了，守卫的小宇宙中不禁油然产生了义愤。及至范雎向守卫求救，他见范雎还活着，仅仅剩下半条命，顿时心生恻隐，决定冒险施救。于是守卫去请示相爷魏齐，趁早将茅厕中的死人扔到乱葬岗去，免得搁在府中晦气。魏齐宿醉未醒，右手一挥，不耐烦地说：

"屁大个事情，还来烦我？你就看着办吧。"

第二天，酒劲缓了，魏齐直觉事情有点蹊跷，赶紧派人去乱葬岗找寻范雎的尸身，哪里还有踪影？魏国人郑安平庆幸好友范雎脱险，已将他藏匿起来，数月不露面，范雎的新"护照"上也改名为张禄。

须贾和魏齐动狠心，下毒手，却没能弄死范雎，往后，必定有一天，他们会把肠子悔青。

这年春夏之交，秦昭襄王派遣谒者王稽出使魏国。郑安平奉丞相魏齐之令充当王稽的保安。王稽身负秦昭襄王的使命，随时随地物色顶尖人才，网罗优秀人才，因此他垂询郑安平：

"魏国有没有什么在野的贤士愿意与我一同西游？"

郑安平闻言暗喜，范雎的前途就赖此一问，他轻声告诉王稽：

"我有位街坊，叫张禄先生，乐意拜见大人，谈论天下大事。他外面有仇家，白天不敢出门。"

战国时期，国与国之间常打仗，人与人之间常打架，很正常，谁要是说自己没个仇家，都不好意思说自己是个人物。

王稽产生了好奇心，就要郑安平安排，带那位街坊晚上来传舍相见。当夜，王稽与范雎会面，两人信马由缰，闲聊了一通，并未深谈，但王稽觉得这位张禄先生气宇非凡，谈吐不俗，确实堪称睿智通达之士。于是，他拿定主意，对范雎说：

"两日之后，先生在三亭之南等我。"

王稽完成了使命，告别魏国，踏上归途，捎上范雎一同入秦，外交使团出境，那是一个清省，免签免检是常规待遇。车队到了秦国境内的湖县，范雎本以为安全了，却突然眺见大队车骑由西激尘而近，便询问王稽：

"那大队车骑威风凛凛，是什么来头？"

"那是秦国丞相穰侯到东边巡视民间，搞调研活动。"

"在秦国，穰侯大权独揽，我听说，他特别讨厌远道而来的外国人，只怕他见到我会生气，我还是老老实实藏进后面的行李中吧。"

过了一刻，大队车骑果然靠拢，穰侯好言好语慰劳了王稽一番，然后站在自己的大马车上问道：

"关东那边有什么变化？"

"还是老样子。"王稽不紧不慢地回答。

果然不出范雎所料，寒暄过几句后，穰侯魏冉就直奔主题，他问王稽：

"谒者是不是带了外国客人过境？那些家伙没什么用处，只会摇唇鼓舌，花言巧语，扰乱秦国。"

王稽赶紧声明他可不敢走私人口，能够办好职分内的差事已心满意足。交谈数语后，双方挥手作别。范雎长舒了一口气，不过危机还没有过去，他告诉王稽：

"我曾听人说，穰侯是一位智者，但他的反应较慢。刚才他怀疑大人的车中藏有私货，却忘了搜查，他一定会后悔。"

范雎赶紧下车步行，又走了几里地，穰侯果然派骑兵过来搜查马车上的行李，没有发现可疑之处，这才罢休。由此可见，范雎的预见力之强，心思之绵密，智决慧断之高超，远逾常人。

王稽向秦昭襄王嬴稷报告完出使的情况，又讲了些东方的奇闻趣事，见秦昭襄王心情舒畅，就乘机推荐范雎：

"魏国的张禄先生是一位雄辩之士，智谋深不可测。他曾对臣说：'秦王的国家危如累卵，得到我的帮助就能安然无恙，但我的计策不能通过书信传达，以免泄密。'眼下，他与臣一同来到了咸阳。"

秦昭襄王嬴稷认为，这是游说之士危言耸听的老把戏，因此一笑置之，他吩咐有关单位安排范雎住进普通的招待所，提供简单的伙食。

当时，秦昭襄王嬴稷已经在位三十六年，恃强凌弱，纯粹以武力征战东方，对秦国以外的策士和辩士敬鬼神而远之，不如父辈和祖辈那么信任外宾。这就难怪了，范雎形单影只，在咸阳冷冷清清地待了一年多，竟然连秦昭襄王嬴稷长什么模样——究竟是天庭饱满，地廓方圆，还是尖嘴猴腮，獐眉鼠目——都没弄清楚。但他坚信机会迟早会找上门来。

做个小赌徒，可以毛毛躁躁，风风火火。做个大赌徒，就得安安闲闲，轻轻松松，具备远超常人的静气才行。

控局：范雎耍离间，魏冉失大权

穰侯魏冉权倾秦国，威重当世，他师心自用，在其姐（秦昭襄王之母宣太后）的支持下，决定跨过邻邦韩国和魏国，远征齐国，扩大他在定陶的封邑。这样假公济私，调动秦国的军队为自己干私活，这真不是一般的过分，而是僭越王权的罪行。

范雎的直觉告诉他，一旦牢牢逮住了眼下这个大好时机，他的好事就近了，后文就长了。他立刻写信给秦王，请求面谈机密事宜。信尾放狠话："一语无效，请伏斧质！"他竟把生命作为孤注，押上了赌盘。这句狠话百分百能够造成心理上惊悚刺激的效果。

秦昭襄王嬴稷读罢来信，触动不小，就主动向引荐人王稽道歉，立刻召见范雎。范雎进了秦昭襄王的行宫，假装迷路，故意闯入秦王的专用通道——永巷。秦昭襄王从寝宫过来，前面开路的宦官发现有陌生人闯入禁地，就跑过去驱逐范雎，厉声呵斥道：

"你是什么人？大王驾到，还不赶快回避！"

范雎假装很吃惊，将嗓音提高八度，数十步之外都能听得一清二楚：

"秦国哪有什么大王？我听说，秦国只有太后和穰侯。"

范雎这话是嚷嚷给秦昭襄王嬴稷听的，意在激使他气恼和感悟。秦王听到这句阴阳怪气的反诘，心中果然受了不小的刺激，于是上前喝退侍卫，当面向范雎道歉：

"我早就应当向先生请教，只因北方军情紧急，我要不断请示太后，见面就耽搁下来；现在我总算有了闲暇，请先生指点迷津。"

范雎赶紧谢过。目击者个个屏息凝神，紧张得脸色发白。

待左右退下后，嬴稷与范雎单独相处。秦王挺身长跪于席，态度恭敬，神情诚恳。他说：

"无论国事、家事，均请先生不吝赐教。"

这句话，秦昭襄王嬴稷连讲了三遍，范雎都只是出于礼貌，用惶恐的语气敷衍道：

"好啊，好啊。"

"先生不愿点拨寡人吗？"秦昭襄王有点着急了。

"岂敢岂敢。鄙人听说，从前，姜太公遇见文王，他身为渔翁，垂钓于渭水之滨。刚开始，他们交情不深，等到彼此亲近了，姜太公才将紧要的话语掏出胸窝，于是文王尊崇他为太师，一同乘车回到领地。文王听从姜太公的计谋，武王得到姜太公的辅佐，最终两父子都成为了贤明的君主。假使周文王疏远姜太公而不与他深谈，是周文王缺少天子的大德，无法与姜太公一道成就王业。如今，区区鄙人客悬于秦国，与大王交情并不深厚，而所要论及的又都是匡正君王过失的要紧事体，处于大王母子之间，愿意报效愚忠，却不清楚大王的真实心意。这就是为什么大王三次垂询鄙人而鄙人不便回答的原因。鄙人并非有所畏惧而不敢明言。尽管鄙人料想今天在大王面前剀切陈词，明天就可能丢掉脑袋，但鄙人不敢规避这种风险。倘若大王肯听信鄙人的忠告，死亡并不足以成为鄙人的祸患和忧虑，浑身涂漆生疮，披散头发癫狂，也不足以成为鄙人的耻辱。何况圣明的五帝，仁爱的三王，贤德的五伯，力大无穷的乌获、任鄙，神勇无比的成荆、孟贲、王庆忌、夏育，都难免一死，死亡是每个人不可避免的结局。凡人终有一死，能够为秦国和大王竭尽绵薄之力，这是鄙人此行最大的愿望，又有什么好害怕的！当年，伍子胥被楚平王派遣的武士追杀，背着行囊逃出昭关，晚上赶路，白天藏身，到达陵水，饥肠辘辘，只能在吴国的街头行乞卖艺。可就是这样一个人，颠沛落魄，最终振兴吴国，辅佐吴王阖闾称霸诸侯。假若大王能让鄙人像伍子胥那样得尽其谋，鄙人的大计能顺利施展，即使鄙人被关进黑牢，终生不见天日，也没有什么可遗憾的。箕子、接舆用漆汁涂身，长满癞疮，披散头发，假装癫狂，可谓煞费苦心，但对君王和君子毫无帮助。假若鄙人与箕子一样采取自我毁损的手段，能有助于可亲可敬的明主，这是鄙人莫大的光荣，鄙人又有什么可感到羞耻的？怕只怕天下人见鄙人尽忠而死，从此闭口不复进忠言，抽脚不再赴秦国。大王上面畏惧太后的严厉，下面看不穿奸臣的花招，久住于深宫之中，离不开保姆的照顾，终身受骗而不知晓，没人肯为大王揭露真相。祸大一点宗庙将会倾覆，祸小一点也会有生命危险，这才是鄙人担忧的。至于穷困屈辱，脑袋搬家，鄙人并不害怕。真要是鄙人一死而秦国能够转危为安，鄙人虽死犹生，那将是莫大的荣幸！"

范雎引经据典，口若悬河，以极其出色的辩才为后面的敏感话题作了坚实的铺垫。他要百分百打动秦昭襄王嬴稷，就必须预先晓明利害得失，以此证明他不是虚张声势，危言耸听，而是实话实说。

秦昭襄王嬴稷果然深受触动，请范雎放言无忌，有话尽管直说，无须打马虎眼，言者无罪，闻者足戒。

"秦国地处边远的西陲，寡人又谈不上聪明能干，先生不嫌路远来到此地，是上天将寡人托付给先生，使先生受累，以保全先王的宗庙。寡人能够接受先生的指教，是上天优待先王，没有抛弃他的孤儿。先生又何必说那么多个'死'字！无论大小事情，上至太后，下至群臣，敬请先生无所避讳，知无不言，言无不尽，一一指教寡人，不要怀疑寡人请教的诚意和改过的决心。"

于是，范雎向秦昭襄王嬴稷行拜礼，秦昭襄王嬴稷也向范雎行跽礼，诚恳的态度不相上下。得到了秦王的保证，范雎谈兴陡增，立刻切入正题：

"大王的国家，四方边境防守坚固，北边有甘泉、谷口，南边有泾河、渭河，西边有陇、蜀，东边有关、阪，拥有雄师百万，战车千乘，形势有利就大举进攻，形势不利就小心退守，这是可以称王的地方。百姓怯于私斗而勇于公战，这是成就王业的资本。使用秦国勇敢的士兵、坚固的战车去对付诸侯各国，就好比放出凶猛的猎犬去搏击瘸腿的野兔，理应成就霸王之业，可是群臣尸位素餐，不思进取，无所作为。迄今已闭关十五年，不敢出师崤山以东，与六国交战，这是穰侯对秦国未尽其忠，未尽其力，也是大王的国策有不小的偏差和失误。"

好家伙，要让对方痛，直接用刀捅。范雎的话狠戳穰侯魏冉的脊背，要知道，穰侯魏冉可不是一般的狠角色，他是威风八面的国戚权贵，是秦昭襄王的舅舅。范雎是个明白人，既然今天挺身而出，上了赌台，赌的又是一生富贵，此时就不可闪烁其词，不可顾左言右，该说的话一定要说，该冒的险一定要冒。秦昭襄王嬴稷可不是傻瓜，只要范雎稍微游移躲闪，他就会看出破绽和纰漏。

范雎的直言刺痛了嬴稷的神经。秦昭襄王用湿漉漉的舌头舔了舔干巴巴的嘴唇，狠劲吞下一口唾沫。

"请先生直截了当指出寡人失误的地方，好吗？"

当时，谈话的环境有问题，附近有不少人竖尖了耳朵在偷听，范雎担心那些密布于秦王左右的耳目传话给太后和穰侯，自己大计尚未成形，就会吃不了兜着走。所以范雎舍近就远，先讲对外事务的失策，借此揣测秦昭襄王嬴稷的取舍意向。

"穰侯跨越邻邦远征齐国，这不是一个正确的决策。出兵太少，则不足以挫伤齐国，出兵太多，则对秦国的防务有害。从前，齐缗王攻打南边的楚国，大破楚军，击杀楚国大将，夺取千里封疆，然而齐国最终仍然是两手空空，寸土未得，难道齐国不想收获大片土地吗？是由于形格势禁，他们无法吞并楚国广阔的土地。诸侯看见齐国军队疲惫，财力耗竭，君臣不和，于是兴兵犯境，齐国大败亏虚，将领受辱，士兵受困，便纷纷质问齐缗王：'是谁出的馊主意，去攻打楚国？'齐缗王说：'是孟尝君田文。'于是大臣作乱，孟尝君逃之夭夭。往年齐国攻打楚国，囫囵吃了大败仗，却让韩国和魏国捡到现成的便宜，这就好比将刀剑借给恶贼，将粮食送给强盗，只会害苦自己，甚至害死自己。大王不如采取与远方的国家结欢、与邻近的国家交战的策略，得到一寸土地就是大王的一寸土地，得到一尺土地就是大王的一尺土地。如今放弃最佳方案而跨境去攻打遥远的齐国，岂不是太荒谬了吗？以往，中山的国土面积为方圆五百里，赵国将它独吞，功成名立，尽收实利，虽然天下诸侯心怀不满，也没有谁能去动赵国一根小指头。如今韩国、魏国地处中原，是天下的枢纽，大王若要成就霸业，就必须亲近这两个国家，借以威慑楚国和赵国。楚国强大就使赵国归附于秦国，赵国强大就使楚国归附于秦国，假如楚国和赵国都归附秦国，齐国就会惶惶不可终日。一旦齐国胆战心惊了，就必然会低声下气，拿着重金厚礼来讨好秦国。齐国归附了，韩国、魏国就都沦为瓮中之鳖，大王可以手到擒来。"

秦昭襄王听到这里，已确信范雎见解超凡，尤其是那个"远交而近攻"的策略，太有创意了，这是他第一次听说。很显然，范雎绝不是那种口吐千言、胸无一策的地摊货，于是嬴稷愈加诚恳地请教道：

"寡人想与魏国交欢，由来已久，可是魏国政坛风云多变，寡人无法表达与之睦邻友好的心愿。请问先生，寡人应该采取什么方式方法与魏国建立友善邦交？"

"大王可以低声下气，送上重金，去讨好魏国；如果搁不下面子，就割让土地去贿赂他们；若还是舍不得，就干脆兴兵攻打魏国。"

范雎的话深藏玄机，半是启发，半是激励。秦昭襄王不傻，当然听出了这句话的弦外之音，他当即表示：

"寡人将认真听从先生的点拨和指教。"

秦昭襄王嬴稷任命范雎为客卿，负责军事行动的策划。过了一段时间，范雎又劝导秦昭襄王调整对韩国的政策：

"请大王观察秦国与韩国的地形，就像一块刺绣的布帛，彼此经纬交错。秦国的领土中有韩国这样一个楔子存在，就仿佛木头中有蛀虫，人的心腹间有疾病。天下形势没有什么大变还好，一旦天下形势剧变，韩国就会构成威胁和危害。大王不如及早收服韩国，消除这个心腹大患。"

"寡人老早就想征服韩国，无奈韩国不肯轻易顺从，该怎么下手呢？"

"韩国哪敢不服？大王只要派兵攻打韩国的荥阳，南边切断巩县、成皋一带的通道，北边切断太行山的必经之路，则南、北援军无法抵达。大王兴兵，荥阳遭受痛击，韩国势必断成三截。眼看就要亡国，韩王还不驯服顺从，哪有这样的道理？如果韩国服从了，秦国的霸业就可以立刻放到议事日程上来。"

范雎提出的这个远交而近攻的优选方案，在当时无疑是秦国对外扩张的最佳方案。秦昭襄王嬴稷忍不住击节赞叹道：

"这真是绝妙好计！"

秦王随即就派遣使节去韩国投石问路。往后的事实证明，范雎的算度异常精准。数十年后，秦王嬴政正是遵循着祖辈设计的这个方案，在六国之中率先解决了韩国，为统一天下拉开猩红的序幕。

经过几年磨合，秦昭襄王嬴稷与范雎的想法日益接近，感情愈加融洽，终于达到了言听计从的程度。于是范雎决定激发秦昭襄王嬴稷的雄心，他语出惊人：

"早先，臣住在魏国，只听说齐国有孟尝君，没听说有齐王；只听说秦国有太后和穰侯，没听说有秦王。国王必须独揽军政大权，主宰一国治乱根本，拥有生杀予夺的威权。如今太后掌管大权，为所欲为，穰侯派人出使他国，甚至都不来向大王通报一声，华阳君（太后的胞弟）、泾阳君（太后的爱子、秦昭襄王的胞弟）为非作歹，毫无畏惧，高陵君（太后之子、秦昭襄王的胞弟）随意进退，也不向大王请示行止。在境内有四大权贵横行无忌，又怎么可能指望国家长治久安？大王长期置身于这种包围圈中，就等于秦国没有国王。大权旁落后，大王的政令还能否出得了秦王宫？臣听说过的道理是这样的：善于治理国家的君主，在宫内威严神圣不可侵犯，在宫外权力犹如磐石不可转移。穰侯派出的使节倚仗大王的威名，在诸侯间决定与谁交友，与谁为敌，到处乱签条约，今日攻打此国，明日讨伐彼国，谁敢说半个'不'字？假若打了胜仗，利益都归于穰侯，国力反而削弱，必将受制于诸侯；假若打了败仗，还会结怨于百姓，祸患无穷，使国家遭殃。有一首诗这样写道：'木实繁者披其枝，披其枝者伤其心；大其都者危其国，尊其臣者卑其主。'崔杼、淖齿在齐国作威作福，前者射伤了齐庄公的大腿，后者抽掉了齐缗王的脚筋，还把他悬挂在庙梁上，痛苦挣扎了一个晚上才死。李兑在赵国掌握大权，将赵武灵王囚禁于沙丘，硬是用一百天时间活活饿死了他。如今我听说秦国由太后、穰侯掌权，由高陵君、华阳君、泾阳君充当辅佐，公然漠视大王的存在，这也是李兑、淖齿那种情形的再现，简直无法无天。如今秦国的官吏，无论职务高低，差不多都是穰侯的人。每天看到大王孤独地站立在朝堂之上，臣不由得暗暗地为大王捏一把冷汗，只怕万世之后，拥有秦国社稷的将不再是大王的子孙。"

这番话可不是隔靴搔痒，仿佛晴空霹雳，令秦昭襄王嬴稷的小宇宙发生大地震，又好比闪电击中了他的脑门。于是，秦昭襄王嬴稷立刻下令，收回太后的权力，把穰侯、高陵君、华阳君、泾阳君统统驱逐到函谷关外，防患于未然；同时，范雎担任丞相，对内政外交具有绝对的发言权。从此以后，这对君臣真就成为了最佳拍档。

我们不难看出，范雎的警言既是为秦昭襄王嬴稷的专制集权大张其本，也是为自己的高官厚禄打着精明之极的算盘。在秦昭襄王之后，秦国外戚不复得势，迄至嬴政统一四海，囊括八荒，将专制集权推到了登峰造极的高度。公平一点说，嬴政对于专制集权的充分开发，理应分出一半功劳，记在范雎的名下。

史家司马光对范雎格外膨胀的私欲洞若观火，将他视为"倾危之士"。在《资治通鉴》中，司马光评议道："穰侯援立昭王，除其灾害；荐白起为将，南取鄢、郢，东属地于齐，使天下诸侯稽首而事秦，秦益强大者，穰侯之功也。虽其专恣骄贪足以贾祸，亦未至尽如范雎所言。若雎者，亦非能为秦忠谋，直欲得穰侯之处，故扼其吭而夺之耳。遂使秦王绝母子之义，失舅甥之恩。要之，雎真倾危之士哉！"范雎比天下诸多倾危之士更高明的地方就是他能够在恰当的时机软着陆，其全身而退的功夫堪称天下独步。当然，这是后话了。

搅局：范雎拆台日，白起刎颈时

秦昭襄王十四年（前293），大将白起统领秦军在伊阙（今洛阳龙门）大败韩魏联军，斩首二十四万级，战场血流成河。白起因赫赫战功由左庶长升迁为国尉。随后，他又马不停蹄，带兵攻占韩国安邑以东的大片土地，还协助穰侯魏冉夺取魏国大小六十一座城池。

白起善于指挥大规模战役，远征或突袭，鲜有失算，可谓用兵如神。其胜率之高，无人能出其右。白起率秦军攻打赵国，夺取光狼城，显然是一个严厉的警告。紧接着，秦军势如破竹，攻下楚国京城郢都，将它改名为南郡。这一连串大捷之后，秦国吞并六国的雄心已昭然若揭，暴露无遗，也不打算再加任何掩饰。

秦昭襄王三十四年（前273），白起率领秦军攻打魏国，斩首十三万级（户头上又是一大笔血红的"进项"）。白起与赵国大将贾偃接战，将两万名降卒悉数沉入河中。秦昭襄王四十三年（前264），白起攻打韩国陉城（今山西曲沃东北），夺取五座城池，斩首五万级。在白起的战功簿上，最值得一提的无疑是长平之战。

公元前262年，秦军攻拔韩国野王（今河南沁阳）之后，阻断了上党与韩国首都新郑的直接联系。上党郡守冯亭在此危难关头，来了个脑筋急转弯，既然城池摇摇欲坠，与其向秦军投诚纳降，还不如将上党献给赵国。一旦这场祸患转嫁成功了，赵军就会奋力抗击秦军，上党城或许还有一线生机。他的如意算盘确实打得贼精明、贼响亮。

天上掉下个喷香的馅饼，赵国想不想吃是一回事，有没有本事消化它则是另一回事。平阳君赵豹看透了冯亭嫁祸于赵国的险恶用心，劝告赵孝成王千万不要贪取"无故之利"，不要接手滚烫的"山芋"。然而赵孝成王和平原君抑制不住内心的贪念和贪欲，竟笑纳了这块兵家必争之地，赵国也就因此卷入争端，招来了秦军的正面攻击。强敌压境，赵军大将廉颇在长平坚壁清野，秦军一无所获，锐气受挫。于是，秦国丞相范雎派人携重金买通赵国内应，使用反间计，到处宣称秦国不惧怕沙场老将廉颇，只惧怕那位举世无双的军事奇才赵括。

赵国的决策者赵孝成王耳根极软，这头笨驴没动脑筋就坠入了敌方的圈套，他撤掉廉颇的前敌总指挥职务，让毫无大战经验、只会纸上谈兵的赵括接任赵军统帅。

其实，赵国有人掂得准赵括的斤两。一位是大臣蔺相如，他对赵王说："王以名使括，若胶柱鼓瑟耳。括徒能读其父书传，不知合变也。"蔺相如认为赵括毫无实战经验，缺乏应变能力，让他指挥四十万赵军，是疯狂的赌博。另一位看扁赵括的是他的母亲。赵括的父亲是马服君赵奢，赵奢在世时，与儿子赵括讨论行军打仗，总是落于下风，但他从不赞赏赵括的滔滔雄辩，因为兵凶战危，绝非下棋、耍嘴皮子这般简单。赵奢具有先见之明，曾忧心忡忡地感叹道：

"将来毁灭我赵氏家族的必定是这个夸夸其谈的儿子！"

赵括的母亲记性好，她牢牢地记住了老爷子生前说过这句话，因此当赵孝成王力排众议，决定任命赵括为赵军前敌总指挥时，她当众提出了一个合情合理的请求：要是赵括不争气，导致军国大事彻底砸锅，弄出个全军覆没的惨祸，她和家人可不能受到牵连。赵孝成王当即应允了她的请求。

赵军这边走马换帅，秦国那边也没有消停，同时做出了相应的调整，白起已经秘密地接替王龁的秦军统帅职务。按照田忌赛马的法则，以己方的上驷去对付敌方的中驷，必胜；何况秦国以己方的上驷（白起）去对付敌方（赵国）的下驷（赵括），想不大获全胜都不可能。

白起设奇兵埋伏，引诱赵军强攻，然后将急于求成的赵军团团围困。赵军的粮道断绝长达四十六天，先是杀马为食，然后杀人为食。

赵国闹饥荒，赵王向齐王求取粮食上的援助，齐王却宁愿让粮食烂在谷仓里，也不肯借给赵国。周子对齐王说："赵国是齐国和楚国的屏障，就好像嘴唇保护牙齿，唇亡则齿寒。今天赵国覆灭了，明天灾祸就会降临到齐国和楚国头上。……况且，齐国救赵国，是高尚的义举；击退秦军，是显赫的声名。大王不干轰轰烈烈的正义事业，却爱惜多余的粮食，作为国家大计，实在是错得离谱了！"周子的话讲得很重，也讲得很对，可是齐王置若罔闻，眼睁睁地看着赵国遭受重创，暗地里幸灾乐祸。殊不知，以邻为壑者终必害人害己。后来，周围的屏障全部被拆除了，当秦军攻打齐国时，齐国"裸露"在狼群的包围圈中，陷入了孤立无援的绝望境地，唯有死路一条。

当时，六国的君主全都抱着齐王这种"燕雀自保"的想法，魏国大夫子顺即大胆地预测道："以此观之，不出二十年，天下必尽为秦国所有。"子顺的预言出入不大，三十八年后，六国即悉数灭亡。

长平一役，白起下令：坑杀四十余万赵军降卒，只放走二百四十个少年。真可谓魔鬼的盛宴。经此惨败，赵军元气大伤，国中能够上阵作战的青壮后生差不多折损了一半。

国君之贤愚，在于他看人是否准确；元帅之强弱，在于他用兵是否得当。赵王中了秦王的反间计，看人走眼。赵括落入了秦军的包围圈，用兵失当。这样蠢的国君和这样弱的元帅联袂唱戏，不轰然塌台才怪。

长平之役，赵军不仅被打残了，而且成建制地被消灭，秦军乘机包围邯郸。赵国眼看就要遭遇灭顶之灾，举国为之震恐。赵王急忙请苏代出面，带着重金厚礼前往秦国，游说丞相范雎。

苏代是苏秦的胞弟，在纵横之士中，他的口才和头脑可谓数一数二，丝毫不逊色于他的长兄。有一次，赵魏联军攻打韩国，韩国向秦国求援，穰侯魏冉和武安君白起率领秦军打败赵魏联军，取得压倒性的胜利。魏国大臣段干子主张割地给秦国求和，苏代不以为然，他对魏王说了一句至理名言："……夫以地事秦，犹抱薪救火，薪不尽，火不灭。"魏王智商低，胆量小，斗志薄弱，对于苏代的这句话缺乏领悟力，最终还是将南阳割让给了秦国，以图苟延残喘。

这一回，赵王请苏代出使秦国，试图通过外交斡旋（说白了，就是随机应变，从秦国丞相范雎那儿尽可能地多找些垂怜），解除赵国迫在眉睫的危机。大赢家通常都不会同情输家，这个任务确实非常棘手。

苏代见到范雎，他故意绕了个大弯子，避实击虚，向那位精明过人的老政客提出两个浅显的问题：

"武安君白起彻底搞定了马服君的儿子赵括吗？"

"已彻底搞定，赵括毫无翻盘的机会了。"范雎答道。

"秦军就快要围攻邯郸了吧？"

"没错，早晚就是这样的结局。"

"赵国一旦灭亡，秦王就会正式称王（当时，诸侯的共主是周天子，嬴稷名义上仍是秦公），武安君战功卓著，是丞相的首要人选。大人能平心静气处在他的下风位置吗？到那时，就算大人不想平心静气处在他的下风位置，也不可能了。天下人都不乐意做秦国的百姓，已经由来已久。现在秦国灭掉赵国，北边的人都逃到燕国去，东边的人都逃到齐国去，南边的人都逃到韩国、魏国去，秦国能得到几人归顺？倒不如乘机割取韩国和赵国的大片土地，这样做，既实在，又稳妥。"

苏代的话妙就妙在表面事事都为范雎和秦国着想，其实处处都为韩国和赵国消灾。范雎不可能看不清苏代的机巧和花招，但私念暗中作祟，他并不乐见武安君白起功高盖世，遮掩自己固有的光芒。于是范雎穿戴整齐，匆忙入宫，向秦昭襄王嬴稷进言：

"我军连续作战，已经疲劳不堪，请大王答应韩国、赵国割地求和的请求，使我军名实两全，不致功败垂成。"

秦昭襄王嬴稷听从了范雎的建议，立刻罢兵讲和。过了半年多，赵国缓过劲来，诸侯集议，都不愿眼睁睁地看着秦国吞灭赵国，变成心腹大患。楚军和魏军救援赵国，对秦军形成钳制。此时，秦军再去奋力攻打邯郸已无异于啃一块连肉渣都不剩的硬骨头。何况武安君白起已经察觉到范雎在背后偷偷做手脚，劝导秦王罢兵，忌害之心一目了然。愤懑之下，他请准病假，回国疗养，将虎符交付给五大夫王陵。嗣后，秦军几次攻城，均损兵折将，讨不到半点便宜。白起病愈后，秦王催促他赶紧去赵国指挥秦军，可是武安君白起心明眼亮，看出战机已钝，胜机已失。他百战成名，百战成功，可不愿冒着巨大的风险，去打毫无把握的战役。他说：

"赵国经历长平一战，固然元气大伤，但整体已形成哀兵之势。在内政方面，他们改革弊端；在外交方面，他们联合诸侯；在军事方面，他们重视守备。而且全民同仇敌忾，众志成城。兵法说，'哀兵莫击'，从当今的形势来看，攻打赵国并非明智之举。"

"寡人已经兴师，开弓没有回头箭！"

秦昭襄王嬴稷改派王龁接替王陵，秦军急攻邯郸。果然未出白起所料，邯郸固若金汤，秦国屯兵于坚城之下，处境日益艰难。秦昭襄王早已习惯于秦军取胜，这回当然也不例外。他让应侯范雎出面充当说客，请武安君白起出征，起死回生，转祸为福，全靠这位神将了。

白起对范雎观感不佳，将相失和，见面时颇有些尴尬。不过，范雎的口才仍堪称天下一流，一开口，他就夸赞白起用兵如神：

"谁不知道武安君是常胜将军？攻打楚国时，将军手中只有八万精兵，就将百万楚军打得土崩瓦解，不仅攻占了楚国的京城郢都，还焚毁了楚王的宗庙，那是何等豪气，何等威风！再说伊阙之战吧，也是将军亲临前敌，势如破竹，何等雄健，何等英勇！将韩魏联军打得一败涂地，斩首二十四万级，韩魏两国从此一蹶不振，向秦国俯首称臣。将军一向善于以寡击众，以少胜多，简直如有神助。如今，赵国在长平之役已损失掉七八成兵力，邯郸被包围，摇摇欲坠，赵王和平原君已沦为瓮中之鳖，将军可趁此机会，将赵国这块心病彻底拔除。要知道，今时不同往日，将军以多打少，以强击弱，怎么反而畏敌如虎？"

范雎一方面极口夸赞白起的往日战功，另一方面则巧妙地运用激将法。白起心明眼亮，他可不吃这样的"套餐"。

"当年，秦军之所以能够打败楚军，是因为楚国内政腐败，奸臣当道，百姓流离，军心涣散，所以秦军能够长驱直入，大功告成。伊阙之战，韩魏联军踌躇观望，号令不一，于是我布下疑兵，佯攻韩军，实攻魏军，出其不意，攻其不备，所以大获全胜。论形势，这两仗都是我军有利，敌军不利。现在，形势已经逆转。听说平原君将家中的姬妾都编进了军队，为士兵缝补衣服，可谓上下一心，其利断金，正如当年越王勾践在会稽卧薪尝胆。更何况诸侯谁都不乐意看到秦国吞并赵国，救兵一定会澎湃而至。所以秦国这次攻打赵国，末将只见其害，未见其利。

何况末将重病在身，确实无法带兵作战。"

应侯范雎横说竖说，好劝歹劝，利口巧舌也没能请动武安君白起出山，不免有点恼羞成怒，浑身不自在。秦昭襄王嬴稷更是气得直嚷嚷：

"没有白起，难道寡人就不能灭掉赵国！"

秦昭襄王嬴稷负气增兵，真有点穷兵黩武的意思。魏国和楚国的两路援军及时赶到，秦军腹背受敌，遭到钳制和挤压，攻守的形势发生逆转，秦军除了认输，吐出口中所含的肥肉，已经别无选择。倘若白起真识趣，在这节骨眼儿上，一定会夹紧尾巴，闭紧嘴巴，对于战事不作任何评论。然而他幸灾乐祸地说：

"大王听不进末将的忠告，现在我军进退失据，情形如何！"

白起公然嘲讽老板无脑无能，犯下头等大忌。秦昭襄王嬴稷听闻此言，勃然大怒，立刻下达最后通牒，强令白起去赵国收拾烂摊子：

"纵然有病在身，也请将军打足十二分精神，为寡人卧床指挥秦军，夺取胜利！这是寡人的愿望。要是将军从命，寡人将赐予将军至高的封赏；要是将军不肯奔赴前线，休怪寡人痛恨将军！"

臣子想方设法让君王喜欢，尚且忐忑不安，谁敢想象被君王切齿痛恨会是什么情形？白起不识时务，竟然狂顶硬扛，坚决不肯去赵国背黑锅。秦昭襄王嬴稷一怒之下，免去白起军内外一切职务，将他降黜为普通士兵。秦军连战不利，秦王的愤恨越来越深，竟将白起强行驱逐出咸阳。嬴稷与范雎合计道：

"白起被流放，怒形于色，并不服罪，还口出怨言，看来，此人是个不小的隐患，留他不得。"

秦昭襄王派遣使者给武安君白起送去一柄利剑。当年，吴王夫差派使者给大臣伍子胥送去一柄利剑，越王勾践派使者给大夫文种送去一柄利剑，意思全都一样：

"念你曾经为国立功，寡人不杀你，你还是自行了断吧。"

要问君王最大的恩典是什么？答案很简单：就是不直接杀你而已。

秦王如此薄情，如此寡恩，武安君白起多少有点吃惊，他仰天长叹：

"我到底做错了什么事情得罪了上天，竟然有此恶报？"

他沉思片刻，将一生所做的亏心事当作烤白薯，拢成一堆，也不是很多啊！不过有一桩算是特别缺德。他说：

"我的确该死。长平之战，赵军降卒有四十万人，我用骗术将他们全部活埋，光是这项罪过就足够我死上一百次了。"

于是，利剑一横，武安君白起抹了自己的脖子。他为秦国攻占七十余座城池，多次赢下关键战役，可以说是秦国有史以来的头号军事奇才和战绩彪炳的大功臣，到头来，却落得个悲剧下场。由此可见，专制君王是极端冷血残酷的，倘若谁敢触他的逆鳞，哪怕是天字第一号的大功臣，也必然难逃一死。秦国百姓异常同情和怀念这位战功赫赫的名将，民间到处设祠，祭祀他的在天之灵。

白起横剑自裁，这固然是秦昭襄王嬴稷的旨意，但范雎的暗中倾陷也起到了推波助澜的作用。铁的事实摆在我们眼前：在独赢的赌台上，范雎为了满足私欲，翦除劲敌时，无所不用其极，哪怕是直接牺牲国家利益，他也在所不惜。"爱国的往往是百姓，至于大臣，他们更爱自己"，这句话真是越想越有道理。因为那些大臣的小算盘打得贼精，关键时刻，他们绝对不会算错任何一个小数点。

疑局：报怨释旧恨，感恩贻深忧

范雎荣任秦国丞相，一人之下，万人之上，他使用的名字却仍旧是当初的那个假名张禄，魏国完全被蒙在鼓里，还以为范雎墓木已拱。魏国听说秦国将大举东征，就派遣须贾出使咸阳。身为秦国丞相，统管内政外交，范雎自然预知了这件事情。他原本是个机智风趣的人，这回决定好好戏耍戏耍、修理修理那位当年向相国魏齐告恶状、差点害死自己的浑球中大夫须贾，一吐胸间郁积已久的愤恨。

范雎身穿破衣烂衫，一副寒伧相，去宾馆拜访来访的魏国大夫。乍见范雎，须贾以为自己白日撞鬼，不禁大吃一惊，嘴皮子都有点打哆嗦：

"范叔别来无恙？"

范雎点头称是，心里却嘀咕道："我岂能轻易挺尸，让你这种小人逍遥快活？"但从他脸上的表情读不到这句潜台词。须贾又用关切的语气问道：

"范叔仍在秦国游说秦王吗？"

"哪里哪里。鄙人早先得罪魏国的相国，逃到秦国来，只为苟且偷生，混口饭吃，哪敢多嘴多舌！"

范雎做出了直截了当的否定回答，须贾左瞧右瞧，也瞧不出他身上有任何升官发财的迹象。

"眼下，范叔干什么营生？"

"鄙人惭愧，在一家店铺当伙计。"

须贾天良未泯，心中顿时动了恻隐之心，他挽留范雎喝酒吃饭，席间喟然感叹道：

"范叔才智超群，谁能料想，竟沦落到今天这步田地！"

天气酷冷，窗外的栗树正在落叶，须贾取出一件棉袍，送给范雎御寒，算是见面礼。

闲谈间，须贾不免为自己的正经差事犯愁，秦国轻视六国使臣，外交的门槛已变得越来越高，他询问范雎：

"秦国的丞相张禄先生，你认识吗？我听说他深得秦王的赏识，内政外交都由他一手决断。这次我的使命能不能够顺利完成，完全取决于这位张丞相是不是肯点头。你有没有什么朋友能与张丞相套个近乎？"

"鄙人的店主人与张丞相很熟络，鄙人也有幸到丞相府走动过。大人只管放宽心，鄙人一定想方设法，撮合大人与张丞相会面。"

几年不见，须贾仍旧是老毛病发作，事到临头，他竟端起那副臭架子，摆起谱来。

"我的辕马在路上生病了，车轴也断掉了。你最了解我的脾气，没有四匹马拉的大车，我通常是不出门的。"

"没问题，鄙人去向店主人租借一驾大马车。"

故事再往下发展就更加精彩了。范雎亲自为须贾当车夫，驾着马车进入丞相府。府中卫士望见丞相一夜之间被贬为车夫，不知出了什么可怕的事故，都纷纷躲避。须贾见人们神色慌张，举止失措，觉得好生奇怪。

到了张丞相的住宅前，范雎收好缰绳，跳下马车，对须贾说：

"大人在这儿稍等片刻，鄙人先进门通报丞相。"

在大门前，须贾等了好一阵子，不见范雎出来。耽搁的时间太长了，于是他询问相府中的宾客：

"范叔这么久还不出来，是什么缘故？"

"相府里没有叫范叔的人。"

"就是刚才跟我一同坐马车进来的那位。"

"原来你说他呀，他可是我们的丞相张先生！"

须贾闻言，大惊失色，知道自己被当众耍了猴，赶紧袒胸，用膝盖爬行，让相府宾客领着他去向范雎谢罪。只见范雎坐在又高又大的帷帐里，侍从环拥，俨若天神。须贾面无人色，在地上猛磕脑袋，连称自己有眼无珠，罪该万死。

"须贾有眼不识泰山，没想到大人能够凭仗自己的本事直登青云之上，须贾从此不敢再阅读天下的书籍，不敢再参与天下的事务。须贾有不可饶恕的大罪过，请让我自弃于蛮荒野地，生死都由大人决定！"

"那你倒说说看，你犯有哪些罪过？"范雎慢条斯理地问道。

"就算是拔了我的头发去数计我的罪过，也不够用。"

"你也别说得那么夸张。依我看，你只有三条罪状。楚昭王时，申包胥到秦国苦苦求援，帮助楚国打败了吴国侵略军，楚王将荆地的五千户封给申包胥，申包胥谢绝了楚王的封赏，只把自己的坟墓留在那里。如今我的先人之墓也留在魏国，从前你检举我是齐国的间谍，向相国魏齐告阴状，让他讨厌我，惩罚我，这是你的第一条罪状。当魏齐将我打成重伤，扔入厕所，加以污辱时，你不从旁劝阻，这是第二条罪状。你喝得烂醉，半夜里在我身上撒尿取乐，怎能如此狠心？这是第三条罪状。然而今日你之所以能够免于一死，是因为你天良未泯，见天气寒冷，赠我一袭棉袍，还存有怜惜故人之意。所以我打算饶你一命。"

粗放时期的政治就是这么干的，一饭之德必酬，眦睚之怨必报，恩怨既分明，又公开，报恩要报在实处，报仇也要报在明处。范雎不杀须贾，除了须贾这人不算大奸大恶，还有一层意思，那就是叫他去完成一个"光荣的使命"。

须贾回国前，战战兢兢，来向范雎辞行。范雎大摆筵席，把各国使节全都请来，与他们坐在堂上，面前摆满美酒佳肴，却让须贾单独坐在堂下，面前摆的是碎草和豆子，范雎让两位被判过黥刑的壮汉夹紧须贾，像喂马那样，把碎草和豆子强行塞入须贾的嘴里。好一番折辱之后，范雎才怒气冲冲地吼道：

"你回去传话给魏王，赶快把魏齐的脑袋送上门来！不然的话，秦军将血洗大梁城！"

须贾回国后，先将范雎的原话一字不改地转达给丞相魏齐，让他另寻生路。魏王肯定不敢得罪秦国，魏齐自知脑袋不保，便一溜烟逃到赵国，躲在平原君家里。

范雎如此快意恩仇，当然有足够的本钱。他在秦国的权威日重一日，王稽当初冒险将他带到秦国，可算是他的恩公，此时想要沾光借光，完全符合常情常理。王稽对范雎说：

"有三件事不可知，也有三种情况无可奈何。哪天大王会突然晏驾？这是第一件不可知的事情。哪天大人会突然谢世？这是第二件不可知的事情。哪天我会突然归山？这是第三件不可知的事情。要是哪天大王突然晏驾，大人虽有负于我，将无可奈何。要是哪天大人突然谢世，大人虽有负于我，也将无可奈何。要是哪天我突然归山，大人虽有负于我，更是无可奈何。"

王稽这话有点绕，意思却并不含糊，很显然，他在责备范雎知恩不报。听了王稽的牢骚，范雎很不开心，但他还是去对秦昭襄王嬴稷说：

"当初，要不是王稽对大王忠心耿耿，就不可能将臣带进函谷关；

要不是大王贤德圣明，就不可能赐予臣如此崇高的地位。如今臣官居丞相，获封侯爵，王稽的官职却还是谒者，他冒险带臣到秦国来，尚无尺寸之赏。"

于是，秦昭襄王嬴稷召见王稽，任命他为河东地区的守令，三年不用年终考核。人情做到底，送佛送到西，秦昭襄王还提拔郑安平（也是范雎的恩公）为将军。王稽那几句不阴不阳的话使范雎内心大受触动，从此他开始乐善好施，用家财去救济那些穷困倒霉的人，也扮演扮演恩公的角色。

秦昭襄王听说魏齐藏在赵国，他很想为范雎出头，了断这桩旧日恩怨，他先是采用软招，写了一封表示友好的书信给平原君，书信的大意是：

"寡人听说先生义薄云天，十分仰慕，很想与先生结交，先生不嫌弃的话，请来秦国做客，寡人愿意摆上美酒，与先生痛饮十天十夜。"

表面看去，这封书信情词恳挚，似乎是盛情恭请，其实是猛力强邀。平原君害怕秦国，他很清楚这头西方恶虎随时都可能咬人吃人，但这份邀请难以拒绝，他就大着胆子，强打精神，前往赴约。秦昭襄王一连摆了好几天国宴盛情款待平原君，他对平原君说：

"古时候，周文王得到吕尚（姜子牙），把他当作祖父一样尊重；齐桓公得到管夷吾（管仲），把他当作叔父一样敬重；现在范先生也相当于寡人的叔父。范先生的仇人藏在先生家里，希望先生派人回去将他的脑袋拎来，要不然，寡人决不会放先生归国。"

诸侯外交，有时竟如同儿戏，身为一国之君，秦昭襄王公然扣押人质，居然理直气壮。这正是战国时代的外交特色，谁的武力强，拳头硬，谁就有发言权。谁在持续坐庄，谁就能欺负闲家。平原君受到恐吓，并未变成软骨小人，他从容不迫地说：

"有权的人结交朋友，不忘自己也有卑贱之时；有钱的人结交朋友，不忘自己也有贫穷之日。说到魏齐，他是赵胜的朋友，就算他藏在我家，我也肯定不会交出；何况他现在并未藏在我家里。"

秦昭襄王搞不定平原君，但有办法搞定他的哥哥，他又写了一封书信给赵孝成王，这封信的大意是：

"你的弟弟在秦国，范先生的仇家在平原君府里，你赶紧派使者将魏齐的人头送来，要不然，我兴兵攻打赵国，并且决不放你的弟弟出函谷关半步。"

赵孝成王大受刺激，立刻派兵包围平原君家。情况相当危急，半夜里，魏齐逃出重围，求见赵国的相国虞卿，他们之间有不深不浅的交情。虞卿估计这回赵王救弟心切，决不会放过魏齐，他就干脆解下相印，与魏齐一同逃亡，他心想，眼下诸侯中没谁敢收留魏齐这个烫手的山芋，唯有信陵君可以依托，虞卿与魏齐直奔大梁，准备通过信陵君的关系逃往楚国。信陵君听说了这件事，由于畏惧秦国的淫威，也不敢接这个烫手的山芋，他犹豫着不想会见这两位天涯亡命客，口中喃喃自语：

"虞卿到底是个什么样的人？"

这时，信陵君的宾客侯嬴正好在身旁，别人有急难，信陵君却迟疑不决，他实在看不下去了，就批评道：

"一个人的好坏确实不容易了解，要了解一个人的好坏也很不容易。当初，虞卿身为布衣，第一次晋见赵王，赵王就赐给他白璧一双，黄金百镒；第二次晋见赵王，被赵王拜为上卿；第三次晋见赵王，终于接受相国的职位，被封为万户侯。当他如此荣耀之时，天下人争着要结识他。魏齐穷途末路去向虞卿求救，他丝毫也不贪恋富贵，连相国这样的高官也可以不做，连万户侯这样的高爵也可以放弃，宁肯与魏齐一同逃亡。他急人之难，来投奔公子，公子却拿不准他是'什么样的人'，如此看来，一个人的好坏确实不容易了解，要了解一个人的好坏也很不容易！"

听了侯嬴话中夹棒的批评，信陵君羞愧得无地自容，赶紧备车去郊外迎接。听说信陵君起先曾感到为难，魏齐心中怏怏不快，一气之下就自个儿抹了自个儿的脖子，他一死百不顾，索性不再给人家添麻烦。

在战国那个大而又深的酱缸里，还有平原君那样珍重交情的真朋友，还有虞卿那样义薄云天的真君子，还有侯嬴那样的服善之智，还有信陵君那样的改过之勇，人性中美好的一面就没有完全缺失。相比而言，范雎的所谓复仇报怨反倒变得不伦不类，秦昭襄王嬴稷的帮忙帮闲也变得滑稽。后世的酱缸更大更深，政界人物富贵时则你亲我热，危难时则你死我活，像虞卿那样的真君子近乎消失。真是可叹可悲！

万物盈满则亏，这是世间的必然规律。应侯范雎在秦国过得顺风顺水，顺心顺意，富贵荣华乃是日常标配，他早已习惯成自然，不再感到稀奇。但那些不顺心不舒心的事终究会找上门来。他的两位大恩人王稽和郑安平都是朽木不可雕的货色，先是郑安平作战不利，带领两万秦兵向赵国投降。依据商鞅的新法令定罪：郑安平该当夷灭三族；推荐郑安平的范雎则与之同罪。范雎又惊又怕，所幸秦昭襄王嬴稷庇护他，竟然发布了一道违宪的命令，大意是："谁要是再敢提郑安平降敌那件事，就以同罪论处。"然而，祸不单行，雪上加霜，没过多久，又发生了河东郡守王稽通敌的恶性事件，依照刑法，王稽罪当处死，范雎也应受到株连。秦昭襄王再次宽恕了范雎。坏消息接踵而至，范雎感到非常郁闷，甚至有些恐惧。

秦昭襄王雄心勃勃，虽然已经成就霸业，却还想统一天下。有一回，在朝堂上，秦昭襄王连声叹息，范雎知道他心中怏怏不快，就赶紧上前，诚惶诚恐地说：

"常言道'主忧臣辱，主辱臣死'。如今大王在朝堂上发愁叹气，臣斗胆请罪。"

"寡人听说楚国的铁剑锋利而戏子笨拙。铁剑锋利，这说明楚国将士勇猛；戏子笨拙，这说明楚王志向远大，他若以远大的志向驾驭勇猛的将士，我担心楚国将打秦国的主意。凡事不预先做好准备，就难以应付突如其来的变故，如今武安君死了，郑安平等人叛变，内无良将而外多敌国，寡人因此日夜忧虑。"

秦昭襄王想用这话激励身上暮气已重、斗志全无的范雎。然而范雎的智力已经衰退，拿不出统一天下的宏伟方案来，整天忐忑不安。此事七传八传，传到了燕国人蔡泽的耳朵里，他判断出这是一个千载难逢的良机，就打点行装，奔赴秦国。蔡泽遍游天下，拜见过不少王侯，却无人赏识他，在路途中还一度遭遇劫匪，险些丢掉性命。当时，有一位精于相术的唐举先生，蔡泽就请他给自己看上一看。唐举是个大滑头，卖了个关子，夸赞蔡泽是圣人，而圣人的相他根本看不出所以然。蔡泽就问了一个最简单的问题："我能够活多长寿命？"这下，唐举爽快地给了他一个实数："先生还有四十三年好活。"回家时，蔡泽眉飞色舞地说：

"我吃美味，骑骏马，怀里揣着黄金印，与王侯显贵们周旋，有四十三年的富贵可以享受，我已心满意足。"

蔡泽要圆这个难以实现的美梦，就得去找一个人的晦气，而此人恰恰是谁也不敢惹的秦国丞相范雎。这真是一部狂人演奏的狂想曲，超级赌徒设下的超级赌局，也只有战国时期的书生才敢这样异想天开。

和局：蔡泽能挟理，范雎肯避贤

有样学样，蔡泽沿袭了当年范雎故意激怒秦昭襄王嬴稷的旧招故伎，蔡泽叫人去相府放出大话：

"燕国客人蔡泽，是位才智非凡的雄辩之士。只要他有机会见到秦王，必定使范大人受困而失去丞相之位。"

这样的标准套餐，范雎当然不吃，他凭借多年的政治经验判断，这位远道而来的狂人不难打发，所以他对蔡泽的班门弄斧不以为然。

"五帝三皇的故事，诸子百家的学说，我都了然于心，那些利口雄辩，我已将它们摧折殆尽。蔡泽究竟有什么天大的本事能使我坐受其困，夺走我的权力和地位？"

尽管范雎不待见从燕国远道而来的宾客，但蔡泽这个名字还是在他的大脑里生了根，打下了楔子，终日挥之不去。他决定采取主动会面的策略，观察这个潜在的敌人，看看他到底有什么本事，居然敢向自己公然叫板。

布衣书生蔡泽来了，见到范丞相，他只是抱拳打拱，大有布衣傲王侯的架势。范雎原本心里就感到不快，如今会面，对方又摆出一副不知天高地厚的傲岸姿态，就更加恼怒了。于是他责问道：

"你宣称要取代我做秦国丞相，真有这样荒唐的事情吗？"

"确有其事，它并不荒唐。"蔡泽直接承认，未加丝毫掩饰。

"那我倒想听听你的高见。"

"哎，大人要是早几年见到我就更好了！四季轮回，一旦成功就应该让位。身体健康，手足敏捷，耳目聪明，内心智慧满满，这难道不是智士想达成的愿望吗？"

"那是当然。"

"秉持仁义，施行道德，在天下得行己志，国人怀着欣喜敬仰他，都愿意他成为领头羊，这难道不是智者的期待吗？"

"那是当然。"

"富贵荣耀，成功治理万物，使之各得其所；热爱生命以求长寿，终其天年而不夭折；天下继承其传统，守护其事业，代代相传；名副其实，恩德流播千里，万世赞美不绝，与天地同春，这难道不是合乎道德而圣人称之为吉祥的美事吗？"

"那是当然。"

蔡泽辩才无碍，他要将范雎引入他预先巧妙设计的困局当中。于是，他以商鞅、吴起、大夫文种为例子，这些先贤都有顶尖聪明的头脑，也都有煊赫一时的功业，还都有一人之下万人之上的地位，却个个在盛年横死，未能得到善终。蔡泽问道：

"大人乐意加入这些人的行列吗？"

范雎是见多识广的老狐狸，当然清楚蔡泽预设了圈套，一旦掉进去，就会理屈词穷。于是他另作高论，称赞这三人都是忠义之士，也都建立了伟大的功业，君子面对灾难，理应视死如归，活着受辱倒不如死去光荣。他们杀身成名，又有什么好遗憾的？

蔡泽没气馁，他抓住一点，不及其余，又列举忠诚的典型人物比干（被商纣王杀害）、智慧的典型人物伍子胥（被吴王夫差赐死）、孝顺的典型人物姬申生（晋献公的太子，不愿忤逆父意而自杀）为例，说明有时候死是无济于事的，与其身死而博得虚名，不如保全生命，获取实惠，身名俱泰才是上选。他的结论是：

"一个人建功立业，难道不希望功业能有始有终？身不败，名不裂，才是最佳的结果；名垂后世而不得善终，是次好的结果；声名狼藉而苟且偷生，是最坏的结果。"

蔡泽言之成理，范雎不得不服。紧接着，蔡泽又反复再三地拿商鞅、吴起、大夫文种当年的处境与范雎现在的处境作比较，指出范雎眷恋权势，十分危险。他还指出范雎已功高震主，《尚书》上早就说过"成功之下，不可久处"。归根结底一句话，蔡泽劝范雎急流勇退，再折腾下去，秦王将提出高不可攀的目标，到那时，范雎进退失据，就会左右为难，逃不过商鞅等人的悲惨下场。这番话没有任何逻辑漏洞，无懈可击，范雎听了，久久无言以对，心中泛起一波又一波寒战。

范雎深知，纯粹以智慧而论，蔡泽并未胜过自己，但对方身上全都是朝气、锐气，自己身上全都是暮气、惰气，二者相差甚远。他长期置身于波诡云谲的政界，清楚政治是一柄无比锋利的双刃剑，就算是顶尖高手，舞弄它时，稍不小心，就会砍伤自己的脖颈。两眼看去，今日咄咄逼人的蔡泽不就是昔日锐意进取的范雎吗？还是好好成全这个燕国佬，让他出人头地为妙。

于是范雎从善如流，将蔡泽确定为丞相府中最重要的宾客，没过多久，他就将蔡泽举荐给秦王。范雎盛赞蔡泽是天下罕见的奇才，其智谋和韬略远远胜过自己。此后，范雎辞官赋闲，过起了优哉游哉的隐居生活。秦昭襄王嬴稷果然欣赏蔡泽，让他接替了范雎的相位。蔡泽也果然如相命先生唐举当年所卜算的那样，活够八十高龄，成为秦国的四朝重臣，居然活到嬴政即位之后。

明朝初期，文学家高启撰写过一篇论史短文《商鞅范雎》，纵向比较了二人的命运："鞅、雎之相秦也，其罪同，其祸则异，何哉？受谏、不受谏也。夫鞅以残刻之资事孝公，下变法之令以毒秦人，至刑公子虔，黥公孙贾，尝论囚而渭水尽赤，盖仁民之道丧也。雎以倾危之性事昭襄王，进近攻之计以亡山东之诸侯，至罢穰侯、废太后、逐泾阳、华阳君，盖亲亲之道灭矣。然雎闻蔡泽之言，则谢病而归，卒完首领；鞅闻赵良之说，则贪商於之富，宠秦国之政，徘徊而不忍去，卒受车裂之惨。二人者，虽皆不足言，然以此则雎为犹胜哉。呜呼！进退祸福之几，观鞅、雎之事，后之人亦可以少鉴矣！"高启认为，商鞅和范雎同为秦国丞相，都是刻薄寡恩之人。之所以商鞅遭酷刑，是因为他拒绝了赵良的谏言，贪恋富贵。之所以范雎得善终，是因为他接受了蔡泽的谏言，谢病而归。这样的归纳当然不无道理，但还有一个原因同样重要：秦孝公只活了四十四岁，在位二十四年，弃世太早，商鞅失去了靠山，太子继位，正好收拾他；秦昭襄王相当长寿，活了七十五岁，在位四十五年，比范雎还要晚死四年，只要他老人家健在，范雎的仇敌就不敢反攻倒算，最终也就无力还手了。一个人"将身货与帝王家"，君主赏识你，重用你，所谓"君臣相得"，你就有权有势，但也须君主不改初心而且长寿才好，这两个前提是最难预设的。让商鞅、范雎易时而处，易主而事，无论他们是否接受善意的谏言，命运也会迥然不同。这就如同搭伙参赌，只为自己设想周全仍是远远不够的，伙伴的表现也具有一半甚至更大的决定作用。

一介布衣，仅凭个人才智和三寸不烂之舌，就取得卿相位，做帝王师，这无疑是战国时代一套极为独特的游戏规则。韩非曾说"长袖善舞，多钱善贾"，意思是：袖子长的人，跳起舞来，飘飘若仙，当然好看；财力雄厚的人，做起生意来，本钱足，不怕小亏损，能做大投资，当然容易富上加富。志向远大的书生并非一穷二白，真才实学就是他们手中雄厚的资本，商鞅、范雎和蔡泽，个个才雄志大，找准机会登上最高赌台，都是顶呱呱的赢家。

自秦孝公嬴渠梁至秦庄襄王嬴子楚，百余年间，秦国不断进步，仿佛骏马奔腾，六国老牛破车，自然望尘莫及。百余年不算长，秦国涌现出来的功名显赫的文武大臣就有商鞅、张仪、樗里疾、甘茂、魏冉、白起、范雎、蔡泽、吕不韦，此外，孟尝君和楼缓也曾短期出任过秦国的丞相，在他们中间，不少人文武兼资，文能服众，武能威敌，既能上马打仗，又能下马治民，属于全能型的政治家、军事家。秦国的成功主要在于选拔人才，重用人才，程序极简，全过程十分透明，不在身份、资格上定立什么条条框框，不因对方的国籍不同而歧视或敌视。总之，谁不服，都可登台打擂，都可上门踢馆。在公平原则下饱和竞争，人才的虹吸效应就产生了，六国反其道而行，都是干客政治、黑箱政治，它们不断吃瘪而相继覆亡，一点也不冤。

早年，范雎受尽磨难，差点命丧黄泉，但他苦心孤诣，进入大赌局中，从容胜出，拜相封侯，牛气冲天。晚年，他仍有服善之智，让贤辞职，成功地实现了软着陆，不仅保全了自己的首级，而且保住了一大堆"筹码"。一位赌徒，不难取胜几回，难就难在金盆洗手，难就难在身名俱泰，成为万世仰望的楷模，而不是一辆倾覆的"前车"。

第三局

苏秦和张仪的对赌：合纵连横

赌王：苏秦、张仪

师承：二人均为鬼谷子的高足

最高职务：苏秦被六国尊为「主君」，张仪挂秦、魏、楚相印

最高赌绩：苏秦撮合六国同盟，张仪拆散六国同盟

赌术精要：以三寸不烂之舌，借力打力，借权谋权

致命败着：苏秦捞过界，与燕王太后私通

大结局：苏秦被刺杀，张仪得善终

张荫麟先生在《中国史纲》中写到孔子，说他"有教无类"，是"学术平民化的造端"，说他"率领弟子，周游列国，作政治的活动，这也是后来战国游说的风气的创始"。如此看来，别人都得靠边站，战国纵横家非追认孔丘先生为鼻祖不可，这个结论匪夷所思，但它相当可靠，而且具有几分喜剧色彩。此外，法家的不少代表人物也出自儒门，李克、吴起是鸿儒卜子夏的弟子，韩非、李斯是大儒荀况的弟子。这说明，儒门里的叛徒（或谓小人儒），典型者如李斯，竟打着红旗反红旗，所学非所用，所用非所学，这种角色喜欢唱白脸，一旦他们决意摧残"仁义"，就往往出手如电，而且极其精准。

在战国中晚期，孟子多次感叹过，"圣王不作，诸侯放恣，处士横议"，合纵连横乃是各路高智商玩家大显身手的国际游戏，除开极少数无意入世的岩穴隐逸之士，绝大多数读书人都发足往这条窄路上奔驰，往这道窄门中拥挤，"纵横家"大行其道，这个名目几乎能将所有辩士、谋士、策士一网打尽。

"从（纵）者，合众弱以攻一强也"，"衡（横）者，事一强以攻众弱也"，这是韩非对"从衡"（纵横）所下的定义，公认为它是标准解释。再具体描述一下："合纵"即是韩、魏、赵、燕、齐、楚六国联合抗秦，军事同盟中，一国遭到秦国侵略，其余五国都去救它；"连横"即是某个弱国或某几个弱国尊奉秦国为宗主国，受其保护，在其卵翼下苟且偷生，听其命令，去攻打其他弱国。

秦国以两副面孔出现，一副凶猛狠鸷，另一副亲善友好。倘若六国担心秦国会采取各个击破的手法翦除自己，理智就会告诉他们，必须组成抗秦联盟。倘若六国中有谁害怕吃眼前亏，或误以为秦国肯放过自己去对付其他邻邦，就会蠢蠢然与虎谋和，寻求秦国的百般怜惜和万全保护。秦国采取的方略相当明确，那就是"远交近攻"，打一个，拉一摞，直到将六国逐个消灭干净为止。应该说，在合纵连横的往复循环中，六国的实力不断遭到削弱，秦国是唯一的受益者和最终的大赢家。

你瞧，那些纵横之士脚蹬烂草鞋，身穿旧布衫，满世界地颠来跑去，不是在这儿蹚浑水，就是在那儿和稀泥。时不时，他们给那些满脑子糨糊的君王烧几炷断魂香，直折腾得他们晕晕乎乎；或者给那些浅见短视的君主上几滴眼药水，直点拨得他们两眼放出贼光。纵横之士无非是动动脑筋，磨磨嘴皮，舞弄三寸不烂之舌，就能把一国甚至多国的卿相高位据为己有，把短期或长期的荣华富贵攫为己用，这也太令人抓狂和傻眼了。尽管有时他们为求欲满，过于放纵自己的肉身，也会不慎惹恼某些暴徒、狠角色，被强行端掉吃饭的家伙，但更多的人还是爽够了大半辈子。

形象一点说，在战国时期，纵横之士差不多全是来自草野民间的赌徒，当时大规模的"博彩公司"共有七家：秦、楚、韩、魏、燕、赵、齐。秦国的场馆是第一档次，人气最足；齐国、楚国、赵国的场馆是第二档次，也聚集了为数不少的江湖豪客；韩国、魏国、燕国的场馆则是第三档次，相对冷清和寒伧。合纵之士和连横之士很好区分，合纵之士常在楚、韩、魏、赵、燕、齐六国的"赌场"里厮混，连横之士常在秦国的"赌场"中流连。作为精神领袖，苏秦被合纵之士簇拥，张仪被连横之士包围。这两位超级长舌男整起事来，桩桩惊天动地，他们的神级表现是"一怒而诸侯惧，安居而天下息"。

战国时期，六国集合兵力和财力，并不弱于秦国，合纵（结成联合战线）是一条共生共存的好路子。六国齐心，其利断金，合力抗秦。但为何六国联盟犹如一张破渔网，屡补屡结，却屡破屡败？

在《资治通鉴》中，史学家司马光有一个解诟的总结，可谓切中肯綮："从衡（纵横）之说，虽反覆百端，然大要，合从（纵）者，六国之利也。昔先王建万国，亲诸侯，使之朝聘以相交，飨宴以相乐，会盟以相结者，无他，欲其同心勠力以保家国也。向使六国能以信义相亲，则秦虽强暴，安得而亡之哉！夫三晋（韩、魏、赵）者，齐、楚之藩蔽；齐、楚者，三晋之根柢；形势相资，表里相依。故以三晋而攻齐、楚，自绝其根柢也；以齐、楚而攻三晋，自撤其藩蔽也。安有撤其藩蔽以媚盗，曰'盗将爱我而不攻'，岂不悖哉！"很显然，六国最终被秦国逐一吞灭，主要还是自乱阵脚，自撤藩蔽，自绝根本，把自残自戕的活儿一票干得太欢。总而言之，六国统治者的私欲和短见坏了国事，坏了天下事。

在《中国史纲》中，学者张荫麟的分析更贴近今人的理解，他认为合纵政策的持久保固有很大的困难，原因有二：其一，六国合纵，出路只有一条，向秦国进攻，而秦国不是好惹的。合纵政策与六国普遍爱好扩张的帝国主义企图之间，有根本冲突，无法调和。其二，齐、燕两国，距秦国遥远。秦国的东侵，直到很晚，还没有给它们以切肤之痛，它们对于合纵运动的热心很容易冷却下去。反之，魏、楚、韩、赵邻近秦国，它们一旦与秦国绝交，外援未必真能到位，而秦军先已压境。它们始终怕吃眼前亏，就很容易被秦国诱入"亲善"的圈套，而破坏纵约。

末了，张荫麟解譬道："战国时代的国际关系，好比时钟的摆，往复于合从、连衡之间；每经一度往复，秦国的东侵便更进一步，六国的抵抗力便更弱一些。"

日侵月削的结果，就必然是六国相继沦亡，秦国一统天下。

引言：初战失利，满地寻牙

在中国历史上，乱世多，治世少。令人惊心揪心的大乱世不下二十个，其中三大乱世，战国时期，三国时期，民国时期，因其特殊性，备受世人瞩目。苏秦和张仪就是战国乱世中天才卓异的"恶之花"，是战国赌台上最精于设局、最善于成局的超级豪客。

据东晋王嘉的笔记小说《拾遗记》载述，苏秦和张仪在少年时期便有交集，两人抱团取暖，惺惺相惜，遇见稀有难得的奇书，他们就折竹为简，刻写不休。这种勤苦之状，旁人看在眼里，多半认为是瞎折腾，身怀奇术的鬼谷子偶然听说了，则点头赞许，将他们收于门下，视为可造之才。

权谋深，手段狠，对爹妈都不敞开心扉，对儿女都不流露真情。这样的人，你会觉得他们太冷血，太可怕，但这样的人恰恰是鬼谷子四处物色的顶尖材料，其工具理性顶破了人类感性的天花板。

鬼谷子精研纵横术，说白了，即专门为战国时期量身定制的成功学。他特别强调"捭阖""反应""忤合""揣摩""权谋"。他的解释是："说之不行，言之不从者，其辩之不明也；既明而不行者，持之不固也；既固而不行者，未中其心之所善也。辩之，明之，持之，固之，又中其人之所善，其言神而珍，白而分，能入于人之心，如此而说不行者，天下未尝闻也。"察言观色，处心积虑，投其所好，因势利导，用三寸不烂之舌翻云覆雨，呼风唤雨，这是鬼谷子教给门下高足的神功绝技。

东汉人王充著《论衡》，其中谈到鬼谷子考试弟子时喜欢采用奇招，先让人在地上挖出一个大坑，然后他对苏秦、张仪说："你们站到大坑里，如果用一席话能把我感动到老泪纵横，你们就有十足的把握分享天下君王的土地，撷取荣华富贵，如拾草芥！"苏秦和张仪便先后下到坑底，口水功夫极其厉害，鬼谷子果然"泣下沾襟"。

在此，笔者不妨再多扯几句闲话。嘉祐元年（1056），苏轼与弟弟苏辙进京赶考，由父亲苏洵全程陪同。北宋王朝的京城在汴梁（今河南开封）。苏家父子出峡，走的自然是水路，途经硖州（今湖北宜昌），他们参观了鬼谷子的故居。苏东坡赋诗《寄题清溪寺》，对于鬼谷子和他的两位得意门生苏秦、张仪，既无好感，也无好评："口舌安足恃，韩非死说难。自知不可用，鬼谷乃真奸。遗书今未亡，小数不足观。秦仪固新学，见利不知患。嗟时无桓文，使彼二子颠。死败无足怪，夫子固使然。君看巧更穷，不若愚自安。遗宫若有神，颔首然吾言。"苏轼指责鬼谷子是"真奸"，讥笑新学徒苏秦、张仪是"见利不知患"的"颠子"。在苏轼看来，口舌功夫不足为雄，徒然害人害己，韩非撰《说难》，头头是道，自己却授人以柄，死于口舌不慎。顶尖高手尚且不能保命全身，泛泛庸手以他们为光辉榜样，岂不是自寻黑路和死路吗？

言归正传。苏秦学成下山，能将"舌鞭"舞得风雨不透，刀枪不入，但他有自知之明，比起师弟张仪来，仍然稍逊一筹。

战国时期，共有三对同门师兄弟声名显赫，他们无一例外地成了劲敌，甚至成了死敌。

第一对同门师兄弟是孙膑与庞涓。两人同学兵法，庞涓的学习成绩比孙膑差一大截。庞涓心胸狭隘，担心孙膑将来在战场上打败自己，就将他从齐国诓骗到魏国，找个罪名弄残他的双腿，还在他额头上黥字，留下刑徒的耻辱印记。庞涓心想，老同学变成了废人，行动不便，颜面无存，哪能亲临战场，指挥军队？天下首屈一指的军事家就非我庞涓莫属了。哪知天算不如人算，孙膑设法逃回了齐国，做了齐国大将田忌的军师。孙膑以妙计协助田忌，两次大败庞涓：一次是围魏救赵，迫使魏军疲于奔命，遭到折损；另一次则是马陵之战，诱使庞涓冒险疾进，全军覆没。这两位同门师兄弟斗法，最终是成绩好的一方完胜了成绩差的另一方。

第二对同门师兄弟是韩非与李斯。他们的老师是大名鼎鼎的战国思想家荀况。李斯的学业成绩比不上师兄韩非，但他的阴招天下第二（赵高第一），韩非最终不明不白地死在了师弟手下。这一回，是成绩差的一方完爆了成绩好的另一方。

第三对同门师兄弟就是苏秦和张仪（按时间顺序讲，也可以说他们是第二对）。他们同样是直接的竞争对手，但还没有闹到相残相害的地步。

苏秦学成下山，自负绝学在身，信心爆棚，满以为万物为我而备，比张网捕捞天鹅要容易得多。如此轻狂的心态就注定了这只职场菜鸟必定会栽个大跟头。

苏秦是洛阳乘轩里人，他决定先从近处做一回实习试试身手，他游说洛阳城中那位身价已经猛跌的周显王，直说得舌敝唇焦，却如同对牛弹琴，周显王居然当着他的面打起了瞌睡，太没礼貌和诚意了。反正苏秦这回权当是试手，失手也没必要大惊小怪。下一站去哪儿？据《战国策·赵策》记载，苏秦将下一站选定为赵国，他决心打赢这场漂亮的攻坚仗，将游说的对象锁定为政治强人李兑。

李兑具有审时度势的智算，手段非常高明。赵武灵王的长子叫赵章，次子叫赵何。赵何的母亲吴娃深得赵武灵王的宠爱，被册封为王后。母以子贵，子以母贵，周赧王十六年（前299）五月，赵武灵王将王位禅让给赵何，自称主父。主父为年轻的赵惠文王挑选的相国是肥义，他嘱托肥义时，可谓郑重其事："毋变尔度，毋异尔虑，坚守一心，以殁尔世！"肥义勉为其难地接下了这副千钧重担。

赵武灵王壮年时期胡服骑射，确实英明神武，及至晚年，铁石心肠却化为了绕指柔。有一次，赵惠文王在朝堂上会见群臣，赵武灵王看到身材高大的长子向弟弟下跪行礼，内心生出不忍之情，即封长子赵章为安阳君，将广袤的代地（今河北蔚县周围）赐给他做采邑，还派大臣田不礼去辅佐赵章。李兑比别人更早地察觉到祸患的苗头，并且及时向相国肥义发出了预警，为他指明了一条退路："公子章身体强壮而性格骄狂，党羽众多而欲望极大，可能会打他的如意算盘。田不礼为人残忍而高傲，他与公子章合作，必有夺取王位的阴谋，以图侥幸成功。小人有大欲，往往轻虑浅谋，只见其利，不顾其害，群起作乱，一同拥入祸患之门，依我看，赵国内乱的日子已为期不远。相国任重势大，是他们的眼中钉。仁者爱万物，智者防患于未然，不仁不智，如何为国效命？相国何不宣称重病在身，将国政托付给公子成？毋为怨府，毋为祸梯。"肥义忠于职守，不肯躲避祸患，自求多福，但他苦无良策。赵章和田不礼作乱之日，杀害的第一位大臣就是相国肥义，李兑早有防范，他与公子成联合，诛杀了田不礼，赵章逃到主父的宫室中避难，也被搜捕，斩首示众。事态不再恶化，形势已经好转，但李兑和公子成的平乱行动直接惊吓到主父，他们都害怕事后大祸临头，便一不做二不休，将主父围困在沙丘的王宫中，不许外界供给饮食，三个月后，主父被活活饿死了。

大乱总算平息，赵国安戢如堵，赵惠文王立刻提拔两位大功臣，公子成任相国，李兑任司寇。公子成去世后，李兑接任相国。

李兑老谋深算，苏秦要说服他，谈何容易。见面时，苏秦介绍自己的来历，试图动之以情："鄙人是洛阳乘轩里的书生，家境贫寒，父母衰老，破车驽马不备，只得背着书箱，挑着行李，风餐露宿，渡越漳河。脚板已磨出厚厚的茧子，每天走一百里地才住店。总算抵达邯郸，拜见到大人，面对面讨论天下大事。"李兑见过形形色色投机钻营的男人，不可能对眼前这位风尘仆仆的布衣书生产生特殊的好感，表面上仍然要敷衍一下。于是他用轻松的语气开起了玩笑："苏先生见多识广，不妨跟我说说鬼话，倘若要讨论人间事务，我心中已灯火通明，不必劳烦。”

策士的本事就在于临机应变，无论人话、鬼话都要能脱口成章，无非是多绕几个弯子，多兜几个圈子。苏秦说："鄙人本来就打算撇开人话，跟大人讲几句鬼话。"鬼话该怎么个讲法？标准格式须采用寓言，这样的鬼话更能打动听者。

苏秦即兴创作，腹稿速成，一开口就直奔主题："鄙人到城外时，天色已晚，在后郭门，没能找到住处，就露宿在别人的田间地头，近旁有很大的灌木丛。夜半时分，土偶与木梗斗嘴，它说：'你不如我。我是土做的骨肉，就算我遭遇疾风大雨，被淋坏了，仍归于尘土；可是你不是树根，只不过是树枝，一旦遭遇疾风大雨，漂入漳河，向东流进汪洋大海，就身不由己了。'鄙人私下里认为土偶更胜一筹。此前大人饿死了主父，将多位大臣灭族，大人立足于天下，危于累卵！大人听从鄙人的计谋就能生，不听从鄙人的计谋就会死。"鬼话竟说到这个份儿上，真有点鬼气阴森了，李兑为之动容，他对苏秦说："苏先生先去旅舍歇息，明天再来府中畅聊。"

苏秦走了，李兑的门客对主人说："卑职在一旁观察大人与苏先生交谈，他的雄辩胜过大人，他的渊博也胜过大人。大人能听从苏先生的计谋吗？"这位没留下姓名的门客眼力好，判断力强，难能可贵的是肯讲真话，不拍马屁。李兑的回答是"不能"。那位门客就出了个主意："大人要是不能言听计从，就请大人坚决堵住自己的耳朵，把他的高谈阔论当成耳旁风。"

翌日，苏秦畅所欲言，滔滔不绝，尽兴是尽兴了，效果却不佳。出门之后，苏秦询问那位送行的相府门客："昨天，我只是谈了个大概，相国就为之动容；今天，我所谈的内容至关紧要，相国却爱听不听，这是什么原因？"真人面前不打诳语，那位门客如实相告："苏先生的计划堪称宏远，大人不能采用，是我教大人充耳不闻。尽管如此，请苏先生明天再来，大人必给苏先生提供一笔丰厚的赞助。"

对方话已挑明，苏秦自知这趟赵国之行已宣告收场，能赚取些川资也算不错，李兑给苏秦的厚礼是明珠、玉璧、一袭黑色貂裘，还有百镒黄金，确实超乎想象。有了这笔雄厚的本钱，苏秦便不远千里，风尘仆仆地跑到秦国去，游说秦惠文王嬴驷，劝导秦王充分利用自己易守难攻的地理优势和秦军无坚不摧的战斗力吞并东方六国，包举宇内，囊括天下，令苏秦始料不及的是，他的大计对秦惠文王竟然只是秋风射马耳。秦王说：

"寡人听过一句忠告：飞鸟的羽毛还没有丰满，就不能凌空翱翔；法规还没有确定，就不能任意施刑；恩德还没有积厚，就不能滥用民力；政治还没有理顺，就不能劳烦大臣。看样子，先生不远千里来到秦国，是要商量兼并天下的大计，来日方长，还是等以后从容计议吧。"

这番话显然是推托之词。怪只怪苏秦没选准时机，没踩准节奏，秦国刚刚将商鞅车裂，攘外必先安内，对远道而来的策士、辩士缺乏信任感。苏秦当然不甘心白跑一趟，空手而归，他一连给秦惠文王献上了十道长策，提出了一大堆富国强兵、开疆拓土的建议，但秦惠文王均置之一旁，未予回复，他刚刚登上王位，正急于铲除商鞅余党，尚难腾出手脚和心思大展宏图，推进霸业。

大老远地，苏秦兴冲冲地跑到秦国，原以为巧施妙计，多放大招，功名富贵唾手可得，哪知吃到嘴的尽是不放油盐不放醋的闭门羹。就这样，他十次献策，始终未能打动秦惠文王。苏秦在秦国干耗了一年多，到处打点，盘缠用尽，明珠和玉璧都变卖掉了，黑色貂皮大衣磨光了毛，仍然一无所获。此时，苏秦形容枯槁，面目黧黑，身材瘦削，比一根晒衣竿也强不了太多。怎么着？死乞白赖没用，还是收拾行囊，重返洛阳老家吧。

回到家，苏秦耷拉着脑袋，愁眉苦脸，潦倒落魄，一副穷酸相，老婆埋头织布，对他不理不睬，嫂子也不肯下厨为他做饭，父母虽然没有埋怨和苛责，脸色却阴沉难看，处处触目伤心啊！左邻右舍那些势利之徒正愁生活单调乏味，缺少乐子，这下他们找着了现成的题材，一个劲窃窃暗笑，都认为自己有资格来教训这位不务正业的失败者：

"摇唇鼓舌也能够赚大钱，做大官？我真没听说过世上会有这么容易大赚快发的事情。你应该照照铜镜，整天垂头丧气，就像一条狗被打断了脊梁骨！"

听完这话，苏秦既郁闷又羞惭，心酸不已。他愁肠百结，一个人躲进卧室中喃喃自语：

"妻子不把我当夫君看待，大嫂不把我当小叔子礼遇，父母不把我当儿子呵护，这都是秦国造成的恶果，有生之年，我誓与秦王不共戴天！"

夜里，苏秦搬出书箱，挑拣出姜子牙的著作《太公阴符》。他记得师傅鬼谷子说过，谁要是能将《太公阴符》读懂一半，博取卿相位就易如反掌。当时他认为师傅的话太夸张，对这本书并未留意，现在有了闲工夫，倒要认真钻研一番。苏秦伏案苦读，潜心揣摩，每天至少花费两三个时辰。《太公阴符》的内容艰涩深奥，读着读着，他就昏昏欲睡。于是他发起狠来，用锋利的锥子刺破自己的大腿，直刺得鲜血淋漓。此举为后世留下了"锥刺股"的典故，与汉代孙敬的"头悬梁"合为"悬梁刺股"的成语，以形容年轻人好学不倦。

苏秦将灯花挑了又挑，午夜过后，万籁俱寂，他仍在屋子里踱来踱去，从窗口眺望天际皎洁的月轮，自说自话：

"四海之大，诸侯之多，一席话入情入理，直听得他们两耳流油，心悦诚服，则何求不获？荣华富贵都在向我招手！"

苏秦将《太公阴符》当成自学教材，足足揣摩了一年多，终于领会了书中的奥义，对其诀窍洞彻于心。于是他喜笑颜开，奋力以右拳击左掌，然后掩卷叹息：

"我已胸藏绝学，这回终于可以出门游说天下君王了！"

师兄苏秦的心境大为改善，只等机会，一试牛刀。师弟张仪的起步阶段如何？是否尝到了甜蜜的果实？

张仪学成下山，将楚国当成自己弋获功名的首站。开头不错，楚国令尹认定张仪是个难得的人才，经常请他到府中喝酒议事。然而祸从天降，楚国令尹府中丢失了珍贵的玉璧，张仪洗脱不了嫌疑，府中那些势利鬼都运用有罪推断的法则，既简单又粗暴，他们说：

"在赴宴的宾客中，就数张仪的家境最贫穷，此人品行不端，不是他干的，还能是谁干的？"

不由分说，众口咬定张仪偷窃了玉璧，揍住这位倒霉蛋，一顿暴揍，直揍得张仪七窍冒青烟，满地寻白牙。相府家丁仔细搜遍张仪的每道衣褶，却并未发现玉璧的踪影，只好放人。

张仪忍耐着浑身伤痛，回到家里，却遭受到前所未有的冷遇。老婆不仅懒得理会他的冤屈，而且雪上加霜，嘲弄道：

"哟！今天你不是去令尹府喝酒吗？怎么喝出满嘴血泡泡来了？要是不读那些破烂书编，到处摇唇鼓舌，谁会把你当成窃贼毒打？"

师弟张仪比师兄苏秦更有喜乐相，更具幽默感，抗击打能力也更强。他无意计较老婆没心没肺的挖苦，只是张开嘴巴，用手指头朝里面指了指，然后瞪一眼老婆，提出一个再浅显不过的问题：

"睁大你的双眼，可要看清楚啦，我的舌头还在不在？"

"那根三寸长的烂舌头倒是完好如初！"原本板着脸孔的黄脸婆居然也被这话逗乐了。

"那就万事大吉，我的本钱毫发无损！"张仪具备充足的底气，就算眼下流年不利，也无碍日后鸿运当头。

一个人，不怕别人能打掉你的牙齿，就怕别人能打掉你的意志和信念。意志和信念健在，一切俱在。这句话不难理解。毕竟牙齿掉了，还可镶补；链子掉了，还可安装；倘若意志和信念掉了，就如同魂魄掉了，别说自己站不稳脚跟，挪不开步履，就算别人肯伸出手臂来搀上一把，扶上一程，也枉费力气！

苏秦与张仪，师兄弟出山捞世界，均开张不利，一个金尽裘敝，一个鼻青脸肿，最终他们都踏平荆棘路，成为诸侯见之而心惊、闻之而色变的狠角色，各国的辩士、策士、谋士、术士纷纷效法他们，世间便扰攘多事。

苏秦和张仪的成功学固然难以复制，其纵横术也未可高估，但他们就如同"打不死的小强"，那股永不服输、决不放弃的劲头还是激励了后世许多力求破茧破冰的贫寒书生，这个事实始终不可抹煞。

设局：动之以利，诱之以色

苏秦拎着旧行囊再次出门，父母妻嫂若无其事，冷眼旁观，只有弟弟苏代、苏厉送他一程，说上几句鼓舞士气、温暖心窝子的祝福话。

这回，苏秦要去哪儿？他决定不远千里前往赵国。赵国丞相是奉阳君赵成，他不待见那些兜圈子、绕弯子的书生，苏秦白跑一趟。若是换了别人，在异国他乡，三番两次遭受冷落，早就灰了心，泄了气，缩起脖子，打道回府，从此安于现状，老婆孩子热炕头，了却余生。然而苏秦越挫越勇，他信心满满，底气十足，不再自我怀疑。真正的高手必定坚持不懈，背运迟早会走到尽头，否极泰来是铁的规律。苏秦瞄准的下一站是赵国的邻邦燕国。

足足待了一年多，苏秦才见着燕文侯。这回他抓住救命稻草，使出了浑身解数，只求燕文侯能够明白一点：秦国远在西部，它不是燕国的头号劲敌，燕国的头号劲敌是毗邻的赵国，所以燕国只有与赵国保持睦邻友好关系，才可保障国家不受强敌侵凌。两个瘦小子联手，能打败一个壮汉。

燕文侯觉得苏秦言之有理，合纵的确有利于燕国的长治久安，他立刻命令有关部门给苏秦置办马车，准备礼物，促成他去赵国从事外交活动。

一个人要行鸿运，有些前提必不可少，比如说原本轻视你、敌视你的某个关键人物突然归山，路障没了，你的跑车一踩油门，就追上了凤凰和天鹅，甚至追上了太阳和月亮。苏秦再次抵达赵国。那位奉阳君，以往他总是挡在赵肃侯身前，将苏秦拒之门外，现在已被黑白无常勾销了性命，这就省掉了许多麻烦。苏秦精心炮制的恭维话就如同关大妈煲出的靓汤，能让赵肃侯的舌头粘在碗边上：

"目前的上计就是安民无事，安民的根本就是选择友邦，赵国若跟着齐国起哄去打秦国，或是跟着秦国起哄去打齐国，老百姓不得安生。赵国北与燕国接壤，燕国实力平平，不足为患，赵国南与韩国、魏国交界，秦国之所以不能直接攻打赵国，是因为韩国、魏国是赵国的天然屏障，秦国要越过韩国和魏国来攻打赵国，它显然有后顾之忧。然而世事多变，倘若有朝一日韩国和魏国实力不支，自身难保，倒向秦国的怀抱，给秦国的军队让路，甚至接济粮草，赵国人就会在邯郸的城楼上眺望到秦军猎猎招展的旗帜。到那时，赵国军队与秦国军队硬碰硬，大祸患就会降临在赵国的头上。这正是我对赵国深感忧虑的地方。我仔细研究过地图，诸侯的领土合拢来，足足比秦国大五倍；诸侯的兵力加起来，足足比秦国大十倍；六国同心同德，组成联军攻打秦国，秦国将无法抵挡。如今，诸侯都向秦国拱手称臣，这不是很丢脸很荒唐吗？攻破秦国与被秦国攻破，臣服于秦国与使秦国臣服，处境之安危，国运之兴衰，岂可同日而语！所以我为大王设想，最好的方案莫过于与韩、魏、齐、楚、燕六国同气连枝，合力对付残暴不仁的秦国。六国可以斩白马为盟，秦国攻打六国中的任何一国，其他五国就立刻出兵援救，要是其中一国不遵守盟约，其他五国就联合起来对付它。六国一旦合纵，秦国的军队就不敢再轻易兴兵东征了。这样一来，赵国就可以成就霸业。"

一席话句句在理，丝丝入扣，赵肃侯乳臭未干，少年雄心，很快就被打动了。他乐意在六国联合有限公司中参股，甚至做大股东。于是赵肃侯封苏秦为武安君，授予相印，馈赠马车百乘，黄金千镒，白璧百双，锦绣千纯，供他出使邻邦，作联合诸侯的费用和礼品。

苏秦一夜暴富，各种志得意满的情形，暂且按下不表。

师兄已经转运，师弟的近况如何？张仪在楚国挨了毒打，丢了相府的差事，开不出工资给门客，门客吃不惯萝卜白菜稀饭红薯，穿不惯破衣烂衫，就主动请辞。张仪对门客的心思了如指掌，他说：

"一定是生活太清苦的缘故，先生才决定离我而去，先生等着，我明天就去晋见楚王，自有计较，可不能让先生再这样受苦！"

翌日，楚怀王在宫中接见了张仪，脸色难看。张仪自有办法将楚怀王诱入圈套，他故意用轻松的语气说：

"大王不肯信任鄙人，鄙人想去魏王那儿碰碰运气。"

"好啊！"楚怀王如释重负，送瘟神也就那副模样。

"大王想不想得到魏国的特产？"张仪适时放出诱饵。

"黄金、珠玉、犀牛角和象牙，楚国应有尽有。寡人对魏国的特产没什么兴趣。"

"难道大王不喜欢美女娇娃？"张仪拿捏得极准，楚怀王一定会纵身扑向这个芬芳扑鼻的诱饵。

"张先生的意思是？"楚怀王听见"美女娇娃"四字，一双色眼果然放出精光，说他馋涎欲滴，哈喇子快要掉地，也不算夸张。

"魏国的美女肤色细嫩洁白，秀发乌黑闪亮，站在人来人往的地方，一眼望去，疑为天上的仙姝。"张仪巧舌如簧，讲得天花乱坠。

"先生也见到了，楚国是个偏僻简陋的国家，寡人从未见过先生所说的仙姝。寡人身为男子汉，哪能不好色呢？呵呵。"楚怀王是条傻乎乎的大头鱼，果然张嘴就吞咬钓钩。

轻轻松松，张仪从楚怀王那儿得到一笔丰厚的赏金，他料想还有两笔金子即将转入自家账户。过了两天，张仪果然就收到了正宫娘娘南后和楚怀王的宠妃郑袖的厚礼，南后是一万两黄金，郑袖是五千两黄金。南后还让人偷偷地捎话给张仪：

"我听说张先生即将启程前往魏国，正好手头攒着这些金子，就送给先生，充作路上的盘缠吧。"

南后和郑袖破财消灾的意思不言而喻，张先生到了魏国后可别给楚王拉皮条，这笔重金算是我们预支的感激费。张仪凭着几句忽悠，一张画饼，就赚到三笔重金，有了钱，他的门客不仅能吃上山珍海味，而且鲜衣怒马，乐不思蜀。

造局：师兄将师弟蒙在鼓里

苏秦以合纵抗秦、争当盟主说服赵肃侯之后，他的日子就完全变了样，过得一天更比一天舒服，一天更比一天滋润。张仪自然听说了这个好消息，赶紧收拾行囊，离开楚国，投靠师兄。苏秦正犯愁，他还没找到一位合适的人选去秦国帮他遮风挡雨，张仪来了，最佳人选非他莫属。但苏秦了解师弟，你指派他去天悬地远的秦国卧底，干世间最脏最累最危险的活计，他绝对不会心甘情愿，那么就得狠狠地修理他，折辱他，激怒他，逼迫他乖乖地就范。

张仪跋山涉水，风尘仆仆，前来投靠师兄，原以为凭着多年同门之谊，苏秦会热情地收留他，款待他，哪里料想到师兄竟冷眼相待，不念旧情，仅赏给他一顿闭门羹。过了好些天，苏秦才用最低规格接见张仪，指定他坐在堂下，给他端上来的全都是下人吃的饭菜，还当众奚落张仪在楚国只沾到铜臭，没尝到过权力的滋味，劝他干脆拿着手头剩余的本钱去经商，终归强过孤魂野鬼般东漂西荡。

"瞧瞧你这寒伧样，凭借当年从恩师那儿瞟学到的那点本事混阳寿，至今还只是一介布衣，你这不是存心丢恩师他老人家的脸面吗？当然啦，我可以出面，去赵王那儿为你讨份美差，使你后半生有享不尽的荣华富贵，可是朽木不可雕，粪土之墙不可圬，我犯不着为你操这份闲心！"

苏秦的话异常刻薄，张仪无地自容，直气得七窍冒黑烟。他反复思忖，六国迟早会被师兄揉成一团发面，在他的势力范围内，自己休想有个出头之日，现如今只剩下秦国可以去碰碰运气，讨讨生活了。张仪别无选择，他硬着头皮，踏上遥远坎坷的路途。

等到张仪拿定主意，气冲冲地上了路，苏秦好不开心，便亲自对门下的一位宾客说：

"张仪是天下贤士，论本事，我做师兄的也比他稍逊一筹。只不过我运气比他好，早一步得到了赵王的重用。依我看来，只有张仪是秦国丞相的最佳人选。可是他嗜欲甚多，挥霍成性，散财比攒钱更快，眼下他手头拮据，我担心他人穷志短，会贪图小便宜，不思进取，所以才特意将他叫来狠狠地羞辱一番，以激发他的斗志。你去为我好好地照料他。"

苏秦把自己的主意透露给赵肃侯，后者立刻下令拨付专款专车。于是苏秦派那位机警的门客跟随张仪，与他同行，处处关怀备至，却从不透露为他提供方便的幕后主使是谁。张仪顺利地抵达了秦国，游说秦惠文王，果然博得激赏，被任命为客卿。

苏秦的门客完成了护送张仪入秦的使命，该回去交差了，就去向张仪辞行，张仪感激他一路上的热心照顾，挽留道：

"我仰仗先生的资助，一路顺利来到秦国，赢得今日的地位，正准备好好报答先生，先生干嘛急着回家呢？"

"说实话，鄙人并不了解张先生的价值，真正看重张先生的是苏先生。苏先生担心秦国会攻打赵国，破坏合纵的盟约，苏先生认为，以张先生的高才，一定能够获得秦王的重用，所以才特意激怒张先生，使张先生负气西行，然后派鄙人沿途照料，这全是苏先生的主意。如今张先生如愿以偿，请让鄙人回去向苏先生报告喜讯。"

此时，苏秦的门人亮出底牌，一五一十道明事情的原委。张仪闻言，大受触动，不由得惊叹道：

"哎呀，这原本是恩师曾经教过的套路，师兄运用自如，我竟然被蒙在鼓里，没有察觉到任何可疑的蛛丝马迹。这就摆明了，师兄远比我睿智！我刚刚得到秦王的起用，根基未稳，哪能算计远隔千里外的赵国？请先生替我感谢师兄，并转告他，只要师兄在赵国主政，我就绝对不敢多嘴多舌。何况师兄的功夫天下独步，我哪有能耐为难他！"

苏秦所料不差分毫，张仪很快就担任了秦国的丞相，得志之后，他也是有恩报恩，有怨报怨。他草拟了一份檄文，传真给楚国令尹，大意是：

"几年前，我跟你同桌喝酒，不曾偷窃你的玉璧，你却听信谗言，盲目栽赃，将我毒打一顿。你给我仔细听着，好好守住你的国家，我立马就要伸手偷窃你的城池了！"

张仪是天下无几的策士，穷困时竟被小人诬陷为小偷，遭到毒打暴揍，奇耻大辱岂能忘怀。现在，他身为秦王身边的红人和新贵，可以明火执仗，去抢劫楚国的城池，牵着楚怀王的鼻子，骗得他陀螺直转，张仪的心头一定舒爽到了极点。如果换在今天，我相信，张仪一定会为自己的三寸不烂之舌投上巨额保险。

成局：苏秦腰间悬六国相印

苏秦马不停蹄，用利害关系游说韩宣惠王姬考，话说得很重，其中有这样几句，当即将姬考变成了"烤鸡"：

"大王的领土有限，秦国的欲望却永无餍足，以有限的领土去填塞无餍的欲壑，这只会引来百姓怨恨，导致国家覆亡。我听说过这样一句民间谚语，'宁为鸡口，勿为牛后'。现在韩国讨好秦国，争先恐后，这何异于自取其辱？以大王的英明神武，却摊上个'牛后'的坏名声，被国际友人嘲笑，我暗地里为大王感到羞耻！"

韩宣惠王本就是烈性子，哪经得起苏秦的强刺激？他果然怒形于色，猛挥双臂，圆瞪两眼，手按宝剑，仰天长叹：

"寡人虽愚钝，但绝不会去巴结秦国，看它的眼色行事。现在苏先生传达赵王合纵的宝贵建议，六国结成同盟，共同抵御虎狼之国，寡人乐意成为其中的一分子。"

苏秦搞定了韩宣惠王，手中的筹码激增，再去游说魏襄王就举重若轻了。首先，他奉承魏襄王是天下少有的贤君，魏国是天下少有的强国；然后，他劝导魏襄王不必过分担心国力不济，难以与强秦抗衡。当年，周武王凭仗区区三千战士起事，在牧野打败商纣王的大军；越王勾践凭仗区区五千战士复国，在干遂活捉吴王夫差，都是极好的例证。现在魏国的战士多达七十万，怎能屈服在暴秦的淫威之下？他猛烈抨击魏国那些主张割地求和的大臣，认为他们苟且偷安，损害国家利益，是对魏王的不忠。他再次提到合纵，讲明六国军事同盟的好处。魏襄王庸庸碌碌，你让他发天下之先声，做天下之先驱，他绝对不敢，倘若只要求魏襄王随波逐流，见风使舵，他还是很乐意的。

苏秦的忽悠立竿见影，魏襄王爽快地加入了同盟，六国之中有待苏秦去说服的就只剩下齐王和楚王了。从以上的介绍，我们不难看出，苏秦的游说极具针对性，一是针对国情，二是针对军情，三是针对民情，四是针对君主的性情。何处该浓墨重彩，何处该轻描淡写，他对火候的拿捏极为准确。他去游说齐宣王，夸赞齐国财力雄厚，仅用了一个比喻"粟如丘山"，有如此丰足的粮食储备，其他的还用多说吗？他夸赞齐国兵力强大，攻守兼备，进退自如，则一连用了三个比喻，"进如锋矢""战如雷霆""解如风雨"。他夸赞齐国人力资源充沛，也是一连用了三个比喻，"连衽成帷""举袂成幕""挥汗成雨"。他使用先扬后抑的手法，有意使齐宣王羞惭，国家有如此强劲的实力，而且不与秦国接壤，不会受到正面攻击，却甘心巴结秦国，做个低声下气的二房东！齐宣王受到激发，面红耳赤，就立即表态，他乐意加入六国军事同盟，以对付共同的劲敌。头号大股东齐国的入伙是超级利好的消息，苏秦长途贩运其合纵理想，便只剩下最后一站，他不信楚王愿意离群索居，做个闭关锁国的孤魂野鬼。

苏秦抵达楚国后，待了三天才见到楚威王。要知道，今时不同往日，往日秦王、燕王都可以怠慢他，将他晾上一年半载，就跟晾死鱼烂虾似的，直晾得他两眼翻白，通体发臭。现在，苏秦是五国诸侯都尊重的大贵人，哪能忍受三天整整三十六个时辰遭受楚王冷落？

三天后，楚威王接见苏秦，苏秦只随便敷衍了几句，就要辞别而去。楚威王感到好生奇怪，苏秦现在红透半边天，大老远跑来，好像很不开心，是不是哪儿怠慢了他？楚威王用试探的语气说：

"寡人听到先生的大名，如雷贯耳，就像是听到古代圣人的大名一样。如今先生不远千里来楚国看望寡人，话还没正经说上几句，座位还没坐热，先生就急着要回去。是不是责怪寡人照顾不周？"

"岂敢岂敢。楚国的食物比美玉还贵，柴草也不比金桂便宜，谒者（负责向国王引见客人的官员）比鬼魂还难寻找，大王更比天神还难见面。如今让我以美玉为食，以金桂为柴，可真是消受不起，还要通过鬼魂晋见天神，大王说说看，这是不是一件赏心乐事？我还是就此告辞吧。"

"好了，好了，先生消消气，寡人乐意随时请教。"

很显然，苏秦争的不是接待规格，他只想向楚威王表明一个态度，也想让楚威王向自己表明一个态度，在外交上，态度可远比接待规格更重要。

苏秦了解楚威王好大喜功，虽没有多大能耐，却有远大志向，于是他故意将楚国抬举到与秦国并肩的高度，宣称秦国最害怕的劲敌绝对是楚国。可有一点令人莫名其妙，同样是泱泱大国，楚国却甘心臣服于秦国，这岂不是自己瞧不起自己吗？他还抓住楚威王贪财好色的弱点大做文章：

"大王真要是肯听从鄙人的劝告，加入六国军事联盟，鄙人可以让其他国君随时听候大王的吩咐，大王的后宫将充满妙龄美人，马厩里也将拴满骏马。合纵成功了，楚国就可称王；连衡成功了，秦国就会称帝。如今大王放着现成的霸业不用心经营，却向秦国俯首称臣，鄙人内心替大王感到不值。"

楚威王曾想聘请贤人庄周来当楚国的令尹，其野心不可小觑。苏秦拿捏得精准无误，将芳香扑鼻的鱼饵直接垂送到大鱼张开的馋嘴里，大鱼想吐弃钓钩都不可能。楚威王说：

"寡人有自知之明，楚国真要去硬碰秦国，胜算微乎其微。楚国群臣之中，也无人可以寄予厚望。寡人枕不安席，食不甘味，内心摇摆不定，就像悬挂在高处的旗帜。所幸先生有万全之策，使六国团结一体，寡人愿意唯先生马首是瞻。"

合纵成功了，六国齐心，能否其利断金，其力抗秦？则有待继续观察。苏秦被公推为纵约长，腰间悬挂燕、赵、韩、魏、齐、楚六国相印，好不威风，各国君王都尊称苏秦为"主君"，这无疑是一个前无古人、后无来者的伟大成就。

苏秦完成使命，从楚国取道北上，回返赵国，途经其家乡，东周首都洛阳。当时，在名义上，周王室还是宗主，七国还是诸侯，可是周王室早已债台高筑，失去了宗主应有的地位和号召力。苏秦的随从车队浩浩荡荡，气势与王侯相比也毫不逊色。周显王诚惶诚恐，派人到郊外去欢迎和慰劳苏秦，一个劲地责怪自己当年有眼不识金镶玉，请苏先生多多包涵。苏秦气量够大，一笑置之。

最生动的一幕是苏秦的老婆和大嫂小心翼翼地跪在一旁侍候他吃饭，大气不敢出，正眼不敢瞧。这顿饭苏秦大快朵颐，是好久未曾有过的舒坦。饭后，他一边剔牙，一边问大嫂：

"为什么我上次回家你爱答不理，这次回家你却毕恭毕敬？"

苏家大嫂是个势利眼，她跪伏在那儿，脸面贴地，整张脸都快变成地板砖了。她用歉疚的语气回答道：

"上次叔叔空手而归，灰头土脸；这次叔叔回家，前呼后拥，威风八面，还带回整箱整箱的金子，教人好生敬畏！"

大嫂实话实说，苏秦感慨万千。在外面，他吃过那么多苦，遭过那么多罪，见过那么多白眼，听过那么多风凉话，内心的触动都远远不及此时此刻这么明显。他感叹道：

"同样一个人，贫穷时，父母不把他当儿子看待；富贵了，亲戚就会敬若神明。人生在世，荣华富贵，哪能不放在心上！当初，要是我有两顷良田，小富则安，又怎么可能有今天的成就！"

于是苏秦散尽万金，让亲友欢天喜地。当初，他奔赴燕国，借了别人一百串铜钱做生活费，现在还给对方一百两黄金。凡是有恩于他的人都得到了丰厚的报答。只有一个随从似乎被遗漏了，这人就旁敲侧击，提醒苏秦。苏秦对他说：

"我并没有忘记你。你与我一道前往燕国，在易水河边，你见我失意，三番四次要离我而去。那时候，我形单影只，到处碰壁，对你的薄情寡义非常失望。所以今天才最后一个报答你。现在你也可以得到你本该得到的那一份了。"

如此看来，虽然苏秦已成为荣华富贵的"肉馅儿"，却并不是一个忘恩负义、得志便猖狂的小人。

苏秦完成了使命，返回赵国，套用时下体育界的一句流行语来形容，就该是"凯旋的健儿受到了英雄般的欢迎"。起初，赵肃侯只是抱着试试看的态度，打发苏秦与其他五国周旋，可没想到赵国作为合纵的首盟者和主盟者，居然能够获得今日这么高的国际地位和国际威望，他对苏秦刮目相看，厚礼相待，册封他为武安君。同时，还派遣使者将六国合纵的盟约抄送秦国。秦国军队慑于六国军事联盟的强大实力，十五年不敢出函谷关向东方六国挑衅。所谓的"不敢"也正反映了秦国的耐心，秦国养精蓄锐，等得起，它就不相信那个松散的六国同盟能够长期维持下去。到六国彼此间反目成仇时，秦国的机会就来了，张仪的机会就来了。像张仪这号人物是不会"吹冷风"太久的。我个人认为，论政治幽默感，张仪在中国历史上最为突出，有那么一点坏，也有那么一点怪，妙就妙在有悬念，妙就妙在无厘头。

破局：张仪拆散了六国联盟

在秦国，张仪的境遇顺中有逆，有些不确定因素，具体表现在他与秦国大将司马错的争议上，他主张攻韩伐周，司马错主张伐蜀。张仪劝秦惠文王与楚国、魏国假意周旋，麻痹它们，然后出兵攻占东周的首都洛阳，夺取九鼎宝器，挟天子以令诸侯，如此行动，更容易建立王业。他认为蜀地偏僻，而且少数民族聚居杂处，得到它，既不能成名，又不算获利。他陈明二者的利害关系：

"我听说过这样两句谚语：'争名者于朝，争利者于市。'现在三川和周室是天下既有名又富庶的朝（朝廷）市（市场），大王弃而不争，反而去蛮荒地区征战，这样做，与王业背道而驰。"

司马错则认为，想要富国，先应拓展疆域；想要强兵，先应厚待百姓；想要称王，先应多施恩德，做好了这三点，王业才会水到渠成。现在秦国地小民贫，所以开疆拓土和厚待百姓才是当务之急。伐蜀就能达到这样的目的，蜀国地大物博，资源丰富，而且是悬挂在秦国嘴边的一块大肥肉，只有秦国吃得到，别国伸嘴都够不着。他们吃不到、够不着，就不会批评秦国伐蜀是残暴贪婪的行为。一旦秦军征服蜀地，则名实两全。至于攻韩伐周，恶名稳得，实利则可能沾不上边，一旦六国合力对付秦国，秦国就会惹火烧身。

秦惠文王最终认可了司马错的伐蜀主张，并且任命司马错为伐蜀主将。秦国果然大获全胜，尽获全利。

此后，张仪在秦国做了两年多丞相，就被秦王派遣去魏国卧底，出任魏国丞相，这可绝对不是什么挂职锻炼。战国时期，高级官员犹如硬通货，北去南来，东成西就，都是正常现象。

张仪在魏国执政，内心里记挂的全是秦国的利益，肯定会看准时机，从事他蓄谋已久的连横大业，可是魏襄王坚守合纵盟约，有点水泼不进、针扎不透的味道。在魏国干耗了四年，张仪一事无成，他感到十分惭愧，不好意思回秦国交差，倒是秦惠文王有足够的耐心，他厚待张仪，等待他恢复状态，慢慢出成绩。张仪眼见魏哀王（魏襄王之子）仍跟他父亲一样不听话，就暗中怂恿秦国攻打魏国，以便增强他的说服力。张仪诱导魏哀王投靠秦惠文王，话是这么说的：

"魏国南边与楚国交界，西边与韩国交界，北边与赵国交界，东边与齐国交界，像肉馅一样被包夹在中间，处于各方拉拽，四分五裂的不利位置。如今魏国加入六国军事联盟，约为兄弟，自以为团结一心，其利断金。然而，即算是一母所生的同胞兄弟，尚且会为了争夺钱财反目成仇，大国之间只凭靠苏秦那些蒙人的鬼话就想抱团取暖，显然是痴心妄想。臣设身处地为大王着想，魏国只有与秦国结欢才是上上之策，一旦与秦国结盟了，楚国和韩国就不敢乱动，不用顾虑楚国和韩国这两块心腹之患，大王就可以高枕无忧了。"

魏哀王听信张仪的劝说，率先背弃六国军事同盟，投入秦国的怀抱。张仪凭借着这份漂亮的答卷，重返久违的秦国，做他更喜欢做的秦国丞相。但为了从根本上瓦解六国军事联盟，张仪还得辛苦一趟，去楚国兼任令尹。楚怀王虽往昔被张仪要弄过一回，但听说张仪率使团来访，仍立即安排张仪住进上舍（五星级宾馆）。楚怀王探问张仪：

"楚国偏僻落后，先生有何高见赐教寡人？"

"大王真要是肯听鄙人的建议，就与齐国绝交，鄙人将请求秦王献上商於（曾是商鞅的封邑）六百里土地，让长身玉立的秦国美女充任大王的姬妾，秦国、楚国有了姻亲关系，就可以结成长期的兄弟之邦。依我看，再没有比这更周全的计策了。"

有道是利令智昏，楚怀王自忖，不烦一兵、不伤一人就能白得六百里土地，还能抱得美人归，大国君王要碰上这样的美事，也必须有绝佳的运气才行，他顿时乐昏了头。楚国大臣个个喜笑颜开，争相庆贺楚王双喜临门，只有陈轸看出张仪是在暗中设局和下套，因此他大放悲声：

"秦国之所以重视楚国的战略地位，是因为楚国与齐国合纵，现在楚国与齐国断交，就将陷入孤立无援的境地。秦国又何至于偏爱孤立无援的楚国，硬要奖赏六百里土地？张仪回到秦国后，就会食言自肥。到那时，楚国东边已与齐国绝交，西边则要独自承受秦国的祸害，势必遭受齐国和秦国的夹攻，国家危在旦夕。臣替大王想出了一个好主意，不如暗地里与秦国结为盟友，假装与齐国断交，派使者跟随张仪去秦国。他要是真肯送给楚国六百里土地，楚国再与齐国绝交不迟。秦王要是不肯给楚国六百里土地，楚国与齐国也并未绝交，可谓进退有据，毫发无损。"

应该说，陈轸为楚怀王设想周全，张仪的那步棋是叫将，他的这步棋是反将。可是楚怀王贪欲太急，注定要钻入张仪为他设置的圈套。张仪完成使命，返回秦国，楚怀王派遣一位将军去办理商於六百里土地的交割手续。张仪回到咸阳后，假装不小心坠车受伤，请了三个月的病假，没在丞相府办公。楚怀王心想："莫非张仪怀疑楚国与齐国仍然藕断丝连？"他一不做，二不休，派遣使者去宋国，借了兵符，朝着北方边境大骂齐王。君子绝交，尚且不出恶声，何况大国绝交，楚国耍弄这种龌龊把戏，齐王大怒，立刻放低身架，与秦国恢复邦交。这真是一副神效良药，张仪的"伤病"霍然而愈。他对楚国的使者说：

"在边境，我有一块六里大小的封地，愿意敬献给楚王。"

楚国使者闻言，大吃一惊，以为自己的耳朵患了急性中耳炎。他强调：

"末将受命来接受商於六百里土地，没听说只有六里封地。"

楚国使者回国复命，转述了张仪的原话，"轰"的一声，楚怀王的脑袋几乎炸开，他怒气冲冲，立刻发兵攻打秦国。陈轸不以为然，劝楚怀王隐忍一时之愤，割地贿赂秦王，然后联合秦军，攻打齐国。这样一来，堤内损失堤外补，虽然便宜了秦国，但楚国不至于两头吃亏。应该说，陈轸才是一位智士，一位成熟的政治谋略家，楚怀王则是一个上当后光会生气的庸人。他坚持己见，攻打秦国，结果白白葬送了八万子弟兵的性命，折损了大将屈匄和丹阳、汉中之地。楚怀王满脑袋糨糊，货品的成色极差，三闾大夫屈原却偏偏对他忠心耿耿，这个千古之谜，一直令人大惑不解。

后来，秦国想得到楚国的黔中，试图用武关与楚国交易。这桩买卖是桩正经买卖，不可能掺水，负气的楚怀王却咬牙切齿地说：

"寡人不愿意换地，若能得到张仪的脑袋，宁愿把黔中送给秦国！"

世上竟然有这样的好事，一颗脑袋就能换取数百里土地？秦惠文王想用张仪去换土地，但这句话说不出口。张仪冰雪聪明，对秦惠文王的心思洞若观火，于是他主动提出到楚国去冒险交涉。蝼蚁尚且惜命，张仪毫无烈士情结，什么视死如归、为国捐躯，他才不会争先恐后。他敢去楚国走一趟，是因为他有充分的把握，在赌台上轻而易举地战胜楚怀王。张仪对秦王说：

"臣与楚国大夫靳尚是朋友，靳尚不简单，他是楚怀王夫人郑袖身边的头号大红人，郑袖的枕边风一扇就灵。何况秦国强大，楚国弱小，臣是秦国的现任丞相和正式使节，楚国哪敢随便拿臣开刀？退一万步说，假如楚国杀害了臣，秦国能得到黔中大片土地，臣倒是觉得物超所值。"

一到楚国，张仪就被楚怀王下令逮捕，砍头似乎只是早晚的事情。张仪的好朋友、楚国大夫靳尚自然不会坐视不救，他赶忙去拜见楚怀王夫人郑袖，一出口就是危言耸听，郑袖手中的杯盏差点哐啷一声掉在地上。

"娘娘知不知道，大王很快就会将娘娘打入冷宫？"靳尚出手精准，掐捏的正是郑袖的要穴。

"出了什么新的状况？"郑袖大吃一惊。

"秦王赏识张仪，天下人都知道，本不想他到楚国来冒险。秦王见到大王要杀害张丞相，肯定会用上庸的六个县来贿赂楚国，选送宫室美人，嫁给大王，以歌喉婉转的秦女作为陪嫁。大王既看重土地，又尊敬秦国，秦国的美女必定受到宠幸，娘娘就只能远远地靠边站了。娘娘不如劝说大王释放张仪，这样就可以防患于未然。"

靳尚提到异国的青春美女，徐娘半老、风韵犹存的郑袖立刻跳了起来。早先，魏王也给楚怀王送过美人，楚怀王果然见异思迁，风流病发，只见新人笑，不闻旧人哭。郑袖老于世故，深知女人泼醋只会把男人驱赶到冤家对头的怀里去。于是她对待新人比楚王对待新人还要好，吃的穿的用的玩的，她都挑选最好的送给那位魏国娇娃。楚怀王看在眼里，喜在心头，还对此大发感慨：

"妇道人家讨好丈夫凭借的是美色，女人家吃醋实属常情。眼下郑袖明知寡人喜欢新人，却比寡人还要厚待她，这跟孝子孝敬父母、忠臣忠于君王有何不同？真是难能可贵啊！"

火候已到十分，郑袖就用关怀备至的口气对那位幼稚天真的新人说：

"大王虽然非常欣赏你的美貌，可对你的鼻子还不是十分满意。你下次侍候大王时，一定要用手遮掩住自己这个小小的缺点。"

新人不知这是用心险恶的圈套，果然遵照郑袖的指示办，下次见到楚王，她就用手掌捂住鼻子。楚王感到好生奇怪，就问郑袖：

"新人侍候寡人，干吗要捂住鼻子？"

郑袖回答，这一定有个缘故，但她又故意显出欲说还休的样子。楚怀王逼她说真话，郑袖这才揭开谜底：

"新人似乎不喜欢闻大王腋下的狐臭味。"

楚怀王一听这话，就像被激怒的傻瓜一样暴跳狂吼。当即派人去把那位可怜而又无辜的魏国美人的鼻子割了下来。

这一次，郑袖听说秦国美人又将输入楚宫，与她争宠，自然气不打一处来。但她不想再要心计，只打算使出惯招，在楚王耳边放炮仗：

"不错，张仪确实欺骗了大王，大王确实应该生气，可是人臣各为其主，也没有什么好怪罪的。现在两国为土地起了纠纷，秦王派张仪来交涉，算是高看大王了。大王不仅不善待他，还要杀掉他，秦王必定大发雷霆，派遣军队攻打楚国，以楚国薄如竹篾片的家底子，究竟能招架多久？贱妾请求大王同意，容许贱妾带领儿女迁往江南，避免这场即将临头的大难和大祸。"

楚怀王耳根子软，胆魄有限，楚国满目疮痍，民怨沸腾，秦国则是一架高能高效的军事机器，开罪不起啊！楚怀王越想越不对劲，越想越害怕，就赦免了张仪，依旧按照最高规格接待他。

楚怀王头脑简单，被奸臣包围，张仪将他戏耍得陀螺直转，也不会觉得有多大的成就感。战国时期的外交就是这种情形，彼此骗来骗去，就看谁能把骗局做圆，将麻绳套到对方的脖子上，谁就是取胜的一方。《孙子兵法·谋略篇》中说："上兵伐谋，其次伐交，其次伐兵，下政攻城。"有时，谋略和外交犹如连体婴儿，根本不可分割。

救局：苏秦善绕"毛线团"

这边张仪大展身手，一套组合拳揍得楚怀王鼻歪眼爆；那厢苏秦却乐极生悲，开始霉运缠身。他欠了一屁股"烂账"，"债主"纷纷找上门来。

先是齐国破坏盟约，乘人之危（燕文侯驾崩）攻取了燕国十座城池，新即位的燕易王要苏秦去齐国为燕国讨回公道，这个要求不算过分。

苏秦见到齐王，先是俯身庆贺，然后仰头哀悼。齐王觉得好生奇怪，他问苏秦何故自相矛盾。

"庆贺与哀悼也能放在一块来做吗？"

"臣听说，一个人哪怕饿得要命，也不会贪吃鸟喙（即鸟嘴），因为吃了硬邦邦的鸟喙根本不能消化，不仅会饿死，还要额外增添一份痛苦。

如今燕国虽然弱小可欺，新即位的燕王却是秦王的小女婿。大王贪图十座城池，竟打算长期与秦国结下梁子，是不是值得？如今燕国打头阵，秦国派遣大军随之而来，天下精兵就要大举进犯齐国了。大王这就叫吃鸟喙充饥，适得其害。"

齐王听了这番话，顿时感到心惊胆寒，脸色倏然大变。他立刻向苏秦讨取解免之计。

"这可如何是好？"

齐王发问，正中苏秦下怀。他出的主意自然是敦促齐王尽快归还燕国的十座城池，这样一来一去，燕国高兴，秦国也高兴，说明他有影响力。化敌为友，而且结下牢固的交情，同时也证明齐国对国际事务具有发言权。

事情就这么结了，齐国归还燕国十座城池，苏秦安然度过第一波信任危机。但他回到燕国，发现情况不妙，燕王不仅不感激他，还免除了他的相国职务。不用四处打听，苏秦也能猜个八成，一定有人向燕王进了谗言，讲了坏话。于是他对燕王说：

"臣本是东周的贱民，没有一分一寸功劳，而大王厚待臣，任命臣为相国。如今，臣为大王出使齐国，促使敌方退兵，归还了城池，按理说，君臣关系应该更加亲密。可是臣复命后反而丢官，肯定有人背地里用不实之词在大王面前中伤臣。不过臣不能取信于人，这是大王之福。臣听说过，忠信的人都为自己打算，只有进取的人才会替别人着想。臣把堂上的老母抛在东周，本来就是为自己打算而想有所进取。如今倘若有像曾参那么孝顺、伯夷那么廉洁、尾生那么恪守信用的贤人来辅佐大王，大王觉得如何？"

苏秦的高明之处就在于欲擒故纵，欲扬先抑，他贬低自己也正是为了抬高自己，别小看他的独门功夫，早已用得游刃有余，屡试不爽。

"真要是有这样三位贤臣，寡人就心满意足了。"燕王已入彀中。

"问题是，像曾参那样孝顺的人，他不肯离开母亲到外面住宿哪怕一个晚上，岂肯步行千里，前来弱小而又危机重重的燕国辅佐大王？像伯夷那么廉洁的人，不肯做孤竹君的接班人，不肯做周武王的臣子，宁肯饿死在首阳山，也不吃西周的一粒粮食。廉洁到这个地步，岂肯步行千里，去齐国讨要燕国失陷的城池？像尾生那么恪守信用的人，与女朋友相约在桥下，女朋友没来，河里发洪水他也不逃离，最终抱着桥柱子做了龙王三太子。恪守信用到这种程度，岂肯步行千里，去劝齐王退兵？我与他们不同，我是那种因为忠信而得罪大王的人。"

苏秦列举的例子人所共知，他要弄的悖论就是圈套。燕王那点可怜的智商，三绕两绕就被绕成了毛线团，他唯一的质疑只是：

"世上哪有因为忠信而获罪的人？"

"那可不一定。臣听说过这样一个故事，某人在离家很远的地方做官，他老婆不守妇德，与人通奸。听说他要回家探亲，奸夫害怕事情穿帮露馅，大为犯愁。那妇人说：'你不用怕，我已准备好毒酒等着他。'过了几天，丈夫果然回家，妻子就让丫环端上毒酒。丫环是知情人，若说酒中已放毒，男主人就会把女主人逐出家门；若不吱声，男主人就会毒发身亡。于是，她急中生智，假装头晕，失手将毒酒泼掉了。被蒙在鼓里的男主人大发脾气，用鞭子狠抽丫环一顿。丫环假装头晕，失手泼掉毒酒，既保全了男主人，又保全了女主人，自己却难免挨上一顿暴打。如此看来，岂能说忠信无罪？不幸的是，臣的过错就是这种类型！"

这句话远兜远转，足以绕地球一周。苏秦诉说内心的委屈，极为形象，技巧很高，燕易王的脑子早烧坏了，真还得苏秦这么耐心启发才行。

结局：阴谋家非主流的谢幕

苏秦解除了危机警报，重新搬回燕国相府。身处富贵乡中，骄奢淫逸难免样样沾边，苏秦也不例外。他做的事情甚至比别人更出格，他跟太后（燕易王母）私通，燕易王已察觉奸情，但他并未发作。毕竟做贼心虚，苏秦日夜忐忑，害怕脑袋搬家，他对燕易王说：

"臣久居燕国，固然安逸，却不能使燕国名重诸侯，反倒是客悬齐国，搜集情报，会对燕国更有好处。"

"先生认为怎么恰当就怎么办吧。"

于是苏秦假装跟燕易王不快，闹翻了脸，一溜烟跑到齐国去，齐宣王倚重苏秦，委任他为客卿。齐宣王死后，齐湣王即位，苏秦劝他厚葬父王，以彰明孝思，建筑壮丽的宫室，扩大王家园林，以表明得意。苏秦处处为燕国谋福利，想用这种阴招削弱齐国的实力。后来，齐国大臣与苏秦争宠，唇舌斗不过他，计谋远不如他，他们就采用暴力手段，派遣刺客解决问题。苏秦疏于防范，身受重伤。齐湣王非常痛心，悬赏缉凶，却一无所获。

临终前，苏秦向齐湣王贡献了最后一条计策，也是一条最匪夷所思的计策，他说：

"臣断气之后，请大王将臣五马分尸，暴尸街头，公开宣布臣的罪状是'充当燕国间谍，作乱于齐国'。如此一来，刺杀臣的主凶会立刻浮出水面，原形毕露。"

这种手段过于残酷和阴暗，但它绝对是一条妙计。事后，刺杀苏秦的幕后主凶果然自报家门，洋洋得意，他们刚一冒头，就被齐湣王下令斩首。燕国人听到这桩奇闻，不知是苏秦临终前的嘱托，又惊又气地说：

"太过分了吧，齐王用如此极端暴戾的手段为苏先生报仇！"

单从这件事，我们就不难看出，苏秦的危言危行已经到了何等境界。他的智慧确确实实有许多不可思议的地方。一介书生，白手起家，游说于诸侯，得志于天下，他的成功绝对算得上是一个奇迹。在战国时期，这样的奇迹自有其产生的土壤和气候。苏秦的示范作用确实太大了，许多辩士和策士，其中就包括他的两个弟弟苏代、苏厉，凭借自己灵活好用的脑筋和三寸不烂之舌出门捞世界，捞天鹅，捞凤凰。苏秦和张仪是战国纵横家的杰出代表，他们用智慧赌明天，你也许只看到他们的幸运，其实更应看到他们的天才。

当代奇人李敖曾放言："真正的天才，即使天崩地陷，到了世界末日，他也能捞到天鹅！"苏秦就是能够捞到天鹅的人。按理说，苏秦死了，他的师弟张仪就能捞到更多更美的天鹅，但形势强于人，命运女神随时会改变主意。

后苏秦时代，在江湖上，张仪是否就没有了势均力敌的对手？秦国大臣樗里疾绰号"智囊"，算得上文武双全的顶尖人才，他伐曲沃、伐赵国、攻打楚国，均大获全胜，秦国民谚高度赞美他："力则任鄙，智则樗里。"张仪就像一位妒火中烧的悍妇，决定给樗里疾一点儿颜色瞧瞧。张仪派樗里疾出使楚国，用的是最高的外交规格，他暗中派人送信给楚王，要楚王为樗里疾"请相于秦"。这叫出什么幺蛾子？战国时期，甲国国王向乙国国王推荐相国，不算干涉内政，在外交方面反倒是一种示好的方式。楚王听从张仪的吩咐，推荐樗里疾做秦国的相国，今人确实感到有点拧巴，但在当时，乃是一件与程序法并不冲突的事情。张仪这么做，打的是什么主意？他用毒蛇之舌在秦惠王耳边进了一句谗言："用重礼派樗里疾出使楚国，是为两国的邦交着想。现在他在楚国履行使命，楚王便推荐他做秦国的丞相。我听说樗里疾对楚王讲了这样的话：'大王不是想报复张仪吗？臣愿帮助大王实现夙愿。'楚王认为这是最好的解决办法，就推荐他做秦国的丞相。大王真要是中了他们的诡计，樗里疾必将秦国的利益出卖给楚国。"造谣和诽谤是从政治暗箱中射出来的两支毒镖，逮谁都吃不消。秦惠文王耳根软，脾气躁，听几句张仪的鬼话，立刻暴跳如雷，樗里疾闻讯，哪还敢回国复命。

张仪扫除了本国政坛上最强劲的对手，利好的一面便格外凸显，旋转乾坤于股掌之间，绝非夸张。彻底破坏六国军事联盟，一直是张仪的政治理想，仿佛福至心灵，他妙语连珠，招法千变万化，因为篇幅所限，我们只能随机取样。

他对楚王如是说："主张六国军事联盟的人，无异于驱赶羊群与猛虎相斗，然而羊群再多也敌不过猛虎。大王不与猛虎站在一边，却与羊群站在一边，我个人认为大王的想法错得有些离谱。"

他怂恿韩王攻打楚国，许诺秦国为他撑腰。

他威胁要联合魏、韩、赵三国攻打齐国，齐王为之屈服。

他要挟年轻的赵王割地求和。

燕国与赵国有世仇、积怨未解，他就两边拱火挑拨，扩大燕国与赵国的外交裂痕，他反复表态，秦国愿做燕国的保护伞。

张仪的本意就是要挑唆六国之间彼此存疑，彼此猜忌，彼此结仇，互相揪打，一团混乱，使秦国尽收渔翁之利。张仪的主意多少受过另一位纵横家陈轸的启发。早先，韩国与魏国相攻，秦惠文王想去解救，但犹豫未决，他向客游秦国的陈轸问计，陈轸就给他讲了一个勇士卞庄子刺虎的故事：

卞庄子去刺虎，有人劝他别性急，现在两头猛虎正要吃牛，它们吃得兴起就会争斗，争斗的结果必定是大虎伤，小虎死，然后再刺杀那头受伤的猛虎，一举可得刺杀双虎的威名。卞庄子遵计行事，果然尽收全功。

现在，张仪更进一步，他不仅静候六虎相争，还唆使六虎相斗。另外还有一个好玩的比喻，七国就像是七位拳击手，但只有秦国是泰森那样的铁拳猛汉，其他六位拳手则是中量级（齐、赵、楚）和羽量级（魏、韩、燕）。秦国固然强大，但真要以一敌六，恶虎仍斗不过群狼。只有让那六位拳手彼此厮打，秦国养精蓄锐静立一旁，见到谁受伤流血了，谁体力不支了，才瞅空出拳，一拳致命，最终必定能够各个击破，取得完胜。

张仪此行不虚，正乐颠颠地赶回秦国报喜，还在途中就听说秦惠文王已经驾崩，二十岁的太子嬴荡即位，史称秦武王。嬴荡好勇斗狠，膂力过人，欣赏的是任鄙、乌获、孟贲那样的大力士，后来他举雍州鼎弄断了自己的胫骨，死亡之前忍受了极大的痛苦。做太子时，嬴荡就不喜欢张仪这号专会转脑筋耍嘴皮的辩士和策士，那些本来就与张仪结下了梁子的冤家对头和嫉妒他功名的官场对手更是犹如苍蝇一样，找准这个有缝的鸡蛋狠叮不放，骂他是叛徒、内奸、卖国贼，众口一词，要是再让张仪这号无行小人、无耻奸人做秦国的相国，天下智士和勇士必定会笑掉大牙。张仪能估算得出自己的处境有多危险，于是他主动向秦武王进言：

"臣听说齐王对臣恨之入骨，曾扬言'张仪在哪儿，我就打哪儿'，臣愿去魏国，也算是嫁祸于人吧。齐国和魏国真要是打起来了，大王就乘机攻打韩国，夺取三川，迁出九鼎，挟天子以令诸侯，一定能成就霸业。"

这事有百利无一害，秦武王毫不犹豫，派出大队车马送张仪去魏国赴任。后来齐国果然来攻，张仪借助楚国使者之力，一碗"米汤"摆平齐王。张仪被迫退出了秦国的政治舞台，客悬于魏国，一生事业从此打烊，内心难免失落。

值得一提的是，张仪的冤家对头樗里疾已被召回秦国，秦武王任命他为右丞相。

苏秦的弟弟苏代充任楚国相国昭鱼的使者，向魏王进言，从国家利益的角度慎重考虑，太子出任相国会比张仪、公孙衍、田文三人中的任何一人出任相国更合适，理由很简单，太子是绝对爱国的，那三人则不然，全都胳膊肘往外拐，张仪的心里只装着秦国，公孙衍的心里只装着韩国，薛公的心里只装着齐国。魏王听从了苏代的建议，卸掉了张仪的相国职务，由太子接掌。一个长期被人热捧的政客没人热捧了，一个多年被人趋奉的大臣没人趋奉了，境况的反差过于悬殊，内心难免饱受煎熬。张仪在魏国只待了不足一年，就命赴黄泉，找寻师兄苏秦去争论合纵连横的优劣了。

评局：五番棋判定二人优劣

时过两千多年，有人不自量力，试图用五番棋的决胜方式来评判这对师兄弟的高下优劣：

论口才：一个舌灿莲花，一个巧舌如簧。但苏秦更能打动国君，也更能感染群众。张仪则多半是恃强凌弱，有半诓哄半恐吓的味道。光凭一张嘴，苏秦就把六颗相印集齐，悬挂于腰间，张仪的口袋里则总共收藏了三颗（楚国令尹也算一颗）。第一局，苏秦中盘胜出。

论诡诈套路：苏秦对六国君王说了更多实话，六国合纵结盟尚可图存，散纵解盟则必死无救，事实证明，这是真理。临终时，他玩了一把绝活，道具用的还是自己的尸体，为了捕获刺杀自己的元凶，这活儿玩得比三国时"死诸葛走生仲达"还要隐晦，还要巧妙。苏秦折冲樽俎，是一位顶级外交家。张仪倡导连横，则是一个彻头彻尾的骗局。如果说他最终欺骗秦武王是为了保全性命，属于迫不得已，他一而再、再而三地讹诈楚怀王，就绝对是个无赖。他更像是一位成色十足的政治流氓。战国时代恰恰就是政治流氓呼风唤雨的时代，第二局，张仪中盘胜出。

论身前效应：苏秦一手捏合的六国军事同盟使秦国军队十五年不敢出函谷关向东扩张，张仪的连横则只在魏国和楚国这两块不大不小的"试验田"里收获成果。第三局，苏秦以七目胜出。

论身后效应：苏秦一死，六国同盟分崩离析，失去了首尾相顾的链式攻防体系，变成了两国或三国之间短暂的苟合。秦国则遵照张仪所确定的连横战略思路远交近攻，摸一个打一个，最终将六国各个击破。第四局，张仪以七目胜出。

论道义：苏秦站在弱势群体的立场上，反抗强秦暴秦，反抗单边霸权主义，维护"生态平衡"。张仪则站在强梁的立场上，恃强凌弱，主张单边霸权主义，抹杀多极和平共处。第五局，苏秦以一又四分之一子胜出。

倘若抽去其中"道义"一项，则苏秦难为兄，张仪难为弟，堪堪打成平手，彼此难分上下。若以成败论英雄，肯定有不少读者赞成张仪胜出。这个世界之所以还能给人一点生趣，给人一点活下去的信心，就因为道义还有它的存在价值，还有制衡作用，还能给人些许安全感。功利主义者和强权主义者也很难擦掉这行"铅笔字"。

有人问孟子："公孙衍、张仪难道还不算大丈夫？他们一怒而诸侯惧，安居而天下息。"孟子的回答是："这种人哪里算得上大丈夫！君子立天下之正位，行天下之正道，得志则与民由之，不得志则独行其道，富贵不能淫，贫贱不能移，威武不能屈，这才可以称得上大丈夫。"在孟子看来，张仪之流是私欲熏心的超级小人，将利益原则凌驾于仁义道德之上，为此不惜干出伤天害理、草菅人命的事情。张仪是专捞偏门的祖宗，要他去按照孟子定下的标准做大丈夫，绝对比登天还难。

太史公司马迁认为：张仪行事，比苏秦更诡诈，更阴险，但世间讨厌苏秦的人更多，这是因为苏秦先死，张仪后死，师弟占到了这个大便宜，便抓住师兄合纵的短板大做文章，将自己连横的主张发挥到极致，取得了更大的成功。但在太史公看来，这对出自同门的师兄师弟乃是同质同构的，他们都是真材实料的"倾危之士"，其危险性之大超乎常人的想象，各国君主防不胜防。

第四局

四公子的机心：养士干政

赌头：孟尝君田文、平原君赵胜、信陵君魏无忌、春申君黄歇

最高职务：各自在本国掌握政权或左右政局

最高赌绩：孟尝君在秦国脱险，平原君与楚国结盟，春申君保太子继位，信陵君助赵国解围

赌术精要：累积筹码，善待人才

疑问手：孟尝君屠杀市人，平原君接收上党，信陵君广布耳目，春申君偏信李园

大结局：孟尝君、平原君得善终，信陵君沉迷酒色，春申君暴死街头

　　战国之乱世就如同流沙一般，坏处显而易见："暴力美学"泛滥成灾，"暗黑艺术"大行其道。究竟有没有与之相应的"好处"？人才之路畅通，智慧之花盛放，这两点倒是值得一提。

引言：这话可信？士为知己者死

无论是天才，还是人才；是仙才，还是鬼才；是俊才，还是英才；是奇才，还是逸才，莫不希望找到栖身的渊薮，获得表演的舞台。

清初鸿儒顾炎武在《日知录·士何事》中写道：士原本是有职之人，"春秋以后，游士日多。《齐语》言桓公为游士八十人奉以车马衣裘，多其资币，使周游四方，以号召天下之贤士。而战国之君遂以士为轻重，文者为儒，武者为侠。呜呼！游士兴，先王之法坏矣"。由此可见，游士兴起于春秋时期，齐桓公的积极倡导起到了推波助澜的作用。

战国早期，魏文侯姬斯着意招贤养士，他网罗到许多杰出的文武人才，卜子夏、段干木、田子方、李克、吴起，魏国因此雄飞，国家富庶，军容威整。战国中后期，齐宣王田辟疆招贤养士的规模更大，《史记》上说，有"数百千人"之多，光是爵为上大夫、"不治而议论"的游士就多达七十六人，他们辩论"白马非马"之类的逻辑问题，丝毫不逊色于古希腊数学家芝诺提出的哲学悖论"飞矢不动"。

在齐国临淄稷门外的稷下，齐宣王"开第康庄之衢"，以高门大屋宠养之。这些游士被誉为"稷下先生"，其中的代表人物是邹衍、邹奭、淳于髡、田骈、接子、慎到、环渊，至今仍留存学说的有好几位。王家待遇如此丰厚，趋之若鹜者不知凡几。

稷下先生中确实藏龙卧虎。比如齐人淳于髡，就是典型代表。他博闻强记，不受门派拘囿，平生钦慕已故的齐国贤相晏婴，承意观色的功夫十分了得。他见过梁惠王两次，发现对方心不在焉，就一言不发，梁惠王大惑不解。奇妙的是，淳于髡能够准确无误地猜出梁惠王魂不守舍的原因，前则志在驱逐，后则志在音声。淳于髡极富幽默感，口才一流，而且人品高尚，不苟取，不贪得，终生不接受官职和爵位。

有一次，齐王派淳于髡出使楚国，赠给楚王一只天鹅。出了齐国都城临淄的大门，淳于髡就打开笼子，将天鹅放生，只拎着一只空空荡荡的笼子去见楚王。他说："齐王派臣来楚国敬献天鹅，过河时，我不忍看着天鹅喉干舌燥，就将它放出来喝水，一不小心，它就展翅飞走了。我本想自杀，又担心别人议论大王因为鸟兽的细故，使士子受到伤害。与天鹅相似的鸟不少，我本可以在路上买一只来替代它，但这种丧失信用的行为是存心欺骗大王。我想逃到别的国家去，又痛心两位大王的交往中断。所以臣前来认罪，请大王发落。"楚王听罢淳于髡的说辞，大声赞叹道："先生的表现很出色，齐王有这样恪守信义的高士，真是好福气啊！"结果可想而知，淳于髡获得了丰厚的赏赐，其好处比他将天鹅安全送达楚国还要多上好几倍。

战国时期，除了王室公侯名正言顺地养士，普通人有余财也可蓄养门客。这些门客既能帮忙，又能帮闲，既与主人同甘共苦，又为主人出谋划策，充当秘书或管家，打理各种事务，必要时还会为主人两肋插刀。门客必定是布衣之士，但绝非地位卑贱的奴仆，他们有独立人格，跟主人合则聚，不合则散。到了战国中后期，养士之风大盛，一时间竞相攀比。养几十个，不值一提；养几百个，马马虎虎；养几千个，这才够得上江湖大哥级。这样的人物屈指可数。他们是谁？齐国的孟尝君、赵国的平原君、魏国的信陵君和楚国的春申君。后来，吕不韦沽名钓誉，向四公子看齐，门下最多时也养了三千多位食客。数千人的吃住用度和旅差费，该是一笔多大的数额？我劝你不要试图拿出个计算器，否则你会吓着自己。他们真正犯愁的还不是日常开支，而是要使那些思想活跃、身手敏捷、力比多丰富、荷尔蒙骚狂的男人既老实安分，又乐于为他们效劳效忠。

"士为知己者死，女为悦己者容。"在先秦时期，"士"既是中等阶层男子的美称，也特指卿大夫的家臣，秦汉以后才渐渐将这个名称聚焦到读书人身上。身为卿大夫的家臣，他们崇尚忠义，身上却较少有爱国热情。为了报答知遇之恩，他们帮主人处理许多棘手的事情，完成一些难以完成的任务，甚至乐意为主人上刀山，下油锅。因此卿大夫养士，养的往往是一批忠心不贰、义气为先的死党，实言之，那些食客唯主人马首是瞻，他们目无余子，主人的名誉高于自己的名誉，主人的利益重于自己的利益，主人的生命贵于自己的生命。

有两个事例能够说明问题。第一个事例是孟尝君的食客为保全主人的名誉。有一次，孟尝君路过赵国，平原君热情接待。赵国人早就被孟尝君的大名震痛了耳鼓，说是如雷贯耳，不算夸张。于是，他们满怀好奇心，想要近距离看看孟尝君是怎样的三头六臂，仪表堂堂。结果他们发现孟尝君只是五短身材，相貌平平，自然大失所望。围观者集体起哄道：

"我们开始还以为薛公（孟尝君的封地在薛）高大英俊，现在看来，只不过是一位渺小的男人！"

孟尝君听见这话，怒发冲冠，陪同他出行的食客就一齐跳下车，拔出利剑，疯狂劈刺，杀死了几百个围观者。

第二个例子是齐国大贵族田横被刚刚即位不久的汉高祖从海上召回，但田横左思右想，觉得他要向昔日的同列刘邦北面称臣，这是奇耻大辱，就在咸阳郊外的驿站伏剑自裁了。待在海岛上等候主人召唤的五百位食客听到这个噩耗，悲痛万分，竟无一例外地拔剑自杀，追随主人于九泉之下。

士文化的高度发达，无疑是先秦独特的人文景观。战国四公子养士，推测其初衷，一方面固然是为国家网罗人才，储备精英，效果如何则另当别论；另一方面也是为自己培植党羽，巩固势力。至于那些性情各异的食客会搞出多少麻烦来，谁知道呢？

我们不妨先看看四公子的出身和行事。

邀局：四公子，究竟是何方神圣

孟尝君田文出身豪门，他父亲田婴是齐威王田因齐的小儿子，齐宣王田辟疆同父异母的弟弟。田婴做过十一年相国，封地在薛（今徐州附近）。他别无长处，抓革命、促生产，堪称模范。田婴共有四十多个儿子。田文的母亲出身卑贱，只是田婴的女仆。田文的生日是五月初五，按当时民间的说法，这是个坏日子，生在这一天的男孩克父，女孩克母。所以田婴要田文的母亲把这个不吉祥的小家伙扼杀于襁褓之中，可是他的指令并未得到贯彻执行。田文的母亲瞒着寻欢作乐的丈夫，独自努力将儿子抚养成人，等到田文到了加冠的年龄（二十岁），这才找了个机会让他们父子相认。田文的母亲自作主张，田婴丧失了家长的威严，自然十分恼怒。

田文年轻气盛，倒要敲打敲打满脑袋迷信思想的老爹：

"我想请问，大人要弄死五月初五这天出生的儿子，是什么理由？"

"五月初五生的儿子是孽障，长到门框那么高，就会克父克母。"

"人生在世，究竟是受命于上天呢？还是受命于门框？"

田文这个问题直接击中后脑勺，让他那位一人之下万人之上的老爸也不再吭声了。田文得理不饶人，他继续说：

"人生下来要是受命于上天，大人有什么好担心的？要是受命于门框，把门框再加高些就是了，谁又能像杨树那样长个不停！"

很显然，田文这几句聪明的对白给他老爸留下的印象颇为深刻。

相处了一段时间后，父子俩的感情日益融洽，时不时坐在一起扯闲谈。有一天，田文假装弱智，问他的相国老爸：

"儿子的儿子是什么？"

"是孙子。"田婴觉得田文这话问得有点傻，但他还是随口作了回答。

"孙子的孙子呢？"

"是玄孙。"

"玄孙的玄孙是什么？"

"是……不知道。"才不过三个回合，田婴就败下阵来，被儿子问得舌头打了蝴蝶结。田婴中了儿子的圈套。

"大人是齐国的相国，至今经历了三朝，齐国的领土没有扩大，大人却积攒下万贯家财，门下没有一位贤士。我听说将门必有将，相门必有相。如今家里穿好的吃好的，外面的贤士却受冻挨饿。国家的现状不容乐观，大人聚敛再多的钱财也只是积雪成山，真不知道为谁辛苦为谁忙。老实说吧，我感到很奇怪，也很担忧。"

田婴闻言，暗自心惊，看来，田文这儿子不但不克父，还是家宅福星。数百年后，三国时代的头号枭雄曹操曾感叹："生子当如孙仲谋（孙权）！"此时，田婴心里应该好一阵庆幸才对，四十多个宝贝儿子中能有这样一匹骅骝（千里马），于愿足矣。嗣后，田文获得父亲的激赏，成为了相府的二号人物，他大散家财，广交贤士，相府的人气越来越旺，各国的宾客络绎不绝，好像统一了口径，个个都夸赞孟尝君贤明，建议田婴立他为嫡子（接班人），田婴也打心眼里认定，在整个家族里，田文最有能力充当"头马"角色。所以等到相国老爸撒手人寰，田文就顺理成章地继承了爵位。

平原君赵胜以贤德著称，他是赵惠文王赵何的弟弟，是赵孝成王赵丹的叔叔，先后三次出任相国。

平原君家的高楼与一户农家相邻，农家有一位跛足的男子，担水时脚步蹒跚。平原君的美人站在楼上，看见他一瘸一拐、一倾一仰的滑稽样子，忍不住哈哈大笑。第二天，跛足的男子来到平原君家告状：

"我听说大人喜欢招贤纳士。他们之所以不远千里前来投奔，是因为大人重视贤才，轻视美色。我不幸天生残疾，行走不便，可是大人的姬妾无同情心，还取笑我的生理缺陷。今天，我没有别的要求，只想得到无礼者的脑袋。"

这位跛子真够狠的，开口就是天价，出手就要剜去平原君的心头肉。平原君也没当这是什么天崩地塌的事情，他面带微笑，假意应承。

"那好吧。你先回家，这件事我会办妥的。"

等跛足男一走，平原君觉得又可气又可笑，对家中的宾客说：

"瞧这瘸子的德行，竟然因为受了嘲笑就登门要求我杀掉美人，岂不是太过分了吗！"

美人不是蛋糕，平原君没有下刀去切的意思。半年时间里，他门下的食客陆续走掉了一半。平原君感到很蹊跷。

"平日我待大家并未失礼，你们为何要纷纷告辞？"

这时，有位敢言的食客站出来，不兜圈子，不绕弯子，给平原君抖开这个"包袱"。

"不是待遇问题，是因为主公不肯杀掉那位嘲笑过跛足男子的美人，摆明了，主公重视美色，轻视贤才，大家心里堵得慌，哪还想再待下去？"

原来如此。于是，平原君一咬牙，砍了美人头，亲自将它送给邻舍的跛足男，十分诚恳地向他道歉。此后，那些离去的食客深受感动，又全都回心转意了。

为了保全礼贤下士的名声，平原君竟然不惜杀掉美人，真够舍得，也真够血腥的了。倘若以今人的眼光去看，草菅人命（不管她是美人还是丑人）是天大的罪恶。那些乐见美人断头而不去另想折中方案的食客也未见得是什么贤才。平原君摘美人头如摘香瓜，其出色表演十分离谱，却赢回超强人气，所谓"好士"只不过是典型的面子工程。

信陵君：姓魏名无忌，是魏昭王魏遫的小儿子，是平原君的小舅子。

信陵君仁厚谦和，礼贤下士，从不因为身家富贵就盛气凌人。因此，天下贤良之士无分远近争先恐后地投奔他，门下有食客三千人。由于信陵君贤名远播，门下高手如云，十余年间，诸侯各国不敢兴兵侵犯魏国边境，彼此相安无事。

有一回，信陵君与魏安釐王魏圉（信陵君的同父异母哥哥）下围棋，北方边境突然举起了烽火，哄传"赵国侵略军即将越过魏国边境"。魏王放下棋子，要召集大臣紧急磋商对策，信陵君却劝阻道：

"赵王只不过是在边境打猎，无意侵犯魏国。"

说完，他们又继续下棋，魏安釐王害怕赵军越过边境，所以心不在焉。过了一阵子，北方传来新消息，赵王果然只是打猎，没有别的企图。魏王虚惊一场，他不禁好奇地问道：

"公子怎么能够料事如神？"

"我有一位手下在赵王那儿卧底，赵王的一举一动，他都会及时向我报告，所以我能够未卜先知。"

信陵君广布眼线，魏安釐王对他敬畏三分，提防七分，心想，连赵王那儿他都能安插进自己的耳目，我身边很可能就有他收买的细作。此后，魏安釐王与信陵君面和心不和，不肯委以重任，赋予强权。

春申君：姓黄名歇。在战国四公子中，唯有他不是王亲国戚。

黄歇游学四方，博闻广记，雄辩滔滔，是一位非常出色的策士和辩士。楚顷襄王芈横（楚怀王之子）赏识他的才能，派遣他出使秦国。其时恰巧雄心勃勃的秦昭襄王嬴稷准备派遣大将白起会合韩魏联军一举灭掉楚国。黄歇暗中打探到这个情报，就给秦昭襄王嬴稷写信。他先是把秦昭襄王的文治武功大大夸赞了一番，铺垫完毕后，他就以智伯瑶伐赵而亡国、吴王夫差伐齐而亡国为例，讲到物极必反，有始无终的道理；他还特别指出，韩、魏两国与秦国早已结下十代不解的仇恨，它们肯定想趁此两虎相斗的机会捡个大便宜。因此，考虑到利害关系，秦国只有善待楚国，睦邻友好，专心对付韩国、魏国这两个恶邻，吞并韩国、魏国这两个恶邻，最终消化韩国、魏国这两个恶邻，才是良策。秦昭襄王嬴稷认为黄歇的意见确实有道理，就打消了先从楚国身上下狠手、捞实惠的主意。应该说，要是没有黄歇的一大瓢冷水浇灭即将窜起的战争火苗，楚国这所"老房子"早就被焚为赤地了，将成为六国覆灭的先声。

还有一手，黄歇决定向世人展露。身为师傅，他陪同楚国太子芈完入质秦国。在战国时代，用太子充当顶级抵押品，可谓郑重其事，为的是两国讲信修睦，不轻启兵端。秦王将楚国太子芈完强行挽留（实为扣留）了好几年，即使楚顷襄王芈横得了重病，秦国也不肯放人。所幸楚太子芈完与秦国丞相范雎关系热络，于是黄歇就去走这个后门。他问范雎：

"丞相果真喜欢楚国的太子芈完吗？"

"是啊。"范雎回答得很爽快。

"现在楚王命若游丝，秦国何不尽早归还太子？楚国太子即位了，他必定尊重秦国，感激丞相，秦国毫不费力就得到了一个友邦，丞相也可以与新即位的楚王结下深厚的友谊。要是继续扣留他，又能如何呢？无非是咸阳街头多了一个毫不起眼的普通人，一旦楚国另立太子，就肯定不会再亲近秦国。对于秦国而言，因此失去了一个可靠的友邦；对于丞相来说，因此断绝了一位国王的友情；从这两方面考虑，都不算明智的选择。敬请丞相再仔细斟酌一下。"

范雎心想，于公于私，这话都没错，他就去劝说秦昭襄王嬴稷放人。秦昭襄王却另有打算，他吩咐黄歇先行回国，探望楚顷襄王芈横的病情，其余的事再作计议。摆明了，秦昭襄王不愿为了一块虚拟的骨头吐掉含在嘴里的这块实实在在的肥肉。

事不宜迟，一计不成，又生一计，黄歇当机立断，让太子芈完化装为马车夫，随同楚国使者逃离了秦国，至于善后事宜，则由他擦屁股。这着险棋很悬，只要秦昭襄王嬴稷怒火中烧，发下话来，明天黄歇就不用再吃开心饭，再睡安心觉了。

黄歇声称有病，对外闭门谢客。过了许多天，他估计楚国太子芈完已越过秦国的边境，这才硬着头皮去秦昭襄王嬴稷那儿认罪：

"楚国太子已经归国了。我罪不容诛，请大王赐死。"

秦昭襄王气得牙齿咯咯作响，当即叫人扔下一把宝剑，打算听由黄歇自行了断。在这千钧一发之际，范雎出来救场了。

"身为人臣，黄歇舍身救主，情有可原。一旦太子芈完继位做了楚王，必定会重用黄歇，事已至此，倒不如让黄歇回国。化干戈为玉帛，秦国和楚国之间仍能保持睦邻友好的关系。"

凭仗范雎的这几句话，黄歇在剑锋之下逃过一劫。由此可见，朋友真不可少，生死关头能为你讲话劝一劝、伸手拉一拉的朋友尤其不可或缺。黄歇回楚国才三个月，楚顷襄王芈横就撒手归西了。太子芈完顺利继位，果然任命黄歇为相国，并且封给他淮北的大片土地，号称春申君。

格局：全力养奇士，竭诚待贤人

战国四公子都以招贤纳士著名，我们不妨比较一下他们在"养士"方面的投入和产出，投入是指他们的诚意和热情，产出是指他们通过招贤纳士获得的丰厚回报。

孟尝君招贤纳士，可谓照单全收，凡是前来投奔他的宾客，哪怕是鸡鸣狗盗之徒和各国的通缉犯，他都来者不拒。门下食客数千人，无论贵贱，孟尝君对他们一视同仁，从不厚此薄彼。他与宾客谈话，屏风后面常有秘书作记录，他问明对方住在何方，有些什么亲人，有些什么困难。等宾客一走，孟尝君就派人带着礼物去嘘寒问暖，不由得宾客不感动。孟尝君还与众人吃同等标准的伙食。有一次，一位新来的宾客误认为孟尝君府中食分三等，很生气，扔下碗筷就要离开。孟尝君赶紧起身，将自己的饭菜端给他看，那人羞愧得无地自容，当场用利剑抹了脖子。

战国时期，士族阶层讲求武士道精神。伙食只是小事，但由于攸关名誉，也要在食堂当场放血，这正是古人可敬可爱的地方。今人脸皮厚，遇事都会拐弯圆场，对此难免大惊小怪。孟尝君与数千位宾客打交道，人人都认为他和蔼可亲，这真是一门绝活。说句题外话，东晋丞相王导是孟尝君的一脉传人，却也只能在数百人的聚会上使宾客人人尽欢，人人尽兴，包括言语不通的西域宾客。与孟尝君相比，王导就算是小巫见大巫了。

有一位贫士姓冯名驩，特别贤能，却不为人知，他听说孟尝君好客，就前去投奔。孟尝君谦和地问道：

"先生从远方来，有什么要教导田文的？"

"听说公子好客，我要逃穷，就来凑个份子。"冯驩并未显山露水。

孟尝君安排他住进"招待所"，过了十天，孟尝君询问"招待所"的"所长"：

"新来的客人平日都做些什么？"

"冯先生身无长物，只有一把宝剑，用细绳缠着剑柄。他总是弹剑高唱'长铗归来乎，食无鱼'。"

这不是嫌伙食差吗？那就改善改善。孟尝君将冯驩迁到"宾馆"，餐餐有鲜鱼下饭。过了五天，他去问"宾馆经理"，"经理"说：

"客人每日弹剑高唱'长铗归来乎，出无舆'。"

这不是感叹出门无车吗？那就改善改善。孟尝君干脆安排冯驩住进了"五星级酒店"，让他出入用车方便。孟尝君心想，无论如何，冯驩这回也该满意了。过了五天，孟尝君又去询问"酒店总经理"，"总经理"

回答道：

"冯先生每日弹剑高唱'长铗归来乎，无以为家'。"

冯谖想把老母亲接来团聚，这要求不算过分。孟尝君干脆好人做到底，让账房拨给冯谖一笔安家费。

如果说上面这件事还只显示出孟尝君待人细致周到的一面，那么下面这件事就可见出孟尝君极为宽容的度量。

有位宾客与孟尝君的夫人通奸，这可是一桩既气人又丢人的严重事故。因此知情者都很气愤，对孟尝君说：

"身为公子门下的宾客，他却与夫人私通，这太不义道了，公子下个命令，我去宰了这狗东西！"

过了很长时间，孟尝君不仅没有采取断然措施，杀掉那位宾客，或者将他逐出大门，反倒决定给那只"馋猫"一宗意想不到的好处。他说：

"先生与我交往很久了，齐国的大官难得等到空缺，小官先生又不想做。卫国的国君与我有交情，请让我准备马车和盘缠，介绍先生去卫国宫廷谋求事业发展。"

这样做，孟尝君显然具有君子风度，你给我戴顶绿帽子，我不杀你，而是送你去想去的地方。由于此人是孟尝君介绍来的贵宾，又听说他居然是孟尝君夫人的情夫，连孟尝君都要礼送他出境，想必是顶尖高手，卫国的国君果然不敢怠慢这位来宾。后来，齐国与卫国的邦交出了岔子，卫国的国君咽不下那口气，打算联合其他几国给齐国一点颜色瞧瞧。这时，那位给孟尝君戴过绿帽子的宾客（很奇怪他的名字已经失传）挺身而出，他让卫君回忆一下齐、卫两国多年前订立的友好盟约，想清楚是不是背叛了自己的父亲，欺骗了孟尝君。他的口气异常强硬：

"请主公别把齐国放在心上，眼下主公听从臣的劝告，这事就平静了；要是主公不听从臣的劝告，臣可是一介莽夫，颈血就会溅到主公的衣襟上！"

他这么一诈唬还真顶用，卫国的国君只好咽下心头鸟气，烟消战端。国君之威居然敌不过匹夫之怒，不为别的，只因为国君惜命，匹夫拼命。

孟尝君尊重贤士，到了戴绿帽子也不发作的地步，光是这份涵养功夫就够常人学上五百年。平原君为了超过孟尝君，甚至连自己宠爱的美人的头都当作香瓜摘除。他这一极端行为（为了达到最文明的目的却做了最野蛮的事）经过大肆炒作，当时在社会上产生了轰动效应，传为佳话。后世的"拗相公"王安石批评孟尝君在门下收容鸡鸣狗盗之徒，不算真正"好士"（珍重贤士），唯独不谴责平原君杀害美人的极端不人道行为，由此可见"拗相公"的男权思想异常严重，也许他暗地里还为平原君杀掉美人拍案叫绝吧？平原君对宾客固然很友善，但这样的友善总带着几许挥之不散的血腥味。

成语剧"毛遂自荐"是由平原君一手导演的，成语剧"脱颖而出"也是在平原君的启发下由毛遂先生创作脚本。毛遂在平原君门下待满了三年，不受重视。

长平之役后，赵国首都邯郸被秦军包围，平原君临危受命，带团前往楚国求救，期望与楚王订立盟约，于是他着手遴选二十位能文能武的宾客作为随从。此所谓养士千日，用在一时。可他挑选了老半天也只挑选出十九人，这才引出一位奇士——那位默默无闻的毛遂先生，他的自荐之举绝对在阖府上下引起了轰动效应。平原君问他：

"在府中，先生待了多久？"

"待了三年整。"毛遂如实相告。

"贤人处世，就好像锥子放在布袋中，锥锋立刻就能见到。先生已经在府中待足三年，左右没有人对先生有片言只语的称赞，我也从没听说过先生的嘉言懿行，摆明了，先生没什么本事，这次的外交任务非常重要，先生不能随行，还是留在家里吧。"

"鄙人今天自荐就是为了请公子将鄙人放入布袋中。假若公子愿意给鄙人这个机会，毛遂必定能够脱颖而出，岂止显露一点点锥锋。"

毛遂应答自如，也许正是这一点让平原君改变了主意，接受他进入了谈判使团。由此可见，平原君缺乏识珠的慧眼，虽然他礼待宾客胜过礼待家人，却也仅仅是拿好伙食好房子供养着他们，平日接触，难辨贤愚。

相比而言，信陵君对贤士的尊重，就超越了"养"的层面，达到了"知"的层面。当时，魏国有一位隐于市中的智士侯嬴，七十高龄了，因为家境贫寒，仍在大梁城东门做守卫。信陵君听说侯嬴是一位不显山不露水的大智者，就专程去请安，打算给他一大笔养老金，没想到侯嬴当即婉言谢绝，老头儿不肯无功受禄，他说：

"鄙人修身洁行数十年，无欲无求，绝对不会因为做个门卫和受穷的缘故就接受公子的钱财。"

有一天，信陵君大宴宾客，客人都到齐了。信陵君却亲自驾车，空出左边的座位（战国时，以左为尊），去迎接东城门的守卫——侯嬴先生。侯嬴身穿一袭旧衣，头戴一顶破帽，一屁股坐在上座，半点也不讲客气。他想看看信陵君的反应。信陵君手握缰绳，神情愈加谦恭。侯嬴意犹未尽，还要加试一道题，他对信陵君说：

"我有位朋友在市场杀猪，想请公子绕道经过那儿。"

信陵君绕道前往市场，侯嬴下车去肉担子边见好友朱亥，也不管信陵君干等着，故意站那儿与朋友聊个没完，时不时留意一下信陵君的表情，感觉他脸上自始至终一团和气，并无丝毫烦躁的样子。当时，信陵君家中高朋满座，魏国的将相前来赴宴，正等着信陵君致祝酒辞。大街上的人却瞧着信陵君手握缰绳等待那个倔老头侯嬴。信陵君的随从暗骂侯嬴摆什么臭架子。侯嬴眼见信陵君神色不变，这才告别了朱亥，登上信陵君的马车。回到府中，信陵君引领侯嬴坐在上座，向所有的来宾称赞侯嬴的贤德，此举令大家惊诧不已。酒酣耳热之际，信陵君给侯嬴敬酒。侯嬴感慨万分：

"今天，我折腾公子也忒过分了。我不过是东城门一名卑贱的守卫，公子却亲自驾车，将我从闹市中接到府上。原本不必绕道，我却偏让公子绕道。我的用意是要成就公子的美名，故意长时间将公子晾在街头，来往行人看着公子，公子的神情谦恭和蔼。如此一来，街上行人都认为我侯嬴极端失礼，认为公子宽宏大度，能够折节下士。"

侯嬴用心良苦，属于智者所为，也属于贤者所为，信陵君的见识能够达到这一步，就不愁天下贤士不肯归心于他。侯嬴特意向他推荐屠夫朱亥，认为他的果敢贤能有待智者去赏识。信陵君也是一有闲暇就去市场拜访，朱亥却从不回谢。对于朱亥的粗率失礼，信陵君感到有些费解，但丝毫也不怪罪。

信陵君赏识贤才，不管对方的身份是守卫，还是屠夫，他的慧眼以及折节下士的谦谦风度，显然超过了平原君，可向孟尝君看齐。

春申君做了楚国的相国，他同样礼贤下士，招罗天下豪杰，门下食客也有三千多人。有一次，平原君派使者去春申君那儿办事，春申君将他们全安排在上舍（相当于现在的五星级宾馆）住下。赵国的使者们想在楚国夸耀一下平原君家的富有，他们别出心裁，在头发中插着贵重的玳瑁簪子，在剑鞘上镶嵌珍珠和宝石，收拾停当之后，就去拜访春申君的宾客，结果发现春申君门下的上宾都穿着缀满珍珠的鞋子，赵国使者顿时跌落下风，不免自惭形秽。

这个故事使人想起西晋大臣石崇与王恺斗富的连轴戏，石崇以蜡烛作柴，用云锦制作五十里步障（用以遮蔽风尘或视线的屏幕），王恺虽然得到晋武帝司马炎的帮助，仍难以胜出。最绝的是，王恺当众显摆，摆出一溜齐腰高的珍稀珊瑚树，原以为胜券在握，哪想到石崇随手挥起铁如意，将它们一一击碎，他拿出的珊瑚树均为一人多高，令王恺自讨没趣。石崇是斗富的胜方，最终被赵王司马伦杀害，他的爱姬绿珠也跳楼身亡。

春申君门下的宾客跐着珍珠鞋，在斗富大赛中轻松胜出，但这并不能证明他们的脑筋好使。平原君与春申君长期养士，到头来养成骄娇二气，恰如有人宣称自己能圈养凤凰，最终养出的却只是一窝锦鸡，这不是成心要大家喷茶、喷酒、喷饭吗？那些跐着珍珠鞋的宾客难称贤士，真正的贤士只会以高尚的品德和超凡的智慧为瑰宝，除此之外别无所宝。平原君与春申君舍本逐末，与其称之为战国时期的智库领导人，倒不如称之为经营养殖业的农场主。

有一次，孔子的大门徒子游问老师什么是孝，孔子回答说："今之孝者，是谓能养。至于犬马，皆能有养，不敬，何以别乎？"意思是：现在众人所说的孝，讲求的是能够奉养父母。至于狗和马，都能得到充足的食物。要是不尊重父母的意愿，二者又有什么区别？

奉养父母最重要的是尊重父母的意愿，供养贤士呢？最重要的是赏识他们的才具，将好钢用在刀刃上。光是给他们吃好的穿好的用好的住好的，无异于豢养犬马，不算真正意义上的养士和好士。

成局：瞎子撞大运，也能摸好牌

从多项投入来看，战国四公子养士都肯花费重金，没一个吝啬钱财；也都能折节下士，没一个傲慢无礼。这就是说，他们都能养士，却未必都能识士，正是这一点分出高下，同等的投入就会有迥异的回报。

信陵君滞留赵国的那些年，听说赌徒中有一位毛公，酒徒中有一位薛公，都是鲜为人知的贤士。信陵君想结识他们，他们却躲起来，不肯会见这位名噪天下的贵公子。信陵君暗访到他们藏身的地方，就以优哉游哉的神情去与两位贤士交往，相处得十分愉快。信陵君的姐夫平原君偶然听说了这件事，对夫人（信陵君的姐姐）说：

"起先我听说夫人的弟弟为人贤德，天下无双，现在我听说他天天与下里巴人混成一堆，公子真是个没脑筋的糊涂虫。"

信陵君从姐姐那儿听到这句话的原版录音后，摇了摇头，当即向姐姐告辞，他以失望的语气说：

"起初，我听说姐夫尊贤好德，所以才冒险背着魏王带兵拯救赵国。可现在看来，平原君收养宾客，只是为了向人炫耀，并非真正寻求贤士。在大梁的时候，我就听说毛公和薛公是贤德的长者，到了赵国，我还担心无缘结识他们，想与他们交往，还恐怕他们不乐意。如今，平原君却认为这是一件丢人现眼的事情，我可不想与这样的睁眼瞎同处一室了。"

平原君费尽唇舌，最终留住了小舅子信陵君，问题是，他却没有留住门下的众多宾客，他们都夹着行囊跑去投奔信陵君。信陵君的慧眼赢得了那些食客的欢心。

"收养宾客，只是为了向人炫耀"，信陵君的这句话可谓击中了平原君的痛处。招贤纳士者若没有慧眼和诚意，真正的贤士就会能躲多远躲多远，他们并不在乎大块吃肉大碗喝酒，或是嚼菜根喝稀粥，也不在乎睡在软软和和的床上，还是躺在稻草堆中。

孟尝君能够甄别宾客的优劣吗？他被后世的"拗相公"王安石用笔尖捅破了糊窗纸，王安石讥诮孟尝君以"好士"为名，却只是个"鸡鸣狗盗之雄"，他在强大的齐国长期执政，倘若做到选贤任能，必定桌上已制服秦国，又何至于要靠鸡鸣狗盗之徒逃出秦国。在这一点上，王安石的政敌司马光也有同感，他的批评甚至更为严厉，将孟尝君痛斥为"奸人之雄"。在《资治通鉴》中，他这样写道："君子之养士，以为民也。易曰：'圣人养贤，以及万民。'夫贤者，其德足以教化正俗，其才足以顿纲振纪，其明足以烛微虑远，其强足以结仁固义；大则利天下，小则利一国。是以君子丰禄以富之，隆爵以尊之；养一人而及万人者，养贤之道也。今孟尝君之养士也，不恤智慧，不择臧否，盗其君之禄，以立私党，张虚誉，上以侮其君，下以蠹其民，是奸人之雄也，乌足尚哉！书曰：'受为天下逋逃主、萃渊薮。'此之谓也。"孟尝君的皮都被司马光揭掉了，"立私党，张虚誉"确实是田文养士的深层目的。

秦昭襄王嬴稷出于好奇心，特邀孟尝君到秦国任丞相，可是谗言暗起："孟尝君大贤大德，但他毕竟是齐国人，他做秦国丞相肯定会偏心于齐国，这下子秦国的命运可就悬了！"秦昭襄王嬴稷耳根软，索性将孟尝君打入牢笼，准备杀掉了事，永绝后患。孟尝君不得已，派人去向秦昭襄王宠幸的美人求助，对方当即提出一个无理要求，索取一件价值千金、天下无双的狐白裘。孟尝君确实有一件，可是作为见面礼，他早已送给了秦昭襄王嬴稷。美人的条件如此苛刻，岂不是难以满足吗？这时，只有狗盗之徒能解燃眉之急，他施出梁上君子的绝技，从防卫森严的王宫里偷出了狐白裘。美人得到礼物，在秦昭襄王的枕边把香风一吹，加上秦昭襄王喝多了甜酒，脑筋短路，孟尝君就被释放了，他受到惊吓，哪敢逗留？所幸战国时期办签证容易，手续简单，待他马不停蹄地赶到函谷关，天还没亮，照例要等天亮才会开启关门。这时，鸡鸣之徒（能仿效公鸡打鸣）派上了用场，他"喔喔"长叫，函谷关的大门敞开了，孟尝君侥幸捡回一条老命。

王安石瞧不起鸡鸣狗盗之徒，乍看去是正见，其实是偏见，假如他跟孟尝君调换角色，也被秦王的刀锋凉丝丝地探一探脖颈，他发表议论时，就应该没有这么硬气了。

战国时期，不少英雄豪杰之士都隐匿在社会底层，可不能拿青光眼去打量这些出身卑贱、处身卑污的人。大人物就应该广交三教九流的朋友，以备不时之需，这一思路绝对正确。至于鸡鸣狗盗之徒是不是真正的豪杰之士，在名相上又何必过于拘泥执着？孔子的"名不正则言不顺，言不顺则事不成"和"必也正名乎"，不知害苦了多少迂腐儒生死抠字眼过日子，甚至连好端端的脑袋也变成了木瓜和木鱼。看看《水浒传》，梁山上一百单八条好汉，其中不是有"白日鼠"白胜和"鼓上蚤"时迁吗？论重要性，他们甚至比某些排位更高的好汉名头更响，流量更多。

我说孟尝君不识士，是说他看不清门下贤人的好处和优点。就以他的两个大管家为例，魏子为孟尝君管理封地的收账事务，出去了三趟，也没收回半个钱，孟尝君问他这是什么缘故，魏子回答道：

"遇着了贤人，我私下里用主公的名义将钱赠送给他，所以空手而归。"

按说，孟尝君会高兴，至少也不会大光其火。偏偏孟尝君乱发脾气，还将魏子炒了鱿鱼。因此你很难认定孟尝君有一贯尊重贤士的风度。事情要是就这么了结，魏子的贤明将无人知晓。

几年后，齐国贵族田甲作乱，企图劫持齐湣王，齐湣王怀疑孟尝君是幕后主使，孟尝君只好仓皇逃出齐国。这时，魏子资助过的贤人给齐湣王上书，为孟尝君辩诬，并且用生命担保，为此他在宫门前采取刎颈自杀的极端行为来证明孟尝君清白无辜。齐湣王听到这个消息，大吃一惊。事后多方侦讯，也证明孟尝君是遭人诬陷，并无谋反之实。完全可以这么说吧，孟尝君愧对魏子，也愧对那位不曾留下姓名的贤人。他喜欢养士，多少有点叶公好龙的讽刺意味。

孟尝君的另一位大管家是冯驩，他吃到了好伙食，坐到了好马车，也接来了老母亲，于是竞争上岗，为入不敷出的孟尝君收账。冯驩当众讨债的手法出人意料。杀牛，摆酒，把欠债人请来大开流水席，然后双方对账，欠债人要是有偿还能力，他就约定对方还钱的期限，欠债人要是没有偿还能力，他就当众将欠账的凭据烧掉。冯驩对大家说：

"当初，孟尝君借钱给大家，是让你们有资本安居乐业；现在他收回利息，是因为府中没钱款待宾客了。手头宽松的就定下个交纳息金的期限，手头紧巴的就干脆减免债务。各位多吃点多喝点，能有这样贤德的主人，怎么可以辜负他的好心和美意！"

孟尝君听说冯驩自作主张，在其封地大烧债券，气得鼻孔里冒青烟，他派人去把管家叫回来。冯驩一到府中，孟尝君就劈头盖脸地责怪道：

"我门下有宾客三千人，所以才在薛地（孟尝君的封地）放债。我的奉邑少，老百姓又多数不能按时还息，恐怕宾客吃饭会成问题，我才派出先生去责令他们如数缴纳息钱。听说先生在那儿大摆酒席，还烧掉了不少债券，这是为什么？"

"不瞒公子说，确有此事。不多摆酒席就不可能聚会，也就没法知道他们的贫富状况。有能力付息的，给他们定下期限，没能力付息的，就算我们手头攥着债券，年年去催款逼债，也还是一无所得。逼急了，他们就会逃往他乡躲账赖账，结果利息没收到分毫，外界却会批评公子一味贪财，不体恤百姓，欠钱的人也会背上欺主赖账的坏名声，这可不是淳化民风、宣扬主人恩德的好办法。烧掉一些没用的债券，免掉一些根本到不了账的息钱，使领地的老百姓亲近主人，传颂主人的恩德，对此公子又何必抱有疑虑！"

所幸孟尝君的悟性不低，听了冯谖的这番话，茅塞顿开，频频点头，感到十分欣慰。

孟尝君亡羊补牢，吸取了上次开除魏子的教训而没有炒冯谖的鱿鱼，这显然是明智的。冯谖不仅替他收买人心，沽名钓誉，还注定要给他打包另外一个大惊喜。

孟尝君树大招风，齐湣王是一位弱智的君主，他听信小人的诋毁之词，认为孟尝君手握重权，江湖名头比自己响亮，是个大隐患，不可掉以轻心，就罢免了孟尝君的相国职务，建议孟尝君提前办理离休手续。这样一来，那些势利眼长在后脑勺上的宾客都拍屁股闪人了。唯有冯谖心地特实诚，愿意为孟尝君到秦国出差，这回他要试试自己铁齿铜牙的功夫。冯谖如同出色的驯兽员，让秦王钻进圈套。他对秦王说：

"天下的游说之士乘车骑马到西边的秦国来，都是想方设法要使秦国强大，使齐国弱小；天下的游说之士乘车骑马到东边的齐国去，也都是想方设法要使齐国强大，使秦国弱小。齐国和秦国势不两立，是雌雄之国，雄的一方可得天下。"

　　"怎样才能使秦国雄起而不雌伏？"冯驩的比喻实在太精妙了，秦王陡然来了兴趣。

　　"大王知道齐国废黜了孟尝君吗？"

　　"有所耳闻。"

　　"能使齐国称雄于天下的关键人物是孟尝君。如今齐湣王的耳根软如棉花，由于几句毫无根据的谣言就废黜了他。孟尝君心中委屈怨恨，必定会背叛齐国，倘若他肯背叛齐国到秦国来政治避难，那么齐国的内政外交在他心里都有一本明细账，只要将情报给予秦国，齐国就不难被秦国吞并，大王岂止称雄天下！事不宜迟，机不可失，大王赶紧派人带着厚礼重币去迎接孟尝君，孟尝君感戴大王雪中送炭的恩德，必定欣然前来投靠。这事一是要下手快，二是要保密严，假如齐国察觉了秦国的意图，势必会重新起用孟尝君，到那时，谁雌谁雄又不得而知了。"

　　冯驩有好舌头，好牙齿，好嘴唇，关键是有好脑子，才能够哄得秦王怦然心动，立刻派人去齐国迎接孟尝君。冯驩则一路兼程，先期赶回齐国，将同样的话说给那位弱智的齐湣王听，最后透漏出一丝口风，说是秦国的使者已经在路上。为今之计，只有赶紧恢复孟尝君齐国丞相的职务，给他更大的封邑，才能挫败秦国的阴谋。齐湣王一听，觉得这个好主意可补救，立刻恢复孟尝君的职务，还给他新增一处不小的汤沐邑。

　　孟尝君养士三千人，终得冯驩之力，可谓广种薄收。至于那些势利眼的食客本以为孟尝君变成了咸鱼，这辈子再也翻不了身，哪知他重获重用。他们觍着脸投奔旧主人，孟尝君自然气不打一处来。他当着冯驩的面，大声抱怨道：

　　"我田文好客，对待客人不敢有任何失礼，门下宾客多到三千多人，这是先生亲眼所见的。宾客看到我一朝失势，就弃我而去，根本无视旧日的情分。如今我仰仗先生之力恢复了相位，那些宾客还有什么脸面来见我田文？如果他们厚着脸皮前来谋食，我一定要把唾沫啐在他们脸上，狠狠地羞辱一番这些势利鬼。"

这话虽是在气头上说的，却也能看出孟尝君是个性情中人，有时也会器量狭窄。倒是冯驩一如既往，与人为善，成人之美，而绝不逢君之恶，他耐心开导孟尝君：

"凡有生，必有死，这是事物必然的结局；富贵之家宾客盈门，贫穷之人朋友扫迹，世事原本如此。公子不见那些赶集的人吗？一大早，大家争先恐后，门槛都快踩烂，到了傍晚，途经集市的人甩手而过，连看都不多看一眼。他们并非喜欢大清早，不喜欢黄昏，而是因为到了黄昏就无利可图。公子失势时，宾客走光了，也是同样的道理，没必要埋三怨四而将宾客拒之门外。"

从这一番通情达理的话，可见冯驩是个通权达变的智者。他洞明世事，练达人情，胸襟开阔，包容万有。孟尝君终身养士，能得冯驩一人，已经心满意足。孟尝君以高投入追求高产出，他的眼睛有时是青光瞎，有时是白内障，有时却又见微知著，他看准了冯驩，就是万幸。从大堆河沙中能淘出一粒金子，就算没有白忙活。河沙是一种衬托，是一种铺垫，其存在意义和存在价值就在于此吧。知物理，识人道，朋友遍天下，宾客满门庭，真正的莫逆之交和生死之交，真正可以推心置腹的知己，往往只有二三子，这是半点也苛求不得的。当年，鲁迅书写清代诗人何瓦琴的联语赠瞿秋白，道是"天下得一知己足矣，斯世当以同怀视之"，就是相当通透的见解，足以彰显智者的情怀。

孟尝君门下有一位冯驩，平原君门下有一位毛遂，平原君将他编入二十位宾客组成的智囊团，前往楚国会盟，到头来，却只有毛遂这块险些被遗漏的金子闪闪发亮，其他十九位正选宾客都暴露出了黄铜的本质。

　　且说平原君与楚王会谈两国军事合作事宜，一大早开局，到了中午还没个眉目，摆明了，楚国毫无诚意。这时，平原君的智囊团成员束手无策，竟然谦虚谨慎，你让我，我推你，以往众人挤兑毛遂，这回却将他推举到风口浪尖。毛遂当仁不让，紧按腰间剑柄，步履稳健，拾级而上。他询问平原君：

　　"赵国与楚国进行军事合作，于双方利害攸关，几句话就可讲清楚，应该不难决定。可今天的会谈，从早晨到中午，还没个明确的方案，这是为什么？"

　　楚王懒洋洋地坐在那儿，试图用拖延战术使平原君知难而退。这时，他瞥见一位神色凝重的男士走上台来与平原君说话，就好奇地问道：

　　"这位客人是干什么的？"

　　"是我门下的宾客。"平原君如实相告。

　　"还不赶紧下去！寡人与你家主公商榷军国大事，你算哪根葱？跑来凑热闹！"楚王呵斥道。

　　毛遂闻言，火冒三丈，他手按腰间的剑柄，走到楚王面前，声色俱厉地回击道：

　　"大王之所以胆敢呵斥毛遂，是仗着楚国兵多将广。现在十步之内，大王无依无靠，大王的性命就捏在毛遂的手心。在我家主公面前，大王起什么高腔？况且我听说成汤凭七十里土地最终称王于天下，文王凭仗百里封疆最终令天下诸侯归心，难道是他们人多势众吗？摆明了，是由于他们能够审时度势，奋发神威。如今楚国的领土方圆五千里，拥有百万雄师，这是称王称霸的绝佳资本。以楚国的富强，天下难以抵挡。白起不过是个小跳蚤，统领几万人，兴师与楚国交战，才一仗打下来，就占领了郢都，两仗打下来就烧掉了夷陵，三仗打下来就掘开了坟墓，污辱大王的先人。这是百世不解的仇怨，赵国引以为羞。可奇怪的是，大王居然对秦国毫无憎恨之情。大王可得弄清楚，这次赵国与楚国进行军事合作，更多的是为楚国着想，并不只是为赵国打算。在我家主公面前，大王起什么高腔！"

楚王哪里见过这种摄人心魄的场面？对方只是布衣之士，说得出就做得到，真要是将他惹毛了，一剑劈过来，血溅五步，别说没命，少只胳膊少条腿，这辈子就报废了一半。何况毛遂怒目圆睁，义正词严，楚王理屈词穷，已被镇在当场。于是，楚王赔着笑脸对毛遂说：

"好吧好吧，都按先生讲的办，寡人愿意举国相从。"

"赵国和楚国的军事合作是不是就这么敲定了？"

毛遂担心楚王言而无信，事后反悔，他还要紧追一句，合上卯榫。

"就这么敲定了。"楚王不敢再支吾。

毛遂办事严谨，深知口说无凭，必须当场签订盟约。于是他大声吩咐楚王的部属：

"快拿鸡血和狗血来！"这是古人结盟的必用品。

两样东西早已准备好，很快就端来了，毛遂捧着铜盘跪在楚王面前，郑重其事地说：

"歃血为盟，大王居其首，主公居其次，毛遂做见证人。"

仪式结束了，毛遂决定吐尽心中郁闷了很久的那口鸟气，他左手拿着铜盘，右手招呼台下的十九位同行，大声嘲讽道：

"大家全都在堂下歃血为盟吧。你们碌碌无为，临阵退却，只是那种凭靠别人的努力才能获得成功的人。"

在众目睽睽之下，毛遂劫持楚王，逼迫对方同意军事合作，这并非他临时起兴。春秋时，鲁国大夫曹沫就曾经挟持齐桓公订立盟约。说到挟持君王，曹沫堪称毛遂的祖师爷。由此可见，春秋战国时的血性智士，忠于自己的主公，敢批霸主、君王的龙鳞，敢踩霸主、君王的虎尾，而且批得他们没脾气，踩得他们没奈何。勇敢者冒险往往能消除危难，胆小鬼怕死，死神却偏偏找上门来，你说奇怪不奇怪？

这回，平原君大开眼界，大获全胜。回到赵国，当着人头攒动的门下宾客，他感慨万分：

"我不敢再品评天下的贤士了。我见识过成千上万的人，自以为从未有过看走眼的时候，现在却在毛遂先生身上看走了眼。毛先生一到楚国，就使赵国为天下所尊重。毛先生的三寸舌头，强过百万雄师。从今以后，我不敢再品评天下贤士了。"

平原君发此感叹，总算还有一点自知之明，普通的小山包摆在那儿，一目了然，海底巨大的冰山却只露尖尖一角，唯有慧眼才能识得。平原君不识毛遂，信陵君却识得侯嬴，在品评贤士方面，平原君还得虚心向自己的小舅子魏无忌学招。

长平之役，秦军以最小的代价取得了最大的胜果，然后乘胜追击，围困赵国的首都邯郸，简直就如铁桶一般。信陵君的姐姐不断派使者送信向魏王求救。魏王念在友邦的情分上，派遣虎将晋鄙统领十万大军前往救援。秦王早已料到对方会下这步快棋，就派出使者传话给魏安釐王，气焰十分嚣张，言语咄咄逼人，威胁道：

"秦军眼看就要攻下邯郸，诸侯国要是有谁胆敢援救赵国，就势必会沦为秦军重点打击的下一个目标！"

这句远程威胁的话还真灵验，魏安釐王立刻命令大将晋鄙屯军于边境，名义上是驰援赵国，实际上骑墙观望。平原君见援军畏缩不前，就不断地派人到魏国责备信陵君，因为心急如焚，还特意打出了"亲情牌"：

"我赵胜之所以与公子家结为姻亲，是因为公子义薄云天，乐意出手解救他人的急难。如今邯郸危在旦夕，眼看就要被秦军攻占，可是魏国的救兵却滞留在边境，裹足不前。这样见死不救，可不像公子一向成仁取义的作风。就算公子看不起赵胜，难道就不可怜你姐姐身陷危城之中吗？"

由于信息不对称，平原君有所不知，信陵君和诸多雄辩之士已在魏王面前把口水讲干，把好话说尽，可是魏安釐王畏惧强秦如同畏惧猛虎，死活不肯听从信陵君的恳求。信陵君气得火冒三丈，不愿眼睁睁地看着赵国覆亡，自己背着千古骂名死去，于是他召集门下青壮宾客，凑成敢死队，准备奔赴邯郸，杀入秦军阵地，同归于尽。

大队人马浩浩荡荡，经过京城的东门时，信陵君见到他最尊敬的侯嬴先生，将此行的目的告诉这位古稀老人，然后向他诀别。出乎意料的是，侯嬴只是用冷淡的语气说道：

"公子好好干吧，老朽已经风烛残年，不能追随公子前往赵国。"

道别后，信陵君眼圈红红的，行进了一段路程，心中越发闷闷不乐，并且隐隐不安，他说：

"我对侯先生情深义重，尽礼尽心，国人无不知晓，如今我要去赵国与秦军拼命，侯先生的神情却出奇的平静，没有嘱咐什么，莫非我有什么地方做得不好，做得不对？"

这就是信陵君机警过人的地方，尽管他多走了一段冤枉路，还算不上十分机智。信陵君的车队返回东门，侯嬴笑道：

"老朽料到公子心里藏不住这个疑惑。"

老爷子真能折腾，心里话一早明说不就得了，偏要浪费宝贵的时间。侯嬴确实有要紧的话，他开导信陵君：

"公子尊重贤士，名闻天下。如今赵国有难，公子逞血气之勇，一门心思只想着与秦军拼命，这就好像是把肥肉扔给饿虎，又能够有什么阻遏作用？如果公子遇事只打算蛮干，还用得着供养三千宾客吗？公子一向待老朽不薄，关键时刻，老朽理应为公子出谋划策。"

侯嬴将信陵君领到僻静的地方，给他贡献了一个无须拼命就能解围的惊天妙计：

"老朽听说虎符藏在大王的卧室里，眼下如姬最得宠幸，能自由出入大王的寝宫，应该有办法偷到虎符。如姬的父亲被人杀害，她悬赏了三年之久，大王也想替她报仇，却未能如愿。如姬求公子为她雪恨，结果公子派人砍下了仇家的脑袋。如姬欠下公子这么大一份人情，就算要她为公子赴汤蹈火，她也不会推辞，只不过她一直没有报答的机会。如今公子开口，请求如姬盗取虎符，去拯救赵国，她肯定会爽快地答应，一旦公子掌握了虎符，就有机会夺取晋鄙的兵权。到时候，公子统领魏国的十万雄师解救赵国，打退虎狼般的秦军，使友邦转危为安，可想而知，这将是一场令世人赞不绝口的正义之战！"

战国时期的兵符，用黄金或青铜铸成虎头形状，一分为二，一半握在大将手中，另一半则握在君王手中。君王要走马换将，必须派遣使者带去虎符，与将领手上的虎符互相吻合，正常的交接手续才可办理。

信陵君听从侯嬴的妙计，赶紧找到如姬，请求她救场。如姬果然知恩图报，冒着极大的风险，帮助信陵君偷到虎符。此事表面看上去毫不费力，其实惊心动魄。

信陵君要驱车出发了。平日里，侯嬴说话痛痛快快，今天却婆婆妈妈，他反复叮嘱道：

"将在外，君令有所不受，这样做，对国家有利。晋鄙是身经百战的宿将，不可能不明白这个道理。就算公子手中的虎符与他手中的虎符吻合无间，他不肯交出兵权，公子又得回头设法，这样子徒劳往返，事情必然败露。这次最好能让朱亥陪公子同行，有这位大力士做伴，关键时刻能够派上用场。要是晋鄙愿意爽快交权，那就皆大欢喜，再好不过；要是晋鄙抗命不从，朱亥就挺身而出，将他当场击杀。"

于是信陵君去市集上邀请屠夫朱亥入伙。朱亥非常高兴，拍打着那个像战鼓一样滚圆的肚皮，哈哈大笑道：

"鄙人只是街头挥刀杀猪的角色，蒙公子不弃，多次来到市场慰问，我之所以没去府上道谢，是认为琐屑的礼貌毫无用处。现在公子急于用人，这正是我出力效命的时候到了。"

万事俱备，信陵君带领勇敢的宾客再度出发，途经东门时，他向侯嬴道别。侯嬴动情地说：

"老朽本该随行，但年纪大了，力不从心。老朽将计算公子的行程，估计公子到了晋鄙军中，就朝着北方自杀，用这条老命来护佑公子！"

信陵君到了邺县，矫称魏王的命令，让晋鄙交出兵权。晋鄙验过虎符，内心顿生疑惑，他用鹰隼一样的目光打量信陵君，问道：

"如今，末将统领魏国十万大军，驻扎在边境上，国家重任竟然要作这种儿戏似的交接，情势会怎么样？"

很显然，未经过更可靠的途径核实，晋鄙不想交出兵权。此刻，朱亥闪亮登场，举起四十斤重的大铁锥，当场砸死了那位无辜然而碍事的宿将。兵权转瞬之间就落到了信陵君手中。

魏军与赵军里应外合，解除了邯郸之围。事成后，信陵君将十万大军归还给魏王。信陵君是赵国的大救星，赵孝成王和平原君对他感激不尽。赵王感叹道：

"自古以来，贤德高人很多，谁也比不上公子！"

尤为可敬、尤为可赞的是贤士侯嬴，他没有食言。老人估计信陵君在边境上已经得手，就朝着北方，横剑自刎了。古人的品行后人最不可企及的是什么？就是这个义薄云天、义不容辞的"义"字。侯嬴自知年老体衰，力不从心，无法参与信陵君快如闪电的救援行动，但他决定以自己的魂魄追随。人之相交，贵在交心，士为知己者死，这话可不是说着好玩好听的。侯嬴不仅是一位智士和勇士，也是一位顶天立地的义士。他忠于"信义"，在众多的阐释中，他添加了自己的阐释，这条阐释使千余年后的诗仙李白发出了"季布无二诺，侯嬴重一言"的赞叹。"生有重于死者然后可生，死有重于生者然后可死。"侯嬴认定自己赴死的意义比求生的价值更重，所以他不惜自杀。能得到宾客的力不难，能得到宾客的心才难，能得到宾客的命，更是难上加难。战国四公子个个养士数千人，却只有信陵君达到了这个最高境界。

由于求人盗取藏于深宫的虎符，杀害大将晋鄙，信陵君害怕魏王怪罪，不敢回国。十年间，秦国抓紧机会猛攻魏国，魏王很担心，再这样下去，局面将不可收拾，就派遣使者去赵国迎接信陵君，恳请他回国主持军务。但信陵君心有余悸，不肯归国，为此放出狠话来：

"要是谁来为魏王求情，必死无疑。"

这时，能够劝导信陵君回头是岸的只有毛公和薛公了。他们对信陵君晓以利害：

"公子之所以受到赵国尊重，名闻诸侯，是因为有魏国做公子的坚强后盾。如今秦国攻打魏国，魏国危急而公子袖手旁观，假若秦国攻破大梁，荡平先王的宗庙，公子还有何面目独立于天下？"

这番道理就是"皮之不存，毛将焉附"。毛公和薛公话音刚落，信陵君立刻叫人备车，回去解救魏国的危机。信陵君的感召力极强，各国领导人听说他要牵头抗秦，都派兵参战，秦国再强悍，这回也吃不消群殴，大将蒙骜（蒙恬的祖父）统领的骁勇善战的秦军被信陵君统领的六国联军打得灰头土脸，缩回了老巢，犹如苍蝇见识了苍蝇拍的厉害，短期内不敢再把脑袋探出函谷关看风景。此时，信陵君威震天下。

秦王怎会甘心把一个这么大的亏吃在明处？他决定运用反间计去摆平信陵君，于是花重金收买晋鄙门下的宾客，去魏安釐王面前诋毁魏公子，说是现在诸侯只知魏国有信陵君，不知有魏王，还危言耸听地说，诸侯要帮助魏公子夺取王位。魏王的识见和涵养本来就不及格，第一条尚可容忍，第二条则无论如何也容忍不了。于是魏王解除了信陵君的兵权。从此以后，信陵君与宾客作长夜之饮，享受醇酒美色，不出四年，酒色伤身的信陵君就驾鹤西归了。秦国便抓紧时机，派遣大将蒙骜统领秦军猛攻魏国，接连攻下二十座城池。十八年后，魏国宣告灭亡。

孟尝君门下有冯谖，平原君门下有毛遂，信陵君门下有侯嬴、朱亥、毛公和薛公，春申君的门下也有朱英。孟尝君和平原君能够得宾客之力，信陵君除了能够得宾客之力，还能够得宾客之心和宾客之命，春申君却既不能够得宾客之力和宾客之心，更别说得宾客之命。因此在四人当中唯有春申君横死暴亡。

在楚国，春申君当了二十五年相国，与楚考烈王（即当年与春申君生死相依的楚太子芈完）相处得还算融洽。可是现在楚王患上重病，眼看就不行了。朱英预见到了危机之中隐藏的杀机，他对春申君说：

"世间有不期而至的幸运，也有意料之外的祸患。现在大人处在生死无常的世道，辅佐的是奄奄一息的君主，怎能没有一个能为大人消灾除祸的勇士呢？"

朱英这话饶有深意，春申君闻言为之一惊，立刻产生了兴趣，他问道：

"什么是不期而至的幸运？"

"大人出任楚国的相国二十多年，享尽荣华富贵，名为相国，其实就是发号施令的楚王。眼下楚王病重，生命垂危，大人将辅佐年幼的太子，代他执掌国政，就如同古时候的贤相伊尹辅佐太甲、周公辅佐成王那样，等到太子长大成人，再将权力交还给他，与南面称王差不多，这就是鄙人所说的不期而至的幸运。"

"那什么是意料之外的祸患？"

"虽然国舅李园未掌握政权，但他是大人的仇家。虽然他未掌握兵权，但他长期豢养亡命之徒。一旦楚王驾崩，李园必定抢先发难，进宫夺权，杀害大人灭口。这就是我所说的意料之外的祸患。"

"那么谁又是能为我消灾除祸的勇士？"

"大人任命鄙人为郎中（掌管宫中事务），若楚王驾崩，李园必然抢先进宫，鄙人为大人杀掉李园。鄙人就是那位能为大人消灾除祸的勇士。"

朱英的见识如此高明，倘若换了是孟尝君、平原君、信陵君，都肯定会言听计从，然而春申君自负足智多谋，实则他的智力早已衰退，竟认定楚国无人能够动摇他固若金汤的权势。他说：

"你还是放心好了。李园只是卑怯的可怜虫，何况我平日待他不薄，又何至于对我痛下毒手！"

当断不断，反受其乱。春申君早年的聪明智慧似乎已像酒精一样挥发干净，对于近在眉睫的血光之灾缺少必要的直觉和预判。朱英听完春申君刚愎自用的回答，已隐隐约约闻到了这位楚国丞相身上的尸臭气。他害怕大祸临头，就三十六计，一走了之。

没过多久，楚考烈王驾崩，果然如朱英所料，春申君在入宫的途中被李园指派的杀手刺死，脑袋被扔弃到城门之外。春申君可是一位在国际上久有定评的智者，权力大过国王，由于他听不进忠告，就这样死于非命。春申君养士而不能听其言，用其力，与不养士又有什么区别？

孟尝君、平原君、信陵君和春申君四人，可谓翩翩浊世佳公子。倘若仅仅月旦人物，信陵君无疑是第一流角色，他俊朗不用说，睿智不用说，礼贤下士不用说，慧眼识人不用说，知过能改不用说，还曾统领六国联军打败过骄横不可一世的秦军，四人之中，他的眼光、胸怀、格局和功名都是最完美的，其他三人难以望其项背。孟尝君只是第二流角色，他识才的眼光时好时坏，器量也时大时小，所幸他能从善如流，一旦看准贤能之士（冯谖），就会言听计从。孟尝君名气大大，功德平平，可谓华而不实。平原君和春申君只能算是三流角色，长平一役的惨败就是因为平原君利令智昏，听信韩国人冯亭的邪说，以为可以白得韩国十七座城池，最终使得赵国吞下了一枚永难消化的苦果。平原君养士，只是为了炫耀，没有识别英才与庸才的慧眼，所幸他还有知过即改的勇气。春申君早年才智过人，帮助楚国渡过一道道难关，晚年却因为久享富贵而智力衰退，对忠言置若罔闻，对防患于未然的道理置之不顾，门下宾客如云，到头来竟然被刺客击杀于途中，身死族灭，智者犯傻，饱受质疑。

战国时期，政出多门，四公子玩弄权术于股掌之间，他们出将入相，

左右天下大势，从很大程度上降低了国王的权威，造成权力的分解，使
得国家沦为一盘散沙。秦国的君王广泛吸纳外国的高级军政管理人才，
很少让本国的豪门贵族掌握中枢，因而将权力牢牢地攥在手心，专制铸
成利剑，在他说一不二的指挥下，一个军事帝国的威武得以释放，就会
变成无坚不摧的巨大势能。从这个意义上说，六国的相继覆灭在所难免，
孟尝君等人罪责难逃。

第五局

吕不韦的风投：立主定国

赌圣：吕不韦，爵封文信侯，秦王嬴政称之为「仲父」

最高官职：秦国丞相，长期独揽大权

最高赌绩：助落魄公子嬴异人上位做储君，做国王

赌术精要：以财力争先，以智力殿后

致命败着：与赵姬重温绮梦，荐嫪毐代做替身

大结局：举家徙蜀，服毒自尽

　　战国时期重农抑商，重农轻商，四民（士、农、工、商）之中，商人殿后，社会地位最低。由于战争频发，道路不靖，打理生意如同绝域探险。尽管不利因素甚多，商人也只能勉为其难，在夹缝中间求生存，求发展。倘若有人异想天开，试图以"撑杆跳高"的方式，将商业资本转化为政治资本，彻底解决掉身份转换的难题，获得极丰厚、超稳定的盈利，把政治这桩并不适宜称之为买卖的"生意"做大做强，就显而易见地超越了俗世常人想象的极限，属于天才的壮举。

　　韩国阳翟大贾吕不韦就是历史上罕见的例外，他既具有豪商绝顶精明的头脑，又具有猎手极端敏锐的嗅觉，在秦国所取得的巨大成功近乎神迹。在中国，哪位商人能够望其项背？至于步其后尘，更是不可完成的任务。明朝的富商沈万山，清朝的富商胡雪岩，顶多只算学到他的皮毛，他们与政治的接触，最终都像雪团与沸水的"肌肤相侵"，结果极其糟糕。

引言：立主定国，获利无穷

战国初期，商业有了长足的进步和发展，一些大商贾的财富总量足可匹敌公侯。据《史记·货殖列传》所载，洛阳豪商白圭"乐观时变，故人弃我取，人取我与。夫岁孰（熟）取谷，予之丝漆；茧出取帛絮，予之食。……能薄饮食，忍嗜欲，节衣服，与用事僮仆同苦乐，趋时若猛兽挚鸟之发"，在当时，白圭把握商机的本领堪称天下第一。白圭如此介绍自己的致富术："吾治生产，犹伊尹、吕尚之谋，孙（武）、吴（起）用兵，商鞅行法是也。是故其智不足与权变，勇不足以决断，仁不能以取予，强不能有所守，虽欲学吾术，终不告之矣。"这就说明，白圭有韬略，讲规矩，洞察时势，尊重市场，不靠"空手套白狼"发财，而是靠经营实业（谷米和丝漆业）致富。除了经商，他还自诩治水的本领超过大禹，但儒家亚圣孟轲认为：大禹治水以四海为壑，白圭治水以邻国为壑，一个得道，一个失道，根本没法儿相比。白圭还提出了二十税一的薄税制，主张藏富于民，在当时，这种想法也得不到孟轲的认可。除开白圭之外，战国时期富埒王者、位侔封君的豪商还有猗顿（盐业大王）、郭纵（冶炼大王）、乌氏倮（畜牧大王）等多位。这些人，一度是吕不韦崇拜的偶像。

在春秋战国时期，商和贾是两个不同的概念。初唐学者颜师古的解释是："转货贩易者为商，坐市贩卖者为贾。"意即批发为商，零售为贾。阳翟（今河南省禹州市）大贾吕不韦很会做生意，他精于算计，囤积居奇，买贱卖贵，积累了大笔家财，仍嫌利润菲薄，他打算玩点更新鲜、

更刺激的斗智游戏。有一天,他请教见多识广的老爹:

"众所周知,务农可获利十倍,经营珠宝可获利百倍,如果搞'立主定国'的政治,可获利多少倍?"

吕老爹的报价是:"那倍数太高,简直数也数不清。"

于是吕不韦决定从事政治投机活动,他早就瞄准了一位王室子弟——秦王的庶子嬴异人,将他视为上天赐予自己的政治筹码。

嬴异人的父亲是秦昭襄王嬴稷的太子安国君嬴柱。安国君妻妾成群,名下有二十多个儿子,嬴异人既不在头,又不在尾,其母夏姬长期抱孤枕,守空房,并不得宠。秦昭襄王将孙子嬴异人送去赵国,充当一件象征性的抵押品,但从未将这件抵押品的死活放在心上,秦国多次兴兵犯境,几度将赵国揍得鼻青脸肿。如此一来,赵国王廷也就把嬴异人当作不受欢迎的秦国佬对待。嬴异人度日如年,颇有点像是被文火煎熬的中草药,煎出了一股浓浓的苦涩气味。

不受人礼遇和待见也就罢了,嬴异人更切身的困窘在于日常用度颇为拮据,手面窄狭得不行,住处破烂寒伧。

然而,吉人自有天相,嬴某毕竟是异人,不必像常人那样把个苦药罐熬穿,甜头竟然就像一把诱驴前行的青草悬在嘴边。吕不韦到赵国邯郸做生意,见到嬴异人凄惶落魄的样子,内心生出同情,但更多的居然是欢喜。他要搞政治,"立主定国"是最高理想,这就叫"踏破铁鞋无觅处,得来全不费工夫"。在他看来,嬴异人是值得自己押上重注的"奇货",有了这样的筹码,完全可以放胆豪赌。

"立主定国"一本万利,是大宗生意,嬴异人是天下极品的水沉香,眼下竟无人识得他的价值。这才叫上天成全。大商人吕不韦从此完全确定后半生的目标,经营政治,成为举世称羡的官场大佬。空气永在,而机会偶得，机不可失，时不再来，走过路过绝对不能错过。吕不韦特意备办了一份厚礼，前去拜访郁郁寡欢、闷闷不乐的嬴异人，满有把握地对他说：

"鄙人坚信，能够光大公子的门庭！"

江湖骗子吹牛皮，夸海口，嬴异人见得多了，既不稀奇，也不兴奋。他心想，这位来访的大商人，虽说家财万贯，精刮到骨髓里去了，可是真想要光大一位王室后裔的门庭，料想他无从着手，哪有那么容易？嬴异人诡笑道：

"先生还是想方设法光大自家门庭吧！"

"公子有所不知，鄙人先得光大公子的门庭，自家门庭才能随之得以光大。"

吕不韦这么一说，嬴异人福至心灵，脑袋里迸溅出电光石火般的闪念：莫非吕不韦能将我拔出赵国这个又冷又深的烂泥潭，助我登上做梦也不敢挨近的王位？只是这么一闪念，嬴异人就惊出一身冷汗来。

布局：冒大风险，谋高产出

在战国时期，商人的社会地位不高，嬴异人能够对吕不韦另眼相待，平辈相交，已是很给他面子了。共同的利益诉求使两人一见如故，连最为敏感的话题也提拎出来，一起畅谈。吕不韦说：

"秦王已经风烛残年，太子安国君可望继位。听说安国君最宠爱华阳夫人，偏偏华阳夫人膝下无子，在确定嫡子（安国君的接班人）的问题上，华阳夫人有表决权。屈指算来，公子的兄弟不下二十个，公子的排行处在中间位置，既不是长子，又不是爱子，两不挨靠，还长期待在赵国，没有机会得到安国君的赏识和华阳夫人的器重。一旦秦王晏驾，安国君即位，那么多公子在他面前承欢取悦，公子成为太子的可能性就会越发渺茫。"

这番分析完全对路，细大不捐，先摆出来一堆困难，困难越多，征服困难后的快感也就越足。

"先生所讲的情况没错。我们应该采取什么对策才好？"嬴异人很想知道吕不韦的全盘计划。

"公子手头拮据，又客悬在赵国，没有本钱去孝敬亲人，广交宾客。虽说鄙人手头也不算宽裕，但带上一笔钱去秦国，为公子活动活动，疏通疏通，还是没问题的。关键的是，鄙人要为公子在安国君和华阳夫人那儿挣足脸面，让安国君立公子为嫡子。"

这个计划富有创意，非常大胆，经济头脑中布满政治神经，可了不得。嬴异人的精神受到极大的鼓舞和振奋，两眼宛如火炉中的精炭放光，当即就向吕不韦许愿：

"真要是能够大功告成，我愿意与先生分享秦国的政权！"

吕不韦决定将嬴异人这支"垃圾股"做成"潜力股"，不惜血本进行风险投资。他先是给嬴异人五百镒黄金，充作平日里广交宾客的活动经费。然后吕不韦再用五百镒黄金购买奇珍异宝，带着它们去秦国做敲门砖，那门可不是寻常的家门，而是太子安国君的宫门。事先，吕不韦打通了华阳夫人姐姐的门路，将那批稀世珍宝一股脑儿送给华阳夫人。见到珍宝从天外飞来，那一刻，华阳夫人心里乐开了繁花。吕不韦掐准时机，大夸嬴异人如何贤能智慧，结交宾客遍天下。最难得的是天生孝心，常常想念太子和夫人。听完吕不韦这顿天花乱坠的描述，华阳夫人对于嬴异人顿时生出强烈的好感，尽管对他的模样已毫无印象。于是吕不韦瞅准火候，趁热打铁，见机下单，这正是大商人最擅长的手法。

基础设施完工后，吕不韦立刻通过华阳夫人的姐姐再度发起一波更加强劲的攻势。亲姐姐的体己话最能打动妹妹：

"我听说，女人用美色取悦君王，一旦容华衰减，君王的宠爱之情就会淡薄，这就叫色衰爱弛。如今妹妹侍奉太子，获得厚爱，可惜没个一儿半女的出息，何不趁早将某位贤明孝敬的王子收养在自己膝下，策立他为嫡子。丈夫在世，妹妹受到尊重，丈夫百年之后，妹妹收养的王子继承大位，终归不会遭到冷落。妹妹只需给太子殿下递上一句话，就可以得到好处。不在繁花满枝时确立根本，等到容华衰减，感情淡薄了，妹妹再想开口进言，哪有机会？如今看来，异人这孩子贤能孝顺，而且自知上面还有许多兄长，轮不到他做嫡子，他母亲又不得宠，因此他全心全意依托于夫人。假若妹妹能够在节骨眼上提拔他做嫡子，异人无国而有国，他必定感激涕零，妹妹无子而有子，谁还能动摇你的地位？"

凡事预则立，不预则废。这话讲的是未雨绸缪的道理。毫无疑问，吕不韦提供的脚本，每句台词都裁剪得合情合理，通过华阳夫人的姐姐这位本格派演员之口讲出来，立刻收获奇效。

华阳夫人深知后宫情形，美人各领风骚三五年，谁都有可能得到宠幸，谁都有可能失去宠幸，何况她膝下荒凉，若不早寻稳靠的后路，独占先机，晚景必定凄凉。

"那就让异人来见个面吧。"

华阳夫人对自己不争气的肚皮已不再抱有期望，能够收养异人为子，在权力角逐中多个好帮手，弄成双赢，这才是上上之策。

吕不韦不仅是别出心裁的商人和政客，而且是一位极讲求风格的形象设计师，他让赢异人从头到脚全用楚人装束。见面时，华阳夫人见赢异人一身楚装，果然十分开心，对他的机灵样儿也很有好感。她说：

"我是楚国人，今后，你就改名为'子楚'吧。"

于是华阳夫人找个适当的时机，在安国君面前从容地夸赞赢异人才能出众，美誉超群，说着说着就动了感情，不由得泪流满面，她请求安国君立赢异人为嫡子，好让她将来有个依靠。

安国君有二十多个儿子，手心手背都是肉，既然华阳夫人开了口，他无可无不可，就赐给赢异人一道玉符，作为立他为嫡子的凭证。

昔日的赢异人，今日的赢子楚，这下可真有得乐了，钱财和地位全都成了囊中之物。吕不韦投入一千镒黄金，三炒五炒就把赢子楚这支垃圾股炒成了龙头股。一举炒出来两个政治暴发户。吕不韦的成就感迅速膨胀，都成什么样儿了？史书上没有片言只语的记载，可想而知的是，马到成功之后，他并未犯晕，他的政治秀刚刚开锣，好戏还在后头。有道是"良贾深藏若虚"，他哪能小富即安，躺在大烧饼上面呼呼睡大觉？

成局：赠送美女，固结同盟

权力是最烈性的春药，金钱次之，有了这两样东西，吕不韦就不可能不好色。他有幸得到了一位出身豪门的赵国美人，能歌善舞，宝贝得不行，捧在掌心都怕她融化。没过多久，这位娉娉婷婷的赵姬就有了身孕。

那阵子，嬴子楚将吕不韦视为天神下凡，福星当顶，对他言听计从。两人常在酒桌上聊天，除了探讨秦国究竟应该往何处去的严肃问题，有时也探讨酒色财气究竟应该以何者为先的庸俗问题。理所当然，吕不韦认为钱财最重要，有了钱财，其他东西都能够轻易得手。嬴子楚则略显迟疑，尽管他也认为钱财重要，有钱则荣、无钱则辱的道理，他已经深有体会，但眼下他并不愁钱，所以他认为美色最重要，男人怀里紧抱个金娃娃睡觉，怪冷清的，要是抱个温香软玉的美人，可就另当别论了，还不乐翻天？

说到美人，吕不韦倒想炫耀炫耀自己的新宠。男人总难免虚荣心发作，让美女款款现身，立刻抖擞雄风，得意洋洋。头脑发热的时候，吕不韦竟然忘记了那句"善持珍宝，秘不示人"的祖训。

子楚哪里见过赵姬这般色艺极佳的女人？纤腰一扭动，圆臀一款摆，子楚的眼睛立刻发直，心跳顿时加快。倘若今生今世能拥有赵姬这样的美人，也不枉为男人！

子楚心想，吕不韦倚仗我光大门庭，千镒黄金也不曾吝啬，那就让他忍痛割爱，再慷慨一回。子楚用酒水盖住嘴脸，真就提出了这个无理要求。浑小子得寸进尺，竟想横刀夺爱？吕不韦气得差点失态，恨不得赏他一记大耳刮子。但吕不韦毕竟是吕不韦，大脑灵光，如今他荡去大部分家产，总算妥妥地吃上了香喷喷的政治饭，岂能因小失大？奇货可居啊！

应该说，吕不韦的政治投机相当冒险。此前，已经有过失败的先例。楚国丞相春申君眼见楚考烈王膝下荒凉，就找来许多漂亮丰满的女子送进宫中，可惜始终一无所获。时间久了，春申君就开始为楚国的未来和自己的前途隐隐担忧。

赵国人李园是个"拆白党"，他手头别无资本，只有妹妹李环姿色出众。李园想把妹妹敬献给楚王，却听说楚王缺乏雄风，是个不折不扣的假把式，他担心妹妹进宫之后毫无作为，要是手头唯一的本钱一股脑儿打了水漂，他到哪里哭去？

李园投靠春申君，在他门下，吃饭毫无问题，做国舅爷的理想却难以实现。过了好一阵子，他计上心头，向春申君请假回去探亲，却故意超假多日。回来后，春申君问他家里出了什么事。李园回答道：

"齐王听说小妹长得天姿国色，派使者前来求婚，鄙人跟那些齐国人周旋了一阵子，所以行期给耽搁了。"

连三岁小孩子都能够听出李园这是吹牛皮不打草稿，他妹妹李环只是平民女子，又不像西施那样艳名远播，哪能引起齐王的兴趣？春申君聪明一世，糊涂一时，也可能是他忘记了"色"字头上一把刀。他追问李园：

"令妹已许配给齐王了吗？"春申君是一条笨鱼。

"还没有。"李园是垂钓高手。

"能不能让我见一见？"鱼儿咬钩。

"如主公所愿。"李园开始收线。

李园慷慨大方，将妹妹奉送给春申君，这份厚礼是权色交易的前奏。黄歇饱享艳福，乐不可支。李园等到李环有孕在身，立刻与她合谋，她去王宫内做楚王后，他在王宫外当国舅爷。李环遵照老兄的教导，给春申君扇枕边风，句句为他"着想"：

"楚王对大人的信任，亲兄弟也比不上。大人治理楚国长达二十多年，荣华富贵已到顶点，令人称羡。可是大王至今膝下无子，一旦驾崩，就将由某个弟弟继承王位。一朝君王一朝臣，大人的地位难保啊！结局还有可能更为糟糕，大人治国，得罪了不少王室成员，不管谁来继承王位，大人都是凶多吉少。眼下贱妾有孕在身，外界并不知情。要是大人肯将贱妾献给大王，大王必定宠幸贱妾，倘若上天开恩，贱妾生下一个王子，楚国的军政大权仍由大人牢牢掌握，总比遭遇灾祸要强得多吧？"

黄歇左思右想，觉得李环这番话入情入理，于是依计而行。楚考烈王芈完一向信任春申君，对他敬献的各色美女照单全收，这次当然也不会例外。楚王掉入了圈套，其他的事情就顺理成章。李环如愿以偿，生下一个白胖小子，立刻上位，贵为王后。

这个阴谋似乎已造成多赢的局面，真正的祸根却已隐伏其间，难以拔除。李园的狼子野心日益彰显，权力欲望迅速膨胀，他不仅要做国舅爷，还要取代春申君，成为楚国的第二号大人物。于是他暗地里豢养刺客，只等楚王一死，就会突然发难。春申君黄歇命在旦夕，但他对门客朱英的忠告置若罔闻。

自然啦，吕不韦可以辩白说，李园是心甘情愿献出妹妹，他吕不韦却是被迫献出赵姬，二者不可相提并论。真要是玩不转，杀身之祸将一模一样，难道他就不害怕？吕不韦当然害怕，但置身于政治赌台，要么输掉身家性命，要么赢个金玉满堂，已经没有第三条道路可走。

败局：出来混，迟早要还债

赵姬的肚皮相当争气，史书上说，她的孕期长达十二个月，竟把百分之五十的概率变现为百分之百，好一个白胖小子，睁大双眼，肯定来历不凡。这就是未来的嬴政，他将一统天下，成为史上著名的雄主和暴君。

不管是立下大功，还是铸下大错，吕不韦就这么放胆干了一票。一半是商人算计，一半是流氓作风。搞政治，在他看来，二者不可或缺。缺乏商人算计，就不会深明利害得失；缺乏流氓做派，就不敢逾越雷池半步。搞政治，除了有识，还得有胆，为达个人目的，可以不择手段，当然最好能够出奇制胜。

此时，吕不韦贵为嬴子楚的师傅，在赵国也不全是寻欢作乐。秦昭襄王在位五十六年，越到晚岁越意识到人生苦短，越想早日解决关东诸侯。他下令猛攻赵国，赵国人怒火填膺，将愤恨全撒到嬴子楚和吕不韦身上，要斩下他们的头颅挂在城门上，去煞一煞秦国军队的威风。命悬一线之际，吕不韦花钱买命，用一车金条买通看守，然后与子楚逃之夭夭。赵姬呢？丈夫和情夫自顾不暇，保护不了她，所幸她娘家是当地的势族，将她藏匿起来，也没谁敢掘地三尺，因此母子平安。把仗打完了，赵国人消了气，仔细一想，这狼虎样的秦国能不得罪最好别得罪，不如干脆做个顺水人情，把赵姬与嬴政送还秦国。假如他们有点先见之明，料到赵姬怀抱的婴儿将是赵国的头号灾星，会不会磨一磨生锈的战刀，早作了断？

此后，吕不韦开始了十三年的鸿运。嬴子楚果真继位（即秦庄襄王），吕不韦也果真做了丞相，嬴子楚果真不忘恩不负义不食言，即位后，他的第一道诏令就是封吕不韦为文信侯，食河南洛阳（当时天下最富庶的地方）十万户，这么大手笔的分封在秦国史无前例。两位政治暴发户，一位是君，另一位是臣，彼此拘于繁琐的礼节，不便像以往那样随意交集，一边喝酒，一边大谈金钱美人，不过那份快慊有过之而无不及。

把政治股本玩大，玩到现在这么大，已经相当够意思了，然而吕不韦还想玩得更大，大到撑死的地步。这就是贪。

嬴子楚福薄，只做了三年秦王就含着泪向合作伙伴吕不韦道了永别。接下来，嬴政即位。这孩子才十三岁，任命吕不韦为相国，尊称他为"仲父"。

吕不韦大富大贵，求名心急。此前，齐有孟尝君，赵有平原君，魏有信陵君，楚有春申君，都以养士著称天下，有样学样，吕不韦也召集天下名士，厚待他们，光从数字上看（他养士三千人），并不输给战国四公子。吕不韦还深受老子、管子、孙子、墨子、孟子、庄子、虞卿、荀子、惠子、列子、慎子、公孙龙子著书立说的影响，召集门下宾客，汇聚众人才智，编纂《吕氏春秋》。他玩得傲，将此书的内容公布在城墙上，悬赏千金，只要谁能增删一字，自圆其说，这钱就归他。牛皮吹得天大，难道吕不韦和他的门徒手中果真掌握着宇宙真理和高不可攀的学问？很显然，吕不韦要借此夸耀他的"伟光正"，而且还有更重要的一点，他要借此事立威。对于丞相大人隐秘的心思，读书人洞若观火。不就是一本破书吗？犯得着去硬掰铁腕，一字一句较真，惹来杀身之祸？

世事如棋局局新，话是这么说，但收起场来，谢起幕来，大同小异。

王太后（赵姬）秽乱宫闱，已经成为路人皆知的秘密，母亲在宫中偷情，儿子要管，秦王嬴政不过问不知道，一过问吓一跳，除了那位假宦官嫪毐，原来吕不韦也与太后关系匪浅。

我有一个更大胆的猜想（只可能是猜想），秦始皇急于杀掉吕不韦，恰恰是他知晓了其身世之谜，容不得吕不韦玩弄这种惊天骗术来要挟他，他才不管吕不韦是不是生父，何况这种极具罪孽感的关系也不可能被正式承认。这正是嬴政比蜂虿还狠，比蛇蝎还毒的地方，他能够过得了吕不韦这一关，正如"鸱枭食母猿食父"那类动物的伦理惨变，他才有望炼成制服天下的酷毒手段。

嬴政即位后的第十年，他罢免了吕不韦的相国职务。吕不韦被迫离开首都咸阳，回到封地洛阳。嬴政耳目众多，很快就发现一个显明的事实，天下诸侯的使者和宾客依然络绎不绝地前往洛阳，去拜访文信侯吕不韦，向他致敬问安。这样旺盛的人气随时都可能会转变为政治飓风，刮向嬴政尚未坐热和坐稳的王座。于是嬴政给吕不韦写了一封居心残忍、口气严厉的索命短函，大意是：

"你为秦国立下了什么样的功劳？秦国竟将河南共计十万户人家的富饶之地分封给你。你与秦国有什么血缘关系？竟然号称'仲父'。你与家属赶紧迁徙到蜀地去！"

吕不韦深知秦王嬴政的脾气，今日赶你去蛮荒的蜀地，明天就可能会砍下你的头颅，屠灭你的三族，倒不如自己给自己一个明白痛快的了断，于是他饮鸩而死。

吕不韦自杀之后，嬴政下"逐客令"，将所有去吕家吊丧的三晋门客悉数驱逐出境，昔日的三千门客，其中有不少人参与编纂过《吕氏春秋》，几个还能在秦国安居？秦王嬴政发布严令：

"自今以往，操国事不道如嫪毐、不韦者，籍其门，视此！"

抄家之罪，谁不怕？大臣害怕了，治国就能有道？很可能躺平和摆烂。

秦国的刑法不仅针对犯罪者个体，而且针对其全家、全族，甚至牵连到朋友、宾客，杀伤面宽广，杀伤力巨大。"籍其门"就是抄没全家的财产，悉数充公，让全家人做徒隶，服徒刑。这样的惩罚，对于吕不韦这样子的大人物来说，就等于将他直接从天堂扔进地狱。

当年，吕不韦只顾询问老父亲搞政治能够获利多少倍，却忘了询问他搞政治的风险究竟有多高。人非磐石，难免一死，能活得有声有色，大富大贵，也就值当了。想到这儿，吕不韦一仰脖颈，咕嘟咕嘟，将满樽毒酒喝得一滴不剩。

以文章为譬喻，天下尽多开篇巧妙、中段高华而结尾草率的半截雄文，吕不韦的一生就是如此。他置身于一个极开放的"赌场"，将嬴异人作为押宝对象，将赵姬作为政治投资，将自己的财富作为投注筹码，确确实实收获了超乎想象的巨额回报，然而当年的恶之花终究还是结出了恶之果。

成也豪赌，败也豪赌，这就是吕不韦的宿命。

第六局

赵姬的挑衅：深宫产子

赌后：赵姬，秦王嬴政的生母

最高尊称：秦国王太后

最高赌绩：在深宫中产下两个私生子

赌术精要：随心所欲，恣意而为

致命败着：泄露形迹，走漏风声

大结局：遭到幽禁，情人爱子均死于非命

　　赵姬应该感到悲哀，她原本是吕不韦的女人，以蠕首蛾眉、剪水秋瞳、杨柳腰肢、樱桃小口、清辉玉臂赢得吕不韦的欢心，还为他怀上了孩子。她并非蓬门荜户的贫寒女子，本是豪门大户的清白闺秀。应该说，年轻时，她对吕不韦有过倾情相付。世间美女，谁不想嫁个事业成功的男人？但她万万没料想到，豪商吕不韦竟然兀自耍弄心计，把她当成"奇货"，转赠给落魄的秦国王子嬴异人，目的是要避免其政治投资中途打水漂。

　　自尊自爱的女人，一旦发现自己受骗上当，就很可能走向极端：一种是心如死灰，形同槁木；另一种是以欲望为武器，报复男人。

　　既然吕不韦已使她绝望无助，坠入深渊，那么她会让天下男人瞠目而视，啧啧惊呼。

引言：丞相惧祸，金蝉脱壳

不到十五年时间，赵姬竟然从王子妃升格为太子妃，从太子妃升格为王后，从王后升格为王太后，角色不断转换，上升的速度实在是太快了，她有点无所适从。当然啦，最大的变化还是她突然沦为了独抱孤枕的寡妇、独守空房的遗孀。

三十多岁的少妇幽居深宫，与一大群毫无雄风的太监朝夕相处，看着一大群思春无果的少女虚度年华，那是怎样郁闷的滋味？

女人三十如狼，四十如虎。如果不许她吃荤，只准她茹素，狼还能称之为狼，虎还能称之为虎吗？

嬴政刚满十三岁，根本不懂母亲的风流心事，也全然不了解她内心的欲求，正像一锅热油在沸腾。这时候，赵姬自然而然想起一个人，当初，正是他启蒙了她隐秘的乐趣，也正是他薄情寡义，将她当成"奇货"送给了政治合伙人，这位坏师傅就是吕不韦，现任大秦丞相，号称"仲父"，权倾一国。只有他才能自由出入宫禁，也只有他才会守口如瓶。赵姬恨过吕不韦，但恰恰是那份咬牙切齿的痛恨——而非其他——证明了那份有根有据的爱情。谁都知道，爱情的生命力强韧而持久，"野火烧不尽，春风吹又生"。不是说"衣不如新，人不如故"吗？情人也是旧的好，旧鞋子更合脚。

吕不韦对旧情同样难以忘怀。事隔多年，昔日的宠姬做了别人的妻子，他还得眼睁睁地看着她往满天彩霞里不断飞升，升为太子妃，升为王后，升为王太后，头上顶着密密一串耀眼的光环。对此，他的内心感受如何？

在古代，成功的男人要征服和占有许多美女，难度并不高，但他要征服和占有一位身份极崇、地位极尊的美女，例如赵姬这样的年轻王太后，可就千难万难了，一旦把征服和占有的冲动成功变现，快感会特别强烈，并且绵长。同样一个女人，前后身价悬殊，在男人心目中，其分量也肯定相差悬远。好比一道"名菜"，往昔吕不韦只把它当作家鹅肉去吃，味道好，仅仅是享受口福而已，现在它被标明为"天鹅肉"，谁能品尝它，都会认为自己是半仙或大仙，那种心理满足可就不同于享用任何一道人间美食了。吕不韦的商人本能提醒他：这道菜出自王宫，不可等闲视之；政客本能提醒他：这道菜出自王宫，不可等闲食之。此外，还有一个缘故，他自觉是一位大魔术师，能够点铁成金，将家鹅变为天鹅。他与太后偷欢，纯粹是妄人的自恋行为。要说他回首前尘，心怀歉疚，也许只是痴情人的一厢情愿。他倒是有个成见，自己将赵姬捧举到极其尊贵的地位，身为头号恩公，杀回马枪也好，吃回头草也罢，绝对不算过分。

吕不韦进入王宫，年轻的太后总会有事情向他请教，请教的内容多半属于"周公之礼"的范畴。吕不韦乐颠颠地入宫，乐颠颠地回府，就如同救火队员去宫中救火，救生队员去海里捞人，有点刻不容缓的急切意味。在咸阳街头，他回望巍峨壮丽的王宫，仿佛看到那缕欲望的白烟在半空中缭绕。太后一点也不嗔怪他，她细细一想，似吕不韦这般能获取投资收益极大化的商人可不多，自己当年被当作"奇货"送人，有过屈辱的感觉，现在已是天底下最尊贵的王太后，昔日的屈辱已转换为今日的尊荣，这不能算作坏结果。何况她从吕不韦那儿学到了政商思维，将眼下的寻欢作乐当作生意，彼此交换了肉体的欢愉，并非亏本买卖。

秦王嬴政始终是枚拔不去的钉子，他太聪明了，凛然的目光永远都像剑锷一样锐利，总使人如芒在背。瞒着儿子寻欢、偷欢，太后并不害怕，她是嬴政的亲生母亲，他还能忍心把王太后的尊号废除掉？把她打入冷宫，去春米织布？她就不信，他再狠，也不至于对生身母亲下毒手。他再狠，也不可能比郑庄公更狠。郑庄公对天发誓"不到黄泉，无复相见"，最终还是听人劝解，挖条隧道，接纳了母亲。

吕不韦既是豪商，又是政客，他的想法微妙圆融。身为豪商，他乐意延续这场性爱游戏，并且享受它的惊险刺激；身为政客，却感觉危险正像"嘶嘶"吐信的毒蛇，日益逼近，把玩欲火乃是失智失策之举。

秦王嬴政心如铁石，他有可能放过母亲赵姬，但绝对不会轻饶丞相吕不韦。吕不韦反复权衡和掂量，为了与王太后偷欢，竟将到手的富贵荣华一股脑儿断送得干干净净，这值当吗？他认定这笔生意风险太大，铁定蚀本，还会导致破产清算，显然违背了趋利避害的基本原则。吕不韦当然也明白，眼下缩手太急，抽脚太快，王太后会很生气，也将预埋下不小的隐患，以赵姬现有的权势和地位，岂可随便开罪？

怎么办？这个问题折腾了吕不韦许多天。金蝉脱壳，并且撇清干系，最佳方案就是替太后找寻一名身强力壮的男宠，他不必有吕不韦的权位、爵位和社会地位，但一定要具备非凡的本领，可取代和胜任他的"床位"。

设局：嫪毐出场，消息疯传

不琢磨不知道，一琢磨吓一跳，有个合适的人选，吕不韦早就听大家谈论过，这人叫嫪毐，是咸阳市井中头号混世魔王，正路上的本领没一样，邪道上的绝活倒有一宗，那就是他拈花惹草天赋异禀。

商鞅当政时，秦国法禁极严，一室之内，成年的异性至亲相处，不许同炕。在社会上，男女之间设置大防，自不用说，男人拈花惹草属于伤风败俗，风流逾格则属于犯法，若有事主举报，可以治罪。须知，那时秦人在道路上倾倒垃圾，都触犯刑律，会被收监。商鞅被车裂后，新法并未废除，但执行力度锐减，一百多年过去，一些毛细的苛法已经废弛。

秦国实行先军政治，男人上阵立功，获勋晋爵最光荣。从军的男人多，战死的男人多，寡妇当然也多。说到底，这些寡妇也要生活，她们流落到娼寮妓寨的概率不低。从"秦楼楚馆是娼家"的说法来看，咸阳的色情业相当发达。

起初，嫪毐的大名就是在秦楼中确立的。平日大家茶余饭后扯闲谈，总喜欢扯出嫪毐来，说他精通房中术，妓女接待他之后，个个赔本贴钱，最快也要两三天，身体才可复原，多多少少会耽误几单生意。凡是不服气的全被打服，无一例外。

吕不韦耳目众多，他叫人去把嫪毐找来见面，看模样体形，浓眉大眼，腰圆膀阔，生猛有力，脑瓜子尤其机灵，很会看人下菜碟。

吕不韦这是干什么？动了好奇心吗？当然不是。他有一个整体的考虑，或者说他有一个通盘的计划：把嫪毐收留在门下，做个食客。此举令所有人（包括嫪毐本人）大吃一惊，谁也弄不明白，吕不韦在相府中收留此人，他的葫芦中到底装的是什么药。虽说史上早有先例，孟尝君养士，未曾拒纳鸡鸣狗盗之徒；吕丞相养士，当然也可以降低门槛，但再低也不能低到收留下三滥的货色吧？就不怕嫪毐败坏相府的门风？再者说，其他宾客与嫪毐同列，会做何感想？

嫪毐有理由开心，他预感到自己鸿运当头。然而事情远没有他想象的那么简单，吕不韦派人告诉他，必须接受半年的严格训练，从言谈举止到正规礼仪，只要有一门挂科，他就休想再入相府半步，凡是他憧憬的幸福和成功都将化为泡影。嫪毐不用咬牙便爽快地答应下来。

训练真正艰苦，要求也真正严格，受训者稍微有差池便会挨打挨骂。其中，跳武舞是最重要的科目，嫪毐的个头大，按要求跳出帅气、英风而不彰显粗鲁笨拙，并不容易。他的头脑好用，领悟力强，身体协调性好，竟然征服了训练师，成为全队最佳。半年时间，说长不长，说短也不短，嫪毐轻松地"熬"出了头，完全禁欲的集体生活使他的身体和样貌都发生了明显的变化，昔日在他身上浮刻的淫猥气息已经泯然烟消，代之以青年男子的英俊雄健，举手投足间不再有市井浪子的痕迹。

嫪毐顺利通过了吕不韦的面试，正式踏入相府，成为三千食客当中的上宾，这回，无须吕丞相力排众议，嫪毐本人的表现就可以征服全场。

多算者多胜，这是吕不韦的作风，他并不急于将嫪毐献给太后，他要太后到时候求他，他才打出这张王牌，得到满分。

吕不韦家的流水席是咸阳城里最有名的饭局，光是大厨房里掌勺师傅就多达数百人。但有些聚会，即现代所谓的派对却只有极少数的达官贵人和门下上宾才能参加，内容私密，节目精彩，咸阳最红最靓的歌舞明星都会接受邀请，给那些达官贵人和饱学鸿儒敬酒赔笑。

秦国在战场上取胜已变得越来越容易，割取六国一大块一大块的土地，并入秦国的版图，六国的财富和美女也像潮水一样涌入咸阳。昔日的贫穷之邦，现在富得流油，昔日的劳苦之人，也学会了尽情享受。秦国正变成一个大帝国，奢侈淫靡之风已在首善之区刮起狂飙。富贵荣华的灰尘落在每个人头上，都是骄奢淫逸的肥料。吕不韦的私密派对往往得风气之先，这类聚会每隔一段时间就会推出新鲜节目，都是与会者绝对意想不到的。因此大家对相府的晚会充满期待，何况参加这种聚会能够充分彰显富贵者的身份地位。

秦国贵族的确应该期待，这一回，吕不韦安排了惊世骇俗的真人秀，主角是嫪毐。当他出场时，所有的人一下子静默得如同石雕，脸上流露出吃惊和不解的神情，心想，他能干什么？莫非……莫非之后的内容就全靠想象去作羽毛填充。

嫪毐身披一袭玄色长袍，踏着歌曲《无衣》的节拍，跳着阳刚气十足的武舞，大家真没想到他还有这手绝活。

岂曰无衣，
与子同袍。
王于兴师，
修我戈矛。
……

这首秦国本土经典的流行歌曲节奏铿锵有力，顿时就煽热了现场情绪，大家不停地击节叫好。但也有几位来宾头脑冷静，大胆质疑，跳这个武舞，嫪毐应该穿戏装、披甲胄才对，着长袍有点不伦不类。但再过上一刻钟，他们就不会这么说了。

一大群美女将嫪毐团团包围住，联翩的衣袂就如同色彩缤纷的围屏，将蹲在地上的嫪毐遮蔽得严严实实。这时，宽阔的舞台上摆放一辆战车，拉战车的是两匹产自燕地的白色战马。一位少女将战马的长缰递入围屏之中。这是干什么？在座的观众面面相觑，谁也猜不出节目将会如何纵深演绎。突然间，美女像彩雾一样散尽，大家睁眼看去，只见嫪毐紧系虎皮围腰，近乎赤裸，宛若一尊战神雕像，矗立场中，全身精壮的腱子肉，不比任何一位秦国武士逊色，虎皮围腰尤其彰显了他的雄风。

嫪毐登上战车，左手握缰绳，右手举长剑，绕场而行，歌曲《无衣》由嫪毐雄壮的嗓音唱出，响遏行云。堪称一绝的是，他边唱歌，边舞剑，边驾车，在舞台上表演自如，轻松得就像闲庭信步。

良久，歌声歇，剑舞停，嫪毐跳下战车，那群彩衣美女重新回到场中，给他披上一袭玄色长袍，簇拥他，如同簇拥着一位凯旋的英雄，返回后台。惊讶的嘉宾这才把张开的大嘴用力合上，稍不小心，就会咬痛自己的舌头。

嫪毐的身姿矫健挺拔，整个人显得孔武有力，与会的男人都自惭形秽，自觉渺小。台下有人窃窃私语："嫪毐的身体这么强壮，武舞又跳得出神入化，咸阳城的女人还不把心肝全掏出来给他！"

战国时期，大众尚武而不尚文，秦国尤其如此。像战神一样勇猛强壮的男人，才是女人的心头爱。嫪毐博得满堂彩，好在不用反复回场谢幕，也没人叫喊"再来一个"。

大家笑的笑，乐的乐，搓手的搓手，摸头的摸头，好一阵子，情绪还难以平复。只有一个人自始至终不露声色，这人就是吕不韦。嫪毐的轰动效应明日就会传遍咸阳城，吕不韦有把握，不出三日，太后就会宣他进宫。

成局：嫪毐作替，太后满意

果不其然，仅过两天，太后就急宣吕丞相进宫，她先是来个远兜远转，询问秦国军队新近取得的战绩和下一步要采取的行动，然后才漫不经心地谈起秦王嬴政近期的学业和脾气，说他功课好，性格越来越成熟，看来这孩子很有雄心和魄力，将来必定能效法祖宗，成就一番霸业，只有一事可忧，他待弟弟成蟜不够友好，缺乏起码的手足情。这样有一搭没一搭闲扯了半个时辰，她才若有意若无意地奔向主题，轻声问道：

"最近，咸阳城里有什么新闻？"

"没什么特别的，抓捕了几个外国奸细，已经依法将他们斩首示众。"吕不韦顾左言右，指东说西。

"那你也太谦虚了，我倒是听说你府中弄出一个大新闻。"太后急性子，她再也按捺不住自己的好奇心。

"我弄出了什么大新闻？"吕不韦继续装傻。

"你弄出个嫪毐，在府中表演绝技。"

太后索性捅破了窗户纸，这样才好说亮话。她跟吕不韦，谁跟谁啊，彼此之间也没什么好遮遮掩掩、羞羞答答的。

"那点小本事也算得上绝技？"吕不韦把糊涂装到底。

"说得轻巧容易，你吕大人有那本事吗？"

"再过些天就是你的生日了，打算怎么庆祝一下？"

半途中，吕不韦突然将话题扯开，竟用亲热的语气问起太后生日如何安排。

"生日没什么好庆祝的，还不是热闹了别人，冷清了自己。"

"至少可以收到一大堆礼物。"

"礼物有什么好稀罕的？这么一说，我倒要问问你，你打算送件什么新奇的礼物给我？"

"我会送给你一个大惊喜，不过现在不能透露。"

太后生日那天，她收到吕不韦的礼物，果然大喜过望。那礼物的质地既不是玉和金，也不是银和铜，既非出自水底，也非产于山中，这件礼物堪称"奇货"，正是太后的心头爱。

剩下的操作流程非常简单，吕不韦故意让人告发嫪毐犯下重罪，官方依秦律判处嫪毐腐刑。判刑时铁板钉钉，具体执行时却全是猫腻。相府管家暗地里已经吩咐过了，这次腐刑只用象征性地拔掉嫪毐的体毛和胡须，一根也不能剩。执刑者从来没有这么轻松过，他们仿佛干着田间地头薅除杂草的活儿，也从未得到过这么沉甸甸的报酬，红包里的金条并非辛苦费，而是封口费。大家乐得有丰厚的赚头，也情知此事倘若传出宫禁，他们的脑袋就会搬家，说不定还会灭族。

受过腐刑的人可以进入王宫当差，不用说，嫪毐被太后要了去。太后也立刻感激起吕不韦来：这老鬼还算有良心，给我送来个无价之宝，今后日日皆好日。太后往昔对吕不韦的恼恨逐渐烟消云散。

吕不韦给太后输送男宠，既讨好，又得利，最要紧的是给自己解了围，将来就算太后的奸情东窗事发，秦王算起这笔风流孽债来，也只会专寻嫪毐的晦气。吕不韦已将该灭口的知情人全灭口了，包括他的管家。

头顶那把悬剑撤去了，他身心感到了长久以来未曾有过的轻松愉快，晚上睡觉也不再盗汗做噩梦，议定政事时，秦王的目光也似乎柔和了许多，不再有那种洞烛其奸的锐利劲。

危局：嫪毐失控，吕相承压

吕不韦是始作俑者，开了个坏头，后世给太后输送男宠的便不乏其人，其中最突出的当然要算是唐朝的千金公主（唐高祖李渊之女），她将洛阳街头的卖药郎（原名冯小宝，后改名为薛怀义）推荐给武则天，这位无赖也是嫪毐那样的大阴人，经武则天"笔试"之后，取得"上岗证"。得宠后，他居然被武则天任命为大将军，还是白马寺住持，将洛阳城和长安城折腾得乌烟瘴气。薛怀义仗势欺人，骄横凶恶，竟动不动就将自己看不顺眼的文武官员当街捶个半死。后来武则天有了合口的新男宠，再也不愿忍受这恶和尚的臭德性，于是密令建昌王武攸宁带几位壮士将他活活揍死在瑶光殿前。但千金公主凭着昔日拉皮条立下的一等功，平时又善于见风使舵，最终幸免于武则天对皇族历次血腥的大清洗。

向女皇推荐面首，最无私的人当数张六郎张昌宗，他乐得与兄张五郎张易之雨露均沾，富贵分享，在武则天面前，称赞五郎更英俊，更有才华。结果女皇让他哥俩一齐签约到"武氏俱乐部"，出任正副总经理。这才叫"哥俩好"，一块儿做超级男宠，一块儿揽权，一块儿风流儒雅，一块儿上西天（同日被杀），手足情深，好赖一件也没落下。

再往后，也有人说李莲英是假太监，王先谦还为此上过弹章，闹出了大动静，遭到严谴和革职，但他捕风捉影，并无实锤。清朝宫廷内拘于礼数，死气沉沉，尽管慈禧太后也跟赵姬、武则天一样，年纪轻轻就单抱凉枕，独守空床，新寡时很可能与六叔恭亲王奕䜣有过眉来眼去，后来与大臣荣禄传过绯闻，仅此而已。她行事谨慎，从未落下过硬把柄。英国人埃蒙德巴恪思爵士的《太后与我》更像是自说自话，是一个双性恋男人（同性恋倾向更明显）的性臆想。你要是选择相信作者，把这本书当成可以信任的传记去看，陷溺于他精细入微的描写不能自拔，认为慈禧太后与这个英国男人的缠绵悱恻千真万确，那你就太过天真了。

我们换个角度去看，同样是大权在握，慈禧太后远不如赵姬、武则天那么性趣浓厚，她的气性过于阴沉，这恰恰是大清帝国的悲哀。到了末世，不仅皇帝生不出儿女（同治、光绪、宣统三位清朝皇帝都无生育能力），而且就连皇太后也阴险凶狠。这绝对不是大清帝国子民的福气。一个性趣冷淡的寡妇，加上两个怯懦、孱弱的儿皇帝（同治和光绪），连雄风的影子都瞧不见，寻不着，整个国家还如何扛得住内忧外患的反复折腾？

别让风筝飘远了，摇动线圈，尽快回到秦国，瞧瞧秦国王太后的那幕激情戏如何往下表演，会弄出个怎样石破天惊的结局。

嫪毐深得王太后的宠幸，日夜不离左右，久而久之，两人灵欲交融已到如胶似漆的程度，唯有秦王嬴政来向母后请安时，他们才假扮出主子和奴仆的关系。

令王太后感到尴尬和窘迫的是她怀了身孕，布包着火，眼看就要烧穿，不过，这件事也难不倒她。王太后在秦王面前谎称，她卜得一卦，眼下冲犯着岁星，得找个地方避上一阵子。在这段时间，秦王千万别去行宫请安，以免撞着邪煞，沾上晦气。于是，王太后迁居雍地的大郑宫。

嫪毐常跑去看望，次次都得到丰厚的赏赐。嫪毐可不是省油的灯，他特别迷恋权力，也渴望像吕不韦那样发号施令，王太后自然不会让他失望，趁着秦王尚未成年，趁着自己还能掌控朝政，她决定让嫪毐美美地满足一下权力的毒瘾。尤其有趣的是，嫪毐向丞相吕不韦学习，也要养士，门下的宾客居然超过了千人。这也没什么好奇怪的，只要有一大堆粪便臭烘烘地摆在大路旁，就不愁屎壳郎不会滋生，青蝇不会成群结队地来盘旋飞舞，那些投机分子都觉得嫪毐有权有势，而且门槛不高，最适合他们的短腿去跨，短臂去攀。

吕不韦开始感觉到新的危机，这是来自嫪毐的压力。嫪毐贪慕权力，他就得分权，并且大把大把地分出去，最终被架空，成为一位挂名丞相，事事都由嫪毐说了算。吕不韦的内心显然感到极度失落和懊悔，正是他将嫪毐输送给太后，才有今日，可谓自掘坑，自埋身，怨不得旁人。但是他凭借敏感的政治嗅觉已经闻到嫪毐身上散发出浓浓的尸臭。秦王眼看就要加冠（古礼，男子二十岁加冠，即算成年人），到时候，太后就必须撤帘交权，嫪毐的种种罪恶一旦被告发，遭到嬴政清算，他就会死无葬身之地。吕不韦想到这里，无论如何也高兴不起来，毕竟嫪毐做过自己门下的宾客，又是他将嫪毐推荐给太后，按照秦朝的法律，吕不韦才是祸源，无论如何逃不脱干系。最要命的是王太后玩得太疯狂，竟一连给嫪毐生下两个儿子，全都藏匿在宫中，这是两颗定时"血弹"，不引爆则已，一旦引爆，就将搭上无数生命，代价极为高昂。

眼下，嫪毐正处于巅峰期。先是太后授意，秦王册封嫪毐为长信侯。封地在山阳，任由他大修宫室，多置车马，广辟苑囿，想怎么狂就怎么狂，想怎么玩就怎么玩。紧接着，秦王嬴政拗不过太后，又将河西太原郡更名为毐国。嫪毐的富贵抵达了极限，也该就此打住了。

有一个问题，令人纠结，嫪毐算不算一个赌徒？他当然算。嫪毐固然是被吕不韦选拔出来的，主动性稍差，阶层跨越的速度却快若闪电，竟然封侯食邑。论其"战功"，仅有太后一人受益，国家并未获利。嫪毐企图取代吕不韦，甚至有野心挑战和抢夺嬴政的王位，可见他已疯狂。嫪毐的大脑、小脑显然不如他的四肢躯体那么健全，一旦登上大台面，他就直接用身家性命去豪赌，一把梭哈，就输了个精光。

这回，观众很容易看清楚，一个赌徒单凭鸿运站到高位，若无精良的团队护他周全，无智慧的头脑保他安稳，迟早会从岌岌可危的巅峰一跟头栽落下来，其自由落体的速度完全吻合牛顿的计算公式。

在赌局中，从来就不是简简单单地比拼运气，而要看谁的手段更狠毒，更少出纰漏。

败局：风声走漏，嬴政清盘

秦王嬴政行过加冠礼，腰间佩带着一把标志成年的宝剑，他傲视群臣，目光比鹰隼更具有穿透力和威慑力。此时，嫪毐和吕不韦，他们同时感到了恐惧。秦王的威严和决断力让许多饱受嫪毐欺负和凌辱的人找回了信心，竞相告发他的各项罪行，甚至明确地指证嫪毐不是真宦官，而是假宦官，这一点极其要命，秦王脸上无光，心中有气。好个王太后，养面首都养到宫里来了！秦王派人明察暗访，更不得了，嫪毐跟王太后居然已产下两个私生子。秦王嬴政确实沉得住气，他暗中磨刀，静观其变。

形势逼着嫪毐谋反，他知道有人告发了他，也知道秦王在背后磨刀，他还知道吕不韦是泥偶过河，自身难保，绝对不可能冒险为他出面辩白。于是嫪毐决定孤注一掷，他对王太后说：

"现在事情全被人抖搂出来，不造反一定死，造反说不定还有生路。要是能杀掉嬴政，让我们的儿子当秦王，我和你的好日子还长着呢！"

王太后想到嬴政这孩子总是疏远自己，不大热乎。去年长安君成蟜率秦军攻打赵国，图谋造反，没能成功，兵败于屯留（今山西长治），被迫自杀。王太后已经历过一次丧子之痛，眼下，不杀掉嬴政，嬴政就会杀掉媐毐，杀掉自己跟嫪毐所生的两个儿子。如果非要流血断头的话，那就让嬴政去死。无论如何，她不敢想象嫪毐血洒渭河边，自己的性趣完全归零，被幽禁在宽广的宫室里苦度余生的模样。

残酷的政治斗争只有你死我活，亲情不再是放在心头，而是放在刀口，去掂量它存在的可能性和必要性。

秦王嬴政派人给王太后传送消息，明言他要到雍郊打猎，说不定会到大郑宫来拜望母后。太后与嫪毐顿时慌作一团，以为秦王嬴政要下狠手了，此时不反，就只能束手待毙，伸长鸭脖子等他来狠剁狠砍。

反了，嫪毐使用太后的玉玺调兵攻打蕲年宫。要说在床上打仗，应数他嫪毐天下第一，要说舞槊抡枪，上阵拼命，他嫪毐连鸟毛都不算一根。何况秦王嬴政早有防备，只等嫪毐露头，就将这只青蝇狠狠拍死。

嫪毐纠集的乌合之众哪能跟正规军搏杀？几回合下来，都作鸟兽散。当年科技水平落后，不能在互联网上发布红色通缉令，只能到处张贴赏格：

"活捉嫪毐，赏钱一百万两；杀死嫪毐，赏钱五十万两。"

这等于说，嫪毐多一口气，就多五十万两赏金。

嫪毐犯了一个常识性错误，所以到头来身死族灭。须知，把女人当作政治来搞，再糟糕也不会糟糕到哪儿去；把政治当作女人来搞，弄不好就会招致血光之灾和灭门之祸。

天底下的赌徒都喜欢把政治当成女人胡搞，搞出祸患的可不在少数，要举例，随便拿套二十四史抖弄抖弄，就准会噼噼啪啪掉下一长串名字，这些名字里不乏钟鸣鼎食的大人物。

嫪毐被车裂（五马分尸）了，秦王从大郑宫中搜出了两位同母异父的弟弟，几岁的毛孩子，平日顽皮惯了，根本不知道怕人，头一次，无疑也是最后一次，见着秦王嬴政——他们的同母异父哥哥，两个小璧人听到的竟是冷血的对白：

"大王，请问如何处置二人？"

"扑杀。"

死神从不亮大嗓、起高腔，只用舌尖轻轻一弹，弹出两个字来，犹如手指弹落两朵鲜花，秦王用舌尖弹去的是两位同胞弟弟的性命。

帝王无亲。这仿佛验证 1-1=0 的算式一样，秦王不可能给出别的什么出人意料的新奇答案。

嫪毐是多米诺骨牌游戏的头一块牌，他的倒下迅速产生了连锁效应，共有二十位高级文武官员被砍了头，被五马分尸，被夷灭三族。嫪毐门下的那些宾客情节最轻的也被判了三年徒刑，光是流放到蜀地（今川南一带）的就有四千多家，"骨牌"成片成片地倒下了，吕不韦也不可能例外，他交出相印，遭到流放蜀地的严惩。他手中再也没有"奇货"可以帮他侥幸渡过生死难关，干脆喝下毒酒，一了百了，免得再遭受侮辱和折磨。

秦王嬴政斩杀嫪毐，罢免和流放吕不韦，亲政才不过一年，就用霹雳手段铲除两位权臣，搬掉两座大山，借此立威，收获奇效。只有一件事情，他感到为难，该拿王后老妈怎么办？让她继续住在咸阳城中甘泉宫，自己只当没事发生，一如既往地天天去向她请安？还是将她迁往远郊的咸阳宫，幽禁起来，眼不见为净？他最终选择了第二个方案。他认为，王太后行为不检，秽乱宫闱，惹得天下人耻笑，败坏了秦国的国际形象，就活该受到这样严厉的惩罚。

结局：茅焦直谏，母子和解

秦王嬴政精选将士镇压了谋反的干爹嫪毐之后，又急遣宦官入宫扑杀了太后藏匿的两个私生子。雷霆双击，收效显著，国事、家事全都被这位青年君王强行摆平。

在偌大的秦国，除开王太后，还有谁的情绪一落千丈？居然是那些打算"将身货与帝王家"的儒生。一方面，他们认定"万恶淫为首"，王太后罪有应得；另一方面，他们又认定"百行孝为先"，秦王嬴政幽禁母后，断绝母子之情，肆意践踏孝道，给天下人树立了一个极恶劣的榜样。二者孰重孰轻？经过反复权衡，最终孝道占据了上风。于是这些儒生各自抖擞道德勇气，分别打好腹稿，备妥台词，奋袂争先，入宫直言极谏。说穿了，都是无利不起早，他们这样干，皮袍子里揣着香喷喷、热乎乎的如意算盘，满以为凭借三寸不烂之舌就可挽回秦王的孝心，使得母子团圆，尽释前嫌，进谏者名利双收，皆大欢喜。可是他们过分低估二十二岁的秦王嬴政了，他早已胸有成竹，把握住这个契机，为自己树立威严。既然他张网以待，你尝试用脚指头去想一想，他会不会向那些嘴尖舌利的儒生开启方便之门？他下达了一道极为严酷的命令：

"凡是来为太后求情的，一律格杀勿论！"

都说墨家弟子不怕死，殊不知，儒生也敢搏命赌明天，他们斗胆去劝谏秦王嬴政恪守孝道，远不止三五人，共计二十七人。秦王嬴政照单全收，一律砍头，此事发生于公元前238年。按理说，经过一番血腥修剪，早该平息众议了。可是谁也没料到，竟然还有第二十八个冒失鬼，梗着肉色白里透红的脖颈，往刽子手的鬼头刀下凑。他对殿前使者理直气壮地宣称：

"鄙夫是齐国策士茅焦，远道而来，想为太后的事情向大王进谏。"

那天，殿前使者脾气好，看谁都顺眼，就帮他通报进去，赶巧秦王的心情也不赖，并没有像往日那样直接叫侍卫把来人的脑袋剁飞。

尉缭子向人描绘过秦王嬴政，抛开别的且不说，"蜂目豺声"四个字就格外吓人，眼下秦王却只是用打趣的语气吩咐道：

"你去问问那个毛焦皮烂的策士，难道他没有看见城门下堆满了爱嚼舌头的死人头吗？"

使者朝茅焦挥挥手，叫他用双肩端稳自己吃饭的家伙，趁早回家歇菜。然而茅焦双脚钉在原地，仿佛中了邪，继续扯开嗓门在殿外大喊大叫：

"鄙夫听说天上有二十八星宿，现在已经死了二十七人，鄙夫今天来觐见大王，就是为了凑足数目！"

口口声声，鄙夫这个，鄙夫那个，居然拿星宿说事，天堂有路你不走，地狱无门闯进来，这就真叫活久见了。秦王嬴政脸色一沉，呵斥道：

"好个不识相的齐国策士，竟敢激怒寡人！殿前侍卫，赶紧摆好鼎镬，烹了这鄙夫，他的尸首休想堆放到城门下！"

莫非尸首堆放到城门下还是很高的礼遇不成？

秦王嬴政发怒远胜恶虎逞威，很少有人能站稳脚跟，吓成一摊烂泥，乃是大概率的事情。可是今天奇了怪了，茅焦全无惧色，仍旧高声嚷嚷：

"鄙夫听长者说过，拥有生命的人不讳言丧命，拥有国家的人不讳言亡国。讳言丧命的人不能长生，讳言亡国的人不能久存。死生存亡的道理，圣王明君个个乐于听闻，大王肯不肯听鄙夫讲上几句从别处绝对听不到的真话？"

"还不快说！"秦王嬴政的好奇心竟然被勾动了弩机。

"大王有狂悖的行为，莫非自己不知道？车裂干爹，有嫉妒之心；将幼弟装在布袋里扑杀，有残忍之名；逼迫母亲迁居咸阳宫，有不孝之行；将劝谏者暴尸街头，有桀纣之治。这个消息要是传遍秦国，人心必然瓦解，谁还肯归服大王？"

以毒攻毒，奇效自出。嬴政下手够残忍，茅焦说话也够劲爆。

"啪！啪！啪！"

几记大耳刮子扇过去，秦王反而被他打通了任督二脉，浑身舒爽。

与其说茅焦胆量大，倒不如说此公心计深。有必要提醒大家，茅焦是策士，不是儒生，策士的心中只有利益，全无道义的踪影。他琢磨着，秦王天天砍人头，如同厨师天天剁鱼头，早已意兴阑珊，他这才斗胆跑出来放几句狠话。倘若他第一个露面，或者第二十七个跟风，不管他说什么，也不管他怎么说，脑袋必然搬家，绝对不会有任何例外。

茅焦厉害就厉害在他的算度贼精，火候拿捏得极准，第二十八个出面进谏，一番话语入耳惊心。他诱导秦王嬴政去思忖，任何恶行都可以回过头来重新包装，只需拿出一个漂亮的收场，就可将地板上的淤血全部变成涂料。不用说，齐国策士茅焦大老远跑来，提供的钟点服务恰到好处。

听完茅焦的进谏，秦王嬴政亲自出马，从远郊的咸阳宫接回王太后，将她安置在京城内的甘泉宫，方便母子早晚见面。凭此一举，他就赢得了仁孝之名，听到臣民山呼万岁。

茅焦批鳞直谏，居然没死，堪称奇迹。他抖动三寸不烂之舌，还获得了高额回报，更是出人意料。秦王任命他为太傅，拜为上卿。

茅焦赌的是大难不死必有后福，他火中取栗，刀口舐蜜，富贵险中求；秦王玩的是孝道把戏，令天下人莫名惊恐，莫名感戴，莫名佩服。

脚本都是现成的。春秋时期，郑武公的夫人武姜分娩头胎时遭遇难产，几乎丧命，所以她不喜欢大儿子姬寤生，偏爱小儿子姬叔段。后来，武姜与小儿子暗中谋反，郑庄公姬寤生将弟弟姬叔段驱逐到境外，将母亲武姜幽禁在颍城，并且发下毒誓：

"不到黄泉，永不相见！"

发完毒誓之后不久，郑庄公后悔了。有一天，他与公干回京的大夫颍考叔共进晚餐。吃饭时，颍考叔故意不吃盘中的鹿肉。郑庄公感觉奇怪，问他这是什么缘故，颍考叔如实回答：

"臣有老母在堂，家里的伙食她吃得多了，却从未品尝过主公赏赐的美味，请允许我将这道佳肴转赠给她老人家。"

"爱卿有母亲可以孝养，唉，独独寡人没有母亲可以孝敬！"

"臣不明白，敢问主公这话是什么意思？"颍考叔揣着明白装糊涂。

郑庄公便讲述了事情的原委，好一阵唏嘘泪下。他还透露真实心思，为自己往日震怒下的绝情之举懊悔不已。

"主公何必忧虑？这事并未山穷水尽。只需派人掘一口能见到寒泉的深井，在它旁边挖通一条隧道，然后，主公与母亲在隧道里相见，谁能指责这样的做法违背了誓言？"

经孝子、贤人颍考叔指点迷津，郑庄公与母亲武姜在隧道里重新团聚，母子间达成了谅解。

相比郑国大夫颍考叔的原创，齐国策士茅焦只算抄作业，他无非是将这个天下儒生烂熟于心的老脚本再捋一遍，毫无创意可言。

郑庄公演戏，至少还表现出了七八分真诚的孝心和悔意；秦王嬴政则轻松作秀，貌似从善如流，接受茅焦的劝谏，踩着大堆枯骨，去咸阳宫走一趟过场，既不用告罪，又不用流泪，那一抹伪装的亲情，更像是鬼脸上显露的一撇冷嘲。所谓"和解"，纯属无解。

专制君主铁血残酷，威权高于一切，最难掺假的亲情也被抛闪到一旁。秦王嬴政一路将把戏演下来，二十七条鲜活的生命全部沦为道具。他杀人的理由是要树威。直到砍杀得意兴阑珊了，这才改变主意。茅焦并非真正的赌神，他只不过偶然命中了"六合彩"，掏空了奖池，如此而已。

老情人吕不韦和新情人嫪毐都死于非命，四个儿子已经有三个夭折，王太后的性趣遭到"闷宫杀"，从此窒息。午夜梦回，她咀嚼痛苦和悲伤，一遍又一遍，除了血泪的腥咸，还能咀嚼出什么别样的滋味？

第七局

韩非的宏愿：做帝王师

赌客：韩非

最高尊称：韩子

最高赌绩：得到秦王嬴政的激赏

赌术精要：以法治国，以术驭人

致命败着：酷评姚贾，对师弟李斯疏于防范

大结局：遭到李斯陷害，饮鸩自杀

　　若论人命危浅，战国时代无疑是中国历史上的"黑铁时代"，不难见到满坑满谷的百姓血泪；若论思想自由，战国时代却堪称中国历史上的黄金时代，诞生了一拨又一拨精神巨人。中国古代的大思想家差不多在战国时代一窝儿出齐了。其后，秦始皇焚书坑儒（所坑者多为方士，儒甚少），汉武帝"罢黜百家，独尊儒术"，专制王朝对士人的精神钳制越来越严，对士人的思想打压越来越狠，中国古代的文化巨子便日益稀缺。

在春秋战国时期，墨子的横空出世是个异数。起先他也学习过儒术，因为反感儒家的繁文缛礼而自立门派。他的思想要点为："兼相爱，交相利""赖其力者生，不赖其力者不生""尚贤""尚侠""尚同""官无常贵，民无终贱"。热爱和平，反抗暴力；热爱平等，反对官本位；热爱侠义，反感霸凌。现代人主张的宽容、互利（双赢）、自食其力、尊重人才和人人平等这些观念均可与之无缝衔接，他的民主思想很朴素，也很真诚。

到了战国中、后期，诸子百家纷纷涌现，吴起、孙膑、孟轲、庄周、列御寇、慎到、虞卿、公孙龙、荀况、韩非，他们都是各门各派的龙头大哥。其中孟轲的思想"民为贵，社稷次之，君为轻"已超出儒家的轩轾，闪耀民主的光芒。孔曰成仁，孟曰取义，可惜孟轲"舍生取义"的精神只在战国时期少量人心中播下了壮种。庄子的混世、齐物、养生、安时、处顺的哲学观，是浊世和乱世里弱者自我保全、自我麻痹、自我解救的心法。他不愿做神龛上被众人馨香供奉的神龟，而甘愿做曳尾于泥途的野龟，貌似愚不可及，其实这才是保全自我天性不受损伤的大智慧。荀况的性恶论是从战国时期人与人之间越来越猜疑、越来越仇视、越来越疏离的生存现状中提炼出来的，渴望人类能有更好的生存环境和教育环境，以减弱人类本性之恶的膨胀和挥发。

当然，还有更像外科医生的思想家，希望采用一种切实可行的手段为乱世止血清创，切除肿瘤。韩非就是这样的学者，他志向远大，抱负雄伟，心中也有孟轲那种"舍我其谁"的超级自信。韩非不同于庄周，庄周身上更多的是出世和避世的精神。据说，楚威王仰慕庄周的大名，有意聘请他为楚国的令尹，派遣使者以厚礼迎接他。也不知是庄周先生自知治国无术，还是确实不想做笼头马，他笑着对使者说：

"千金，是重利；卿相，是尊位。你难道没见过在郊野祭祀的牺牛吗？好好地喂养几年，然后给它披上文绣，牵入大庙。待宰的那一刻，哪怕想做一只小猪，还能够如愿吗？你还是快走吧，不要用财富权位来加害我。我宁肯快快活活地游戏在脏水沟里，也不愿被国王绚住鼻子，落入待宰的行列。我决心终生不做官，就这样自由自在。"

恰恰相反，韩非身上具有强劲的入世精神，为了经世致用，甘冒危险去做牺牛。这种人，最终若不是以道殉身，就是以身殉道。

"百代犹行秦法政"，此言不虚。历代君主立社稷，治理偌大的国家，手段繁多，政策不一，但本质上基本一致，统统是儒表法里。为何如此呢？思想家王夫之认为："任法，则人主安而天下困；任道，则天下逸而人主劳。"君主有几人真正愿意宵衣旰食，孜孜勤苦？法家（申不害、商鞅、韩非等人）能够提供"乍劳长逸之术"，君王只需督责官员，无须久任其繁剧。不少政治家出身儒门，觑破机关，也乐得以秦法治国，"用其实而讳其名"。诸葛亮"志正义明而效其法"，王安石"学博志广而师其意"，就是再典型不过的例证。

韩非出生于韩国的贵族家庭，是大儒荀况的入室弟子，是秦国丞相李斯的师兄。求学期间，李斯的成绩不错，韩非的功课更优。不过李斯自有李斯的长处，他口才一流，想法转得比风车还快，城府藏得比古井还深，而且善于察言观色，揣摩他人心思。韩非的笔头子超强，但他患有口吃的毛病，言谈明显有障碍，口才就甭提了。他曾上书劝谏韩王安，韩王安未予理睬。

在韩非之前，法家已形成三派：申不害重"术"，人主操控群臣如操控牵线木偶，忠奸得辨而赏罚得中；商鞅重"法"，以严刑厚赏推行政令，有功者不缺奖赏，有罪者难逃惩罚；慎到重"势"，助人主集威权于一身，使之能够镇压一切反抗的力量。韩非属于法家中集大成者，他综理三派的精义而为一家之言。

申不害深得韩昭侯的倚重，在韩国担任丞相十五年，取得了"国治兵强"的成就。三派中，申不害对韩非的影响最大。有一次，申不害为自己的堂兄求官，韩昭侯不同意，申不害面有怨色。韩昭侯就打开天窗说亮话："我向先生学习，就是为了治国。现在我是听从先生的请求而废除先生的治国之术好呢，还是实行先生的治国之术而拒绝先生的请求好呢？先生曾教导寡人看重臣子的功劳，留意提拔的顺序。现在，先生私底下有所请求，我究竟应该听从先生的前言，还是听从先生的后语？"申不害自知理亏，立刻避开正寝，迁居他室，向韩昭侯请罪，并且赞叹道："主公真是能够依法行事的明君！"此事说明一个问题，申不害重"术"，也得自觉遵守游戏规则才行。

虞卿因孤愤而著书，韩非又何尝不是如此。他痛恨治国者尸位素餐，不仅不能努力修明法制，因势利导，驾驭群臣，任人唯贤，富国而强兵，反倒重用一些禄蠹，祸国殃民。他反感儒家学者引经据典，以先王的格言非议法令；尚武的侠客喜欢好勇斗狠，触犯刑律。统治者在和平时期优待沽名钓誉的人，一旦国家有难才想到起用那些能够抵御外侮的忠诚之士。庸碌之辈安富尊荣，真正的人才却很难获得俸禄。令他深感悲哀的事情很多，比如清廉正直之士遭到奸邪之徒的谗害，竟无处申冤。

引言一：优待耕战士，清除五蠹民

眼见韩国受秦国欺侮，快速奔向毁灭之途，于是韩非自出机杼，著述十余万言，抒发内心的愤懑，阐述独到的见解。其中《五蠹》和《孤愤》堪称雄辩的篇章。

在《五蠹》中，韩非论证了法治的合理性，将当时的儒家、纵横家、游侠、国君的亲近之臣和工商业人士指斥为五类蛀虫。他主张国家应该优待耕战之士，清除五蠹之民。韩非指出：

"变法是绝对必要的，真正的圣人'不期修古，不法常可'。要是抱住那些霉气十足的典章制度不放，想依靠它们治理当今之世，就无异于守株待兔（这则寓言、这个成语的原创版权属于韩非）。

"古人之所以连天子都不肯做（例如许由逃尧），是因为那时候的天子非常劳碌（例如大禹治水），实际好处不多。现在可就不同往昔了，一个县令去世，他好几代的子孙仍有车子可坐。所以一个人肯推掉古代的天子不做，因为权势太轻，却不肯辞去当今的县令职务，因为油水很厚。这种事情以好处多少来决定，并非古人具有高于今人的节操。

"时代不同了，行事的方式也应该有所不同。周文王只有百里领地，施行仁义，最终称王。徐偃王有五百里地，他效法古人，施行仁义，结果被楚文王视为心腹之患，兴师灭掉了徐国。这说明，仁义可以在古代建功，却不能在后世奏效。

"儒、墨二家都称道先王，兼爱天下，对待百姓如同父母对待子女。可是天下尽多慈父慈母，他们的子女都是品行端正的子女吗？君王落泪，不忍对罪犯施刑，这是仁爱；但不得不施刑，这是法治。君王最终服从法治的精神，不受仁爱摆布，这充分说明用仁爱难以治国。

"孔子是圣人，却只有七十二位贤人追随。鲁哀公是庸愚之君，鲁国境内的百姓却不得不服从他，孔子也不例外。孔子并不佩服鲁哀公的仁心义举，只是慑于他的大权强势。所以若标举仁义，孔子绝不会服从鲁哀公；若掌控权势，鲁哀公则可以收服孔子为臣。现在的学者，喜欢撇开君王必胜的势力，盲目标榜仁义，认为照葫芦画瓢就可称王。这等于是苛求国君去向孔子看齐，苛求当今的普通百姓达到孔门弟子的精神境界，这绝对不可能变为现实。

"仁爱只会使人骄纵，法律才会令人谨慎。十仞高的城墙，非常陡峭，最善于跳跃攀缘的楼季也无法越过；千仞高的山峰，因为坡道较为平缓，跛足的母羊也可在山上游玩。所以贤明的君王要用严刑峻法去治理百姓，使他们的行为受到必要的制约和规范。

"学者引用经典，喜欢非议法令；侠客炫耀武力，敢于触犯刑律。对于这两种人，国君加以礼遇，所以天下乱成一锅稀粥。非议法令有罪，可那些学者却凭着文学才华被录用；触犯刑律该死，可是那些侠客却凭着剑术被供养。所以对法律不以为然的人，君王却要录用；法官认为该杀的人，君王却要供养。如此矛盾，没有准则，就算有十个黄帝在世，国家也不可能治好。从前，楚国有一个正直的人，他父亲偷了羊，他向官府举报。长官下令：'杀了举报者。'长官认为，对于国君而言，这人虽是正直之臣，对于父亲而言却是忤逆之子，因此要杀掉他。这样看来，国君的直臣却是父亲的逆子。鲁国有位士兵出征，三次作战，三次逃跑。孔子问他为何如此，他回答道：'我家中有老父亲，要是我战死了，没人赡养他。'孔子认为他是孝子，难能可贵，就将他推荐给国君。这样看来，父亲的孝子却是国君的叛臣。所以长官杀了举报者，楚国民间的奸情上面就听不到了；孔子表彰临阵脱逃的士兵，鲁国的军队就屡战屡败。以仁义扰乱法令，后果如此严重。君王急先仁义，并且想靠它造福国家，绝对没有希望。

"古代仓颉造字，尚且知道公与私是对立的。现在却认为可以互利双赢，显然不明事理。然而普通人为利禄着想，修饰仁义，学习经典，的确很划算。修饰仁义达到火候，就会受到信任。受到信任，就会获得君王的委用。学习经典达到滚瓜烂熟的程度，就可以做帝王的师傅，做帝王的师傅就能享有尊荣，这都是普通人所赞美所羡慕的。然而没军功却受到重用，无爵位却享有尊荣，功过不分，赏罚不明，国家就会失去秩序，君王就会失去安全。和平时期供养学者和侠客，国家一旦有难，才想到驱使那些战士去拼命，所优待的却不是所使用的，所使用的却不是所优待的。因此，那些从事实际工作的人就简慢荒废了自己的事业，游学者越来越多，世道因此混乱不堪。

"君王掌握统治百姓的权势，拥有全国的财富，操持赏罚大权，若能明晓驾驭群臣的绝技，洞烛幽微，即便是田常、子罕那样的强臣，其骗术也休想得逞。如此一来，又何必等待什么诚信可靠的高人？国内诚信可靠的高人太少了，根本不够用。所以贤明的君王专心用法而不依赖于一时的智谋，固守驾驭群臣的绝技而不依赖于那些诚信可靠的高人，只要令行禁止，群臣谁还敢使用奸诈？

"如今，境内的百姓说要如何如何治国，许多人的家里收藏了商鞅、管仲为变法而写的著作，国家却更加贫穷。境内的百姓说要如何如何耕作，真正亲力亲为的却不多。境内的百姓说要如何如何用兵，许多人家中收藏了孙武、吴起的兵书，军队却更加怯弱，这是因为纸上谈论的越多，真正愿去前线打仗的就越少。所以贤明的君主只使用群臣百姓之力，不听他们说三道四；奖赏他们的功绩，坚决禁止那些无用的末技淫巧。只有这样，百姓才会竭尽死力追随君王。耕作的确够劳累的，百姓却乐意干，他们说：这样可以致富；兵凶战危，百姓却乐意冲锋陷阵，他们说：这样可以发达。如今那些文学之士和游说之士不耕不种，却富得流油，没有打仗的危险，却拥有崇高的社会地位，谁又不去效仿他们呢？因此一百个人用脑，却只有一个人用力。用脑的人多，法律就会遭到破坏；用力的人少，国家就会日益贫穷，这就是世道为何如此混乱的原因。所以贤明的君主治国，无须堆积如山的书籍，而以法律作为教材；不援引先王的语录，而以官员为师；无侠客的轻悍，而以杀敌为勇。如此一来，境内的百姓，言谈合法，农耕尽力，军营里满是勇敢的士兵。和平时期国家富足，战争时期则兵力强大，这才是称王的资本。

"如今的情形恰恰相反。儒生和侠客纵横于国内，游说的辩士和策士借助外国的援手，造成他们的势力范围，内外勾结，怙恶不悛，以此局面等待强敌压境，不是岌岌可危吗？所以群臣发表对外事务的意见，不是与纵横家同气连枝，就是借取外国的力量来报个人的私仇。所谓合纵，即联合多个弱国攻击一个强国；所谓连衡，即追随一个强国攻击多个弱国——都不是掌握国家命脉的正道。现在群臣谈论连衡，都说：'不追随大国，遭遇外敌就会受害。'追随大国却未必能得到实际好处。弱国交付地图，呈献印信，请求大国庇护，其结果是国家版图受损，国际声誉降低。版图受损，国家就会受害；声誉降低，政治就会混乱。群臣谈论合纵，都说：'不救弱国，去攻击强国，就会丧失天下；丧失天下，国家就危在旦夕；国家危在旦夕，君王就地位卑微。'可见救助弱国未必能得到实际好处，起兵对抗大国，则骑虎难下；救助小国未必能够使之存活，对抗大国也未必没有疏忽；一旦有疏忽就会被强国扼住命脉——出兵则军队落败，退兵则城池失守。救助小国，结成军事联盟，未必有什么好处，却会丧失领土，折损兵力。

"主张连衡的人，是借助外力为自己攫取国内的地位；主张合纵的人，是利用国内的力量来为自己谋求国外的好处。国家的利益往往未见踪影，这些纵横家就得到了大片封地和高官厚禄；君王卑屈，大臣却享有尊荣；国家领土频频受损，大臣私家却日益富裕。所建议的事情如果成功，他们就能长期手握重权；事情要是失败了，他们就辞职去享受富家翁的快活。君王听信臣下的建议，事情还没有眉目就给他们高官厚爵，事情失败了，却不追究重大事故的责任。如此一来，纵横家摇唇鼓舌，个个挖空心思，弄出一套猎取功名的邪说，侥幸寻求成功。所以国破君亡都是听信纵横家的不实之词所致。这是什么缘故？因为君王不明白公私的利害区分，不清楚建议正确与否，事后又未对当事人进行严格的奖励和惩罚。纵横家都说：'致力于国外的事务，大功告成国君就可以称王，小功告成也可以保平安。'成就王业的人，自然能攻打他国；把国家治理得井井有条的人，自然不会挨打。国家强大了就可以攻打他国，国家安定了就不会挨打。安定和强大不能靠外交事务获得，而要靠修明内政才可办到。如今南辕北辙，不在国内变法图强，却在外交事务上要弄小聪明，这样做绝对不可能达到安定富强的目标。

"俗语说：'长袖善舞，多钱善贾。'这是说资本雄厚就好办事。所以给安定强大的国家出谋划策容易，给弱小动乱的国家献计献策就难。有些国策在秦国屡试不爽，若用于燕国，就毫无作用。这并不等于说，为秦国出谋的人就聪明，给燕国献计的人就愚蠢，是因为强国与弱国的资质不同。所以东周背离秦国去参与合纵，只过了一年就被秦国灭掉了；卫国背离魏国去参与连衡，半年就亡国了。假如东周和卫国缓一步去参与合纵连横，先励精图治，明确法令，有功必赏，有罪必罚，注重农耕，多有积蓄，得到百姓的死力，坚固城池；天下得到它的土地利益不大，攻打它却损失惨重，大国也拿它无可奈何，这才是不亡国的根本策略。

"贤明的君主治理国家，使工人、商人、游手好闲的人口减少，并且使他们名誉地位不高，敦促人民勤于农耕，疏远工、商等不重要的行业。当今世道，近臣弄权，官爵可以用金钱买到，从事工、商业的人地位就不再低下。非法的买卖不缺市场，商人就越来越多。他们聚敛的财富超过农民，又比农民和将士更受尊重，光明正直的人就会越来越少。

"总而言之，学者（儒生）、言谈者（纵横家）、带剑者（侠客）、近御者（国王左右的亲信）和工、商之民这五种人是国家的蛀虫。君王不清除掉这些公害，不优待光明正直的有用之才，那么国家败亡，就在情理之中，不足为奇了。"

《五蠹》之外，《韩非子》中还有一篇《六反》。韩非指出，大众赞誉六种人（畏死远难的贵生之士、学道立方的文学之士、游居厚养的有能之士、语曲牟知的辩智之士、行剑攻杀的磏勇之士、活贼匿奸的任誉之士），实则他们是奸伪无益之民，对国家有害；大众诋毁六种人（赴险殉诚的失计之民、寡闻从令的朴陋之民、力作而食的寡能之民、嘉厚纯粹的愚戆之民、重命畏事的怯慑之民、挫贼遏奸的谄谗之民），实则他们是耕战有益之民，对国家有利。韩非认为，社会评价体系中的誉毁利害完全被颠倒了，因此他称之为"六反"。

倘若人主顺应大众确立的社会评价体系，想达到国家富强的终极目标，就无异于南辕北辙，必定事与愿违。君主必须苛待前六种人，重奖后六种人，才能将原本颠倒的社会评价体系纠正过来，实现富国强兵的宏愿。

引言二：将手术刀指向"肿瘤"

韩非撰《孤愤》，对于战国时代各国大臣拥权自重，君王被蒙蔽，贤士遭排挤，重人治而不重法治这一普遍的政治现象作出了深入的剖析，显露批判的锋芒。《孤愤》的大意和要点是：

"智术之士（有治国之才的智士）一定要有远见卓识而且明察秋毫，若非明察秋毫，就不能洞悉私念。能法之士（敢依法办事的能人）须顽强坚毅，刚直不阿，若非刚直不阿，就不能矫正奸伪。官员遵照上峰的指令办理公务，依据国家的法律行使职能。这样一来，官员就不可能拥权自重。官员无视上峰的命令而自作主张，削弱国家的法律而中饱私囊，损害国体而方便自家，还用旁门左道的本事取得君王的信任，这样一来，官员就必然会贪权好货，威福自享。

"智术之士明察秋毫，一旦他们受到重用，将能洞悉拥权自重的官员所隐藏的种种阴私。能法之士刚直不阿，一旦他们受到重用，将能矫正拥权自重的官员所造成的种种奸伪。所以智术之士和能法之士受到重用，那些拥权自重、威福自享的官员必定无地自容。如此一来，智术之士、能法之士与那些拥权自重、作威作福的官员就形同水火，势不两立。

"那些拥权自重、威福自享的高级官员最擅长揽权，他们能够买通君王身边的人为之效力。因此，诸侯要是不巴结他们，外交事务准定泡汤，敌国就会叫好。百官要是不巴结他们，本职工作就无法进行，所以百官只好屈从。君王身边的人要是不巴结他们，就会被撤职，所以君王身边的人都为他隐瞒过错。饱学之士要是不巴结他们，津贴降低了，就不会受到世人的尊重，所以那些饱学之士都为他们大唱赞歌。有了这四个方面的通力协助，那些拥权自重、威福自享的高级官员就显得很有能耐，很有作为。

"久而久之，不仅国君将受到蒙蔽，智术之士和能法之士也难以得到重用。那些大臣拥权自重，威福自享，一旦获得君主的充分信任，其党羽就会增多，势力将会增强，智术之士和能法之士更加没有出头之日，他们就连面见君王、陈述己见的机会都找不到，更别说想方设法使受到蒙蔽的君王尽快醒悟。

"那些大臣拥权自重，威福自享，必定置智术之士和能法之士于死地而后快。他们通常采取两套解决方案：一是公了，二是私了。公了，就是逮住对手的过失，诬告他们犯有重罪，经过审判，然后处决；私了，就是逮不到对手的过错，就派冷血杀手去强行摆平。因此，智术之士和能法之士不死于法官之手，也会死于刺客之剑。那些结党营私、不惜损害君主和国家利益的人，则受到拥权自重、威福自享的大臣的信任，得到嘉奖和提拔。蒙蔽君王、讨好奸臣的人风光无限。

"君王不等验明罪行就随便杀人，不等建立功勋就任意封官，那些智术之士和能法之士，又怎能冒死犯难去劝导君王？那些拥权自重的大臣，又哪肯在威福齐天的时候急流勇退？

"君王之所以说齐国已经灭亡，并不是指齐国的领土和城池不复存在，而是指吕姓王室不再统治齐国，已改由田姓王室掌权。之所以说晋国已经灭亡，也不是指晋国的领土和城池不复存在，而是指姬姓王室不再统治晋国，国土和权力已被韩姓、魏姓、赵姓王室瓜分。如今奸邪的大臣执掌权柄，独断专行，君王却不知道将权力收归己有，这是很不明智的。

"与死人患了同样的疾病，将必死无疑；与亡国之君犯了同样的错误，将难以幸存。如今君王仿效齐国、晋国的亡国之君，却希望国家安如磐石，这怎么可能？

"那些洁身自好的人即使踏上仕途，也不会自污其行，徇私枉法。因此，他们不可能讨好和贿赂国王跟前的人，以谋取一官半职。国王跟前的人品行比不上廉洁的伯夷，要是收不到厚厚的红包，那些洁身自好的人就得不到重用，有益的建议就会胎死腹中，他们的品行还会遭到无端的诽谤。如此一来，治乱的功业受制于君王的近臣，精洁的品行决定于人们的褒贬，那些智术之士和能法之士就只能靠边站，君王就被蒙蔽得日月无光。

"大国君王的祸患是大臣的权力太重，小国君王的祸患是过度信任身边的小人。这是君王共同的祸患。官员有大的罪行，君王有大的失误，是因为官员和君王的利害关系不同造成的。君王以自己有能力任用贤人为利，官员以自己无能力却得到差事为利；君王以论功行赏为利，官员以无功受禄为利；君王以豪杰效忠为利，官员以结党营私为利。因此，国力不断削弱，大臣却越来越富；君王手中的权力越来越轻，大臣手中的权力却越来越重；君王最终失去势力，大臣就窃取国家。这都是那些奸邪之臣欺骗君王获得的好处。

"所以说，只要君王改弦更张，当今之世拥权自重、威福自享的大臣，能保住君王的信赖和原先地位的人将不到十分之二三。为何如此？是因为那些奸邪的大臣多半犯下了欺君之罪，一旦查实，他们就只有死路一条。

"智术之士和能法之士有远见卓识而不愿刀口舔蜜，一定不会顺从那些拥权自重、威福自享的大臣；贤良之士和高洁之士羞与奸臣沆瀣一气，去欺骗君王，也不会顺从那些拥权自重、威福自享的大臣。这些大臣的党羽不是傻瓜蠢货与亡命之徒，就是臭鱼烂虾和奸邪之辈，他们抱团结伙，对上欺骗君王，对下牟取暴利，朋比为奸，鱼肉百姓。必然使国家陷入重重危机之中，使君王心力交瘁，受到困辱，这是严重的罪行。大臣有严重的罪行，君王却不加惩处，这是巨大的失误。假如君王在上面出现巨大的失误，大臣又在下面犯有严重的罪行，国家居然不走向灭亡，哪有这样的天理？"

韩非对于管仲、商鞅、申不害等人的思想有深入的研究，对战国时期的社会弊病了如指掌，其手术刀往往能准确地指向肿瘤。韩非批判六国（齐、楚、韩、魏、燕、赵）积弊，可谓一针见血，比如君王普遍不重视农耕，偏重末业（工、商业）；不重视内政，偏重外交；不重视法治，偏重人治；不重视实干家，偏重轻浮之徒；不重视将士，偏重游侠；不重视治国良才，偏重纵横之士。诸如此类。他找到亡国之祸的症结所在，下刀处脓血迸溅，只可惜那些醉生梦死、讳疾忌医的君王（如韩王安之流）对他的柳叶刀望而生畏，不肯请他主刀割治。这就是韩非心怀孤愤的原因吧。

疑局：德政下架，法政置顶

很显然，韩非提出的以法治国与普遍打着幌子的以德治国产生冲突。战国以前，政治尚处于粗放期，民风淳朴，地广人稀，以德治国（具体做法为清静无为，与民休息，爱民如子之类）是可行的，但随着人口激增，生活资源日益匮乏，物质欲求日渐膨胀，德治的局限性越来越明显，法治的必要性越来越迫切，以道德约束、伦理羁绊治国，收效渐微。这时候，以法治为主，以德治为辅，才算顺应时代潮流。

《左传》中有"大上以德抚民"（最好的治理方法就是以恩德安抚百姓），问题是统治阶级过着穷奢极欲的生活，百姓看在眼里，《诗经》中就有《伐檀》《硕鼠》发出抗议和谴责的强音，有始无终、装模作样的小恩小惠还能够固结百姓的欢心吗？没有自由、平等的观念，没有悲天悯人的情怀，言之凿凿的恩德只不过是经过包装的猫腻。《论语·为政》劈头第一句话是"为政以德，譬如北辰，居其所而众星共之"（应该以德治民，就像北斗星，守在它的位置而被众星环绕），这是孔子心目中的理想政治，与现实之间划出了一道又深又宽的鸿沟。

在专制统治（人治）的大框架下，不可能有纯度较高的德治或法治，只不过将二者搅拌在一起，形成一桶糨糊，彼此不同，只因配比。秦朝用苛法，刻暴寡恩，令人诟病。秦朝的法治其实只是假象，作为法统的象征，秦始皇被视为凛然不可侵犯的天尊，这就仿佛以国君为总教主，不走火入魔才怪。真正的法治必须打碎偶像和权威，以期接近法律面前人人平等的愿景。暴君秦始皇施行的法治只是人治的极端，却又丧失了人治所必备的恩德（多少且不论），一味用火（充满杀伤力的"法治"）去冶炼，却不用水（"德治"）去调和，大热倒灶，并不奇怪。

在专制统治的大前提下，中国古代史上确实有几个"德政"的样本，最突出的是西汉的"文景之治"和唐朝的"贞观之治"。只要稍稍深究，我们就会发现问题：朝代何其多，历史何其长，德政何其少，又何其短；这些德政均出现在乱世之后，正应了"灾民易为抚"（灾民容易被安抚）

和"乱民易为仁"（对饱经战乱的百姓容易推行仁政）这两句话，它们的实际成效在于给百姓以喘息之机，让他们疗治创伤，重建家园。

"文景之治"后，汉武帝即位，他听信董仲舒的谏言，"罢黜百家，独尊儒术"（孔子应该高兴，又未必真高兴），实则为"挂羊头，卖狗肉"，他以苛察为能，更喜欢任用酷吏赵禹、张汤、义纵等人，大力推行法政。"贞观之治"后不久，也由一位"武帝"（武则天）掌权（多病的唐高宗李治只是傀儡），历史有着惊人的相似之处，她同样喜欢任用酷吏周兴、来俊臣等人，大力推行法政。

封建社会的德政与法政无缝衔接，与民休息的时间不会太久，专制政权的遮羞布，竟比新娘子头顶的红盖头还容易被揭去。

困局：暴君生疑，奸徒着恼

韩非力主法治，韩王安鼠目寸光，对此并不认同，但天下之大，自有雄主能够慧眼识才，这人远在天边，近在邻国，他就是秦王嬴政。嬴政阅读韩非的著作时，内心产生了强烈的共鸣，他认定这是自己读过的最具备真知灼见的政治经典。当着丞相李斯的面，他感叹道：

"要是我能见到这位作者，与他促膝交谈，就死而无憾了！"

"这本书的作者韩非是臣的师兄，眼下赋闲在家。听人说，他在韩国很不得志。"

李斯主动点明作者的姓名，眼见秦王对韩非的著作激赏有加，心头不免有些泛酸。

秦始皇太想接触这种旷世高人了。秦国历史上有过百里奚和商鞅那样的治国奇才，他们帮助秦国在三级跳远中超水平地跳出了前两步，这关键的第三跳莫非得靠韩非的帮助才能顺利完成？秦王嬴政思忖到这儿，越发渴望早日见到韩非。

韩非是韩国的王亲，嬴政要见到他，不可能饵钓手招，于是嬴政决定采取唯一可行的办法，这办法十分霸道，派兵攻打韩国，而且是急攻加猛攻。韩国那点家底子哪架得住这样排打？韩王安风闻秦王欣赏韩非，他万万没料想到韩非居然是个大宝贝，秦王会为了得到这个人而大动干戈。既然这样，那好吧，韩王安打起了如意算盘，他特派韩非前往秦国，充当议和大使。秦王乐了，韩国就能过上一年半载的平安日子。

韩非这人，具备十足的工具理性，骨子里并不是屈原那样坚定的爱国者，他只求在政治上取得辉煌的成就，因此急切地想找到一个施展才能的上升平台，他心明眼亮，看好秦国的政治气候和政治环境，看好嬴政这位志在统一天下的雄主。

韩非到了咸阳，风尘仆仆，公务尚未厘清头绪，就上书给秦王嬴政：

今秦地方数千里，师名百万，号令赏罚，天下不如。臣昧死愿望见大王，言所以破天下从（纵）之计。大王诚听臣说，一举而天下从（纵）不破，赵不举，韩不亡，荆、魏不臣，齐、燕不亲，霸王之名不成，四邻诸侯不朝，大王斩臣以徇国，以戒为王谋不忠者也。

韩非急于报效秦王，竟献计灭亡母国，将它作为投名状，这个吃相可不太好看，何况心急吃不了热汤团，抓耳挠腮也没用。

史学家司马光抱持正宗的儒家思想，他批评韩非的表现，抓住了关键："臣闻君子亲其亲以及人之亲，爱其国以及人之国，是以功大名美而享有百福也。今非为秦画谋，而首欲覆其宗国，以售其言，罪固不容于死矣，乌足愍哉！"他认为，韩非对自己的祖国无情无义，与魔共舞，与虎谋皮，其日后的悲惨遭遇根本不值得怜悯。

至于嬴政，他要的就是这个效果，韩非正好挠中了他的痒痒肉。嬴政特意安排了几次见面，尽管韩非说话有点结巴，不太利索，但双方还是交谈得很投机，很尽兴。韩非的思想很深刻，他的治国手段如何却是个谜，倘若秦王嬴政也像秦孝公嬴渠梁当初那样，重用这位政治素人，那帮子老臣和大臣未必肯服。秦王用人，不急在一时，再者说，韩非也不会计较此事，在《说难》一文中，他讲过策士与君王之间必须有个培养感情的过程。

秦王嬴政这么轻轻一放，李斯的私心和邪念就恶性发作了。他心想，大王激赏一位书生，这是前所未有的事情，自己何曾得到过类似的殊遇？一旦韩非获得重用，以师兄的才干，就会成为自己头顶永远也休想掀开的锅盖。那种被焖烂煎枯的感觉可不好受。但他要是败坏秦王嬴政的兴致，也是极其危险的，稍有不慎，露出马脚，就会被打入另册。这事可得从长计议，等待良机。

有时，你诚心等待机会，机会真就前来扣响门环。

秦王与韩非交谈时，谈到上卿姚贾出使四国回来，功劳不小，已分封千户，拜为上卿。韩非对姚贾的人品向来鄙夷不屑，这会儿没能管住自己的嘴巴，说了几句贬损的话：

"姚贾出使四国，利用大王的权力和国家的珍宝去获取诸侯的欢心。请大王明察！姚贾做出这些事情并不奇怪，他原本是门卫的儿子，在魏国偷窃过东西，在赵国做官，结果被驱逐出境。大王选拔一个门卫的儿子、魏国的盗贼、赵国的逐臣做上卿，与他商量和决定国家大计，这样的做法不适宜激励群臣。"

秦王嬴政一向以苛察为能，他听了韩非这话，心里落下老大个疙瘩，好一阵烦躁。改日，他询问姚贾，韩非所说的是不是事实？

"韩非所说的句句是实情。"姚贾倒是承认得很爽利。

"那你还有什么面目再见本王！"

"臣出使四国必须利用大王的权力，否则谁肯理睬臣？也必须到处打点，要不然那些权臣谁肯卖力？还得与诸侯结欢，要不然如何签订协议？至于说到出身卑污，太公望（姜子牙）曾是朝歌市上的屠夫，周文王重用他，就能称王；管仲曾是鲁国的囚犯，齐桓公重用他，就能称霸；百里奚曾经是虞国的乞丐，秦穆公重用他，就能收服西戎。这几人的出身如何？都很卑贱，被天下士子瞧不起，但贤明的君王不在乎其出身卑污，不在意天下人的诋毁，只看他们是否真有治国的实际才能，只看他们能否为国家建功立业。如果他们没有治国的实际才能，又不能为国家建立功勋，纵然名满天下，贤明的君王也不会给他任何奖赏。"

姚贾的辩护词显然是连消带打，他针对韩非的反击强劲有力。秦王听罢这番辩解，也认为韩非的批评不足为据，就不再责怪姚贾。

李斯听到这个消息，心想，在秦王的心目中，韩非显然已打了折扣。再加上姚贾对韩非充满怨恨，眼下正是铲除韩非的绝佳时机。于是他去姚家做客，与他密谋于暗室，两人一拍即合。过了些日子，在朝堂上商议完国事，他们对秦王说：

"韩非是韩国的王室公子。现在大王志在吞并天下，韩非既然撰写过《存韩》篇，就肯定不愿意听任韩国灭亡，他只可能为韩国效忠，不会为秦国效力，这是人之常情。大王至今尚未任用韩非，将他久留在咸阳城，也不是个办法，一旦哪天猛虎归山，说不定就会给秦国造成伤害。倒不如依照秦国的法律将他杀了。"

奸邪之徒要报私仇，逞私欲，总会搬出忠君爱国的理由，也只有这样，他们的说法才站得住脚，才有可靠的依据。此时，秦王对韩非正感到失望，心情又不好，他没怎么费神思，就点头同意了。对于杀人，秦王嬴政何时需要慎重？

结局：一杯毒酒，了却余生

李斯给韩非写了一封信，随信附上一瓶毒药，他假惺惺地装出好意，劝师兄尽快自杀，不要落入酷吏手中，那样的话就会受尽折磨和侮辱。

入狱之后，韩非万念俱灰，秦王固然是一代雄主，但他只是一位暴君，与他心目中贤明君王的形象并不吻合，秦王欣赏他的政见，却并没有表示出重用的意思，现在还将他打入死牢，摆明了，秦王只是叶公好龙，甚至比叶公好龙还不如。环视天下，除开秦王，六国君主个个胸无大志，鼠目寸光，看来，天下虽大，他的治国才能竟没有用武之地。他拿起那瓶毒药倒入酒中，就着灯光去看，浓浓的比血还稠。死就死吧，他是因为失望而死，这失望只是针对天下君王，而不是针对他自己的治国理想和治国策略，对于后者他依然信心十足，谁要是能运用得当，小则富国强兵，大则统御四海，称王称帝。韩非是一位志士，胸藏绝学，可惜这样的志士，总在最可能大有所作为的时刻，必须单独面对一把利剑和一杯毒酒，不是被杀，就是自杀。他捧着那杯毒酒，只需一仰脖子，即可走到生命的尽头，谁知道那尽头是光明还是黑暗？是地狱还是天堂？他把毒酒放下，他不甘心自己的治国理想破灭在牢狱之中，这显然是一个错误的时间和错误的地点。就算死无葬身之地，似吴起、商鞅那样干成一番功业，再刀剑交颈，五马分尸，也值当了。他决心申诉，直接向秦王申诉，事情如此简单，他没有罪过，政治前途仍是一片空白，不应该冤死、枉死。

韩非懂政治，却不懂人性。他求助于师弟李斯，可李斯将秦王的震怒和姚贾的仇恨大大地夸张了一番，表明他确实已经尽力，却无法解救师兄，为了加强效果，他还挤出了几滴"鳄鱼的眼泪"。李斯堪称演技派演员，城府深不可测，韩非是性情中人，未能洞见这位师弟的肝肺。李斯仍然一个劲地敦劝韩非服毒自杀，这是王孙公子最体面的死法。体面已经是此时此刻唯一还可保全的东西。

韩非再次端起了那杯毒酒，他站立在阴暗潮湿的牢狱中央，仰首狂啸：

"天啊，这是什么世道？邪恶之徒呼风唤雨，窃据要津，正直之士却四处碰壁，无路可行。天地之大，能容得下高山长河，却竟然没有我韩非的存身之地，这是为什么？好，好，我该死，我该死，这般世道，我不死，谁死！"

他一仰脖颈，毒酒顺喉而下，到了腹中，变成烈火，化为刀锯，他抓住牢槛，呛出一口黑血，他痉挛着，用痛苦的目光扫视了这人间地狱最后一眼。

韩非饮鸩自杀了，李斯长舒一口气，第一时间将这个"好消息"告诉姚贾，他们举起酒杯，相视而笑。

"来，吃菜吃菜！"

他们如此充满快意，对付眼前一只皮色金黄的烤乳猪，还是头一遭，酒量之大，酒兴之浓，也是从未有过的。

韩非的猜测有一点显然有误，秦王嬴政并非叶公好龙，他是真心欣赏韩非的政治思想，只可恨李斯居中挑拨，姚贾恶意中伤，韩非与秦王嬴政的缘分才像草木遇上霜冻一样枯死了。

在一个秋日黄昏，叶落如冥钱撒地，在风中旋舞，秦王嬴政重读韩非的《五蠹》，竟再次被这篇奇文中的真知灼见深深折服。他突然记起韩非已经被打入死牢，不禁心中一怔忡，他心中可是很少这样怔忡过的。秦王嬴政当即令人具文赦免韩非，心想，这样的天才不可多得，还是立刻起用吧，韩非为了实现自己的政治理想，又何至于三心二意？可是具文的官员接到命令，两只脚愣愣地戳在原地一动不动。

"你还不快去？"秦王催促道。

"启禀大王，韩非已经在狱中服毒自杀了。"

"韩非服毒自杀了！"秦王跳起来，连连摇头，感叹道："太可惜了！真是太可惜了！你确定他是自杀吗？"

"启禀大王，狱吏已出具书证。"

的确太可惜了。韩非以自杀收场，固然是由李斯、姚贾二人谗害所致，他本人又何尝没有取死之道，他在《说难》中就给读者支过招：

一是"与之论大人，则以为间己"（意思是：与君王论及大臣的过错，君王就会认为你是在挑拨离间），韩非与秦王谈论大臣姚贾的过失，还蔑视其出身，就是犯了这个忌讳，等到姚贾救活了这步危棋，然后反将回来，立刻形成无解的闷宫绝杀。秦王本来激赏韩非，也因为一时失望和不开心，同意将他下狱。

二是"阴用其言，显弃其身"（意为暗中采纳智者的建议，明里却将智者置于死地）。郑武公的臣子关其思就是这样的冤鬼，韩非曾在文中举出此例，可悲的是，他又用自己的命运对此作了补充说明。

韩非被李斯害死了，这并不表明李斯作为韩非的师弟就不袭用师兄的政治思想和政治策略，正是因为他运用自如，非常到位，才深得嬴政的赏识，当了二十多年秦国和秦朝的丞相，一人之下万人之上。嬴政的重大国策，比如重农耕轻末业，赏功罚罪，循名责实，明是非，用苛法，搞集权，行专制，焚书坑儒，清除游侠，禁止民间拥有武器等，都能从韩非的理论中找到明确的依据，只不过李斯将韩非的政治思想推向了极端，因而产生了巨大的副作用，这不应该由韩非负全责。

公平一点说，韩非才是大秦帝国的头脑，是嬴政的精神导师。尽管他从未辅佐过嬴政，但是他的政治思想（仿佛他的魂魄）像幽灵一样盘旋在秦国的上空，眼睁睁地看着一个强大的军事帝国建立起来，又眼睁睁地看着这个强大的军事帝国土崩瓦解。他一定在空中叹息，也在空中悔恨，他的书是为特定时期撰写的，是一部特定时期的纲领性文件，并不适合在军事大帝国建立后继续使用。嬴政和李斯都是教条主义者，竟把一条路走到尽头。假如韩非健在，天下统一之后，他一定还会起草新的纲领性文件，有了新的指导思想，调整国策，兴利除弊，秦朝虽不可能如秦始皇所奢望的那样万世不灭，但可以肯定的是，它绝对不会如此短命，二世而亡。

倘若李斯肯护韩非周全，保住师兄的性命，也许他日后只能充当秦国、秦朝的第三号人物，会失去与嬴政一起决策的权力，但很可能他不会最终遭受灭门灭族的惨祸。小人的得计，也往往是失计，时间会将这道难题完完整整地演算出来，令他们目瞪口呆。

因果之谜暗藏在韩非端起的那杯毒酒中，然而当时每个人都被私欲蒙蔽了，只顾及眼前的得失，没能参悟到其中的玄机。

历史的玄机总与刀、剑、毒酒有关，吴王夫差赐属镂剑给伍子胥自裁，宋高宗赵构纵容秦桧陷害大将岳飞，明思宗朱由检中反间计虐杀大将袁崇焕，都使历史的进程顷刻之间就改弦易辙了。

韩非背离自己的祖国，孤注一掷，渴望赌赢自己的政治理想，然而"书中得来终觉浅"，从理论家跃升为政治家，转化率从来不高。古代理论家通常只是书呆子，古代政治家可就个个都是人精，亦邪亦正，亦阴亦阳。书呆子误入了政治家的"八角笼"，直立着进去，横躺着出来，就一点也不奇怪了。

第八局

荆轲的义举：刺杀秦王

赌侠：荆轲

最高尊称：英雄

最高赌绩：在暴君嬴政面前，图穷匕首见

赌术精要：超过血勇、骨勇、脉勇，具备神勇

致命败着：意欲劫持秦王嬴政，使其归还六国失地

大结局：遭到嬴政杀害

大思想家韩非既不喜欢竖儒，也不欣赏游侠，他说："儒以文乱法，侠以武犯禁。"游侠是他最看不起的"五蠹"之一。刺客属于游侠之列，良莠不齐，好坏难辨，确实鱼龙混杂。有时候，他们义薄云天，代表正义之神，奋雷霆一击；有时候，他们心如铁石，不过是接单索命的冷血僵尸。

春秋时期，刺客多半有价无市，诸侯蓄养剑客完全出于防卫上的考虑，尚武之士纵然快意恩仇，也是当面对决，刀剑无情，生死有命。

到了战国时期，乱象百出，权力斗争日益加剧，仇怨纠结，头绪万端，胆怯者不敢公开叫板，或无力手刃仇家，不请杀手则根本无法了结宿怨，于是市价两齐，刺客应运而生。

刺客的隐蔽性极强，攻击的目标则既具体又明确，有点类似于现在的"定点清除"，猝然一击，流血五步，于是大功告成。刺客往往能够完成任何一支强大的军队也难以完成的任务，比如曹沫手持匕首胁迫齐桓公归还鲁国失地，专诸扮演大厨刺杀吴王僚，堪称范例。

引言：狼虎相冲，不共戴天

荆轲并不是专诸、聂政那样的市井之徒，他原是一位战国书生，读书击剑，游说诸侯，未曾遇到知己。他的个性谦逊而深沉，动不动就捋袖管拔家伙并非他的行事作风。荆轲游历诸侯国，交往的都是当地豪杰。他曾在榆次与剑客盖聂论剑，两人意见不合，盖聂对他怒目相视，为了避免冲突，他悄然离去。到了邯郸，荆轲与鲁勾践下棋，鲁勾践为棋局不利而生气发火，对他大声呵斥，他默然回避。或许盖聂和鲁勾践认定荆轲怯懦和软弱吧，那他们就大错特错了。

荆轲从赵国前往燕国，结识豪杰之士高渐离，后者隐藏于市井之中，以屠狗（战国人似乎特别喜欢吃狗肉）为业。他们心性相契，惺惺相惜，常在一块儿豪饮，兴之所至，高渐离击筑（一种类似于今日扬琴的乐器），荆轲伴唱，任意悲欢，旁若无人。在燕国，田光先生慧眼识英雄，他善待荆轲，深知此人绝非等闲之辈。

当时，六国大势不妙，韩国已被秦国吞并，齐、楚、魏、赵、燕五国风雨飘摇。地处河北、辽宁一带的燕国虽远离秦国，西边还有赵国和魏国在那儿勉强抵挡，但赵国和魏国的边防都是纸扎的篱笆，已挡不住比虎狼还要狂暴的秦国。当时，当务之急是救亡图存。

燕国太子姬丹早年入质赵国，跟嬴政是发小。后来，嬴政的父王嬴子楚早逝，嬴政十三岁就继承大位，做了秦王；姬丹的父亲却越活越精神，他依然只是太子。人比人，气死人。更为倒霉的是，姬丹依然入质秦国。昔日的发小，现在地位悬殊，姬丹指望得到嬴政的礼遇，嬴政却不讲情面，对待姬丹傲慢无礼，还不如对待他身边的宦官客气。燕国太子怎能在异国他乡强咽下这份屈辱？姬丹要求回国，嬴政皮笑肉不笑，说的话非常难听：

"你想回国？好啊，除非乌鸦的头白了，马长出双角，要不然，你还是趁早死心吧！"

秦王嬴政不准许姬丹离境，后者索性不辞而别，轻车快马偷越国境，一溜烟逃回老家。在当年，这可是一个严重的外交事故。姬丹回到燕国后，越想越气愤，秦国掌握着单边霸权，今天攻这国，明天灭那国，真够可恶和可恨的，嬴政没把堂堂燕国太子当人对待，是可忍孰不可忍？姬丹在国外待的时间久了，见过不少大世面，有相当丰富的阅历，不同于那些久居深宫之中的"青蛙王子"，眼看六国气数将尽，大祸已经迫在眉睫，他决心有所作为。可是要消除祸患，应该从何下手？他决定去向师傅鞠武问计，鞠武回答道：

"现在秦国地广人稠，兵强马壮，所向无敌，各国惹不起，躲得起！你又何必因为在咸阳受了些委屈，就想找秦王的晦气，跟他作对！"

"如果我一定要跟嬴政掰腕子，该怎么办？"

"那就得找个当世高人向他讨教。"

过了一段时间，秦国大将樊於期得罪了秦王，逃到燕国来，太子姬丹收留了他。这就叫"凡是敌人憎恶的我就偏要喜爱"，何况樊於期是太子姬丹的老相识。鞠武认为姬丹收留秦王的叛将，这件事太危险了。他立刻向太子进谏道：

"千万别干这种傻事。秦王横暴不仁，与燕国积怨未消，已足够心寒，眼下樊将军来燕国政治避难，更是雪上加霜。把鲜肉扔在路上去阻挡饿虎，后果可想而知。即使管仲和晏婴再世，也无计可施。请太子赶紧将樊将军送往匈奴，消除口舌上的是是非非。然后联合诸侯国和匈奴，徐图善后。"

急惊风遇上个慢郎中，燕太子姬丹要的可不是这种非得三年五载才能见效的好主意，他要的是刀切豆腐那样的痛快斩截。他不甘心束手就擒，坐以待毙。

"太傅的计策很周密，可是远水解不了近渴。樊将军走投无路来燕国投奔我，我决不会因为畏惧强大的秦国就让可怜的朋友远走北方的匈奴，弃之不顾，这样做跟要我的命有什么不同？请太傅动脑筋想个更切实可行的主意吧！"

"干极其危险的事情却寻求万全，制造祸端却谋求福报，苦无良策却结下深怨，看重个人交情，不惜让国家卷入灾殃，这就叫'资怨而助祸'。将鸿毛燎于炉炭之上，必定焦枯。秦国如同鹰隼，一旦它出于怨忿而大怒，后果将不堪设想。眼下，老朽无法想出更好的主意，燕国有一位田光先生，为人智虑深远，勇敢沉着，你可去找他商量商量。"

"请太傅介绍我结识田光先生，行吗？"

"一定遵命！"鞠武自知无法劝导姬丹回心转意，就让他去另请高明。

田光听鞠武说姬丹有要紧事向自己请教，就立刻动身前往太子府拜访。姬丹的礼数非常周全，他出府门迎接，又退行引路，还用跪姿为田光拂拭座席上的灰尘。等田光坐定，左右无人，姬丹对田光说：

"燕国和秦国势不两立，请先生留意。"

"鄙人听说骏马在壮健之时，一日驰骋千里；到了衰老之后，劣马也比它跑得更快。太子可能是听人说起老朽年轻时代如何意气风发，却不知老朽现在的精力已大不如前，还哪能谋划国家大事？老朽早就暗中观察过太子府中的宾客，发现没有什么了不起的人才：夏扶是血勇之人，发怒时脸是红的；宋意是脉勇之人，发怒时脸是青的；舞阳是骨勇之人，发怒时脸是白的。老朽有位朋友荆卿，是神勇之人，发怒时面不变色。这样的奇才方能办成大事。"

入局：生断玉腕，活摘马肝

如同足球赛中的中后场传球，后卫鞠武将球传给前卫田光，田光运球至对方禁区边缘，自知破门乏术，就用一个巧妙的直塞将皮球传给埋伏在禁区内的强力中锋荆轲，由他一蹴而就。

"请先生介绍我去结识荆卿，可以吗？"

姬丹迫切地想去会会神勇的荆轲。

"一定遵命！"

谈完话，田光起身告辞，太子丹送他到门口，特意叮嘱了一句：

"我所讲的，先生所谈的，都是国家大事，希望先生不要泄露出去！"

"遵命！"

田光身负重托，一刻都不敢耽误，他伛偻着脊背去见荆轲，后者是他的忘年之交。两人行过礼，也没有一言半语的寒暄，田光就开门见山地说：

"燕国只有巴掌大的地方，老朽和足下是好朋友，谁都知道这件事。如今太子听说老朽年轻时如何胸怀大志，敢作敢为，却并未料到老朽现在锐气消磨，心有余而力不足。难为太子对老朽讲'燕国和秦国势不两立，请先生留意'，老朽没有推辞，就将足下推荐给了太子，务必请足下入宫去见一见他。"

"一定听从先生的吩咐。"荆轲满口应承。

"老朽记得有这样一句格言：'长者的品行不可以令人质疑。'今天，太子临别时特意叮嘱道——'我所讲的，是国家大事，希望先生不要泄露出去'，这表明他对老朽并不放心。品行受到质疑，就称不上节操出众的侠客。"田光决定用自杀的壮举来激励荆轲，他用凝重的语气说，"请足下快去拜访太子，就说田光已经自杀，这足以证明老朽没有泄露机密。"

说完这话，田光立刻横剑自刎。在战国时期，武士道精神遍地开花，侠客"轻生死，易去就"，不分年迈、年轻。为了保全信义，对于生命，态度极其决绝，这是现代人难以想象，也无法理解的。

荆轲去拜见太子姬丹，刚一落座，他就报告田光已经自杀的最新消息，并复述了田光的临终告语。太子姬丹闻言大惊，跪在地上一拜再拜，流下伤感的泪水，过了好一阵才缓过神来。他说：

"我之所以叮嘱田光先生不要声张，是这件大事仅存端倪，尚无眉目。现在田光先生用自杀来表明自己未曾失言，这哪是我的本意呢？"

田光死了，该做的事还得做。姬丹给荆轲分析了天下大势，"韩国已亡，列国慑于秦国的军威，也都苟且偷安，再也没有苏秦和晋陵君那样的领袖人物联合诸侯抗秦，齐心协力对付共同的死敌，看来在战场上要战胜秦国希望已经越来越渺茫"。于是他将自己的主意和盘托出：

"我有一个愚见，只要能够派遣神勇之士出使秦国，以重利作诱饵，秦王贪婪，勇士就一定能够找到下手的机会。若能劫持秦王，迫使他全部返还诸侯的失地，像曹沫劫持齐桓公那样，结局就再好不过了；万一不行，将他杀死，也能消除大患。秦国战将全都在国外拥兵自重，一旦国内发生动乱，就会君臣相疑，诸侯受此鼓舞，则可以重新缔结军事联盟，打败秦国将十拿九稳。这是我的最高愿望，却不知道有谁能够担负这一重任，请荆卿留意。"

荆轲听完燕太子姬丹这番话，沉吟良久，他心里再清楚不过了，出任这样的使节，无论成败都必死无疑。秦王嬴政比春秋五霸之一的齐桓公要残忍狂暴一千倍，齐桓公尊重贤相管仲，言听计从，管仲秉性仁厚，不乏君子之风，所以他奉劝齐桓公答应曹沫的要求，还饶恕了曹沫的劫持大罪。秦王嬴政生性横暴，你逼迫他将已经吃进肚囊中的美味全部吐出，然后将一堆垃圾吞进，实在是挑错了对象，再说，秦王身边可没有管仲那样一言九鼎的仁义之士辅佐，李斯与他的前辈张仪差不多，骨子里是个奸险小人。看来，出使秦国，杀身捐躯是铁定的，成功保命却只有万分之一的可能。于是荆轲婉言推辞：

"这是国家大事，鄙人太过笨拙，恐怕难以胜任。"

太子丹赶紧恭行大礼，磕头跪拜，请荆轲千万不要推辞，荆轲见姬丹诚意十足，这才应承下来。于是，燕王姬喜拜荆轲为上卿，安排他住进了上舍，配备各种顶级待遇，太子姬丹天天去拜访，还奉上宝马、香车和美女，让荆轲任意享用。荆轲与太子丹出游，骑着千里马，他无意间说了句"千里马的肝味道鲜美"，吃饭时，几案上就出现了这道大菜。还有一次，姬丹设宴款待荆轲和樊於期，有位美人琴艺极佳，荆轲赞叹了一句"真是妙手"，太子丹立刻叫人将那双玉手斩断，用金盆装着，送到荆轲面前。荆轲不禁感叹：

"太子待我真是恩重如山！"

要人出全力，效死命，就必须表热忱，结欢心，姬丹遵守游戏规则。

世间有一等强人，又要马儿跑，又要马儿不吃草，能如愿才是咄咄怪事。然而活摘马肝，将美人的玉手生生砍下，实在是太过血腥和残忍了，这样的诚意，在古人眼中，是至诚；在今人眼中，则无疑是大恶。

太子姬丹算得上是正义之士吗？荆轲是否认真想过这个问题？恶的对立面不一定就是善，它很可能是另一个恶。

造局：脑袋+地图+匕首=？

过了一段时间，荆轲仍没有启程的意思。各国形势正日益恶化。秦国大将王翦攻破了赵国，俘虏了赵王，将赵国的领土全部并入了秦国的版图，还派兵直抵燕国南部边界。太子姬丹非常害怕，他催促荆轲赶紧做好准备。

"秦军早晚会渡过易水，我很想长期款待足下，却快要无能为力了！"

"就算太子不说，鄙人也想动身。只是现在出发，没有信物，将很难亲近秦王。樊将军，秦王悬赏重金高爵捉拿他，这无疑是最好的见面礼。真要是能得到樊将军的首级和燕国督亢的地图，将它们奉献给秦王，秦王一定乐意接见鄙人，鄙人就有机会完成此行的使命。"

"樊将军走投无路来投奔我，我不忍心因为这件事情伤害他的性命，请足下改换个主意吧。"

姬丹的这句话还像人话。当然，也可能只是鼻子里插根葱，假仁假义装大象。姬丹不肯去说，荆轲就去说，他径直找到樊於期，愿"借"脑袋一用！荆轲见到那位秦国叛将，不兜圈子，也不绕弯子，而是快人快语，直奔主题：

"秦王对将军可谓残酷无情，将将军的父母宗族斩光杀尽，还以重金高爵悬赏，不取将军的首级不罢休，将军有何打算？"

樊於期想到阖门遇害，父母妻儿都沦为了无头怨鬼，不禁仰天叹息，泪流满面。他哽咽着说：

"一想到这件事，我就痛彻骨髓，却不知怎样才能报复这血海深仇！"

"眼下有一条现成的计策，既可以解除燕国的亡国惨祸，又能够报了将军的灭门深仇，将军看怎么样？"

"那该从何入手？"樊於期听说荆轲有锦囊妙计，两眼放出金光来。

"但愿鄙人能得到将军的首级，将它带往秦国，秦王满心高兴，就会接见鄙人，鄙人左手攥住其衣袖，右手握住利剑猛刺其前胸，这样一来，将军之仇可报，燕国之恨可消。不知将军是否乐意促成这个计划？"

樊於期是一位刚直勇敢的武夫，听说自己的脑袋可派上这么大的用场，他不假思索，当即扼腕浩叹：

"报仇雪恨，这是我日夜咬牙切齿所期待实现的愿望，现在我就谨遵先生的吩咐！"

樊於期横剑抹脖，寒光闪耀之处，鲜血激溅数尺之高，他含笑而死，这是痛快的死，也是心甘情愿的死。他的心里天平有别于常人，家仇远远重于国恨，倘若能够抉下眼珠挂在咸阳城的东门上，看六国兵马澎湃而至，他将更加欣慰。

燕太子姬丹听说樊於期自杀了，赶紧驱车前来，抱尸痛哭，极尽哀忧。人死不可复生，现实一点打算，就是将樊於期的头颅装入紫檀匣子，贴上盖有燕王金印的封条。

此前，姬丹已花费重金从赵国徐夫人手中购得一把削铁如泥的匕首，让人淬了剧毒，拿去试验，确实见血封喉。信物有了，利刃有了，荆轲还缺少一位得力助手，他一直在等待一位远方的友人，并且已为他置办行装。姬丹却极力推荐府中的少年勇士秦舞阳。秦舞阳原本是将门之后，其祖父秦开曾率领燕军袭击东胡，驱逐劲敌至千里之外。秦舞阳缺乏其祖的神武将略，已不吃军粮，居然成了亡命之徒，在街上杀过人，似乎也不怕被人杀掉，因此谁都不敢招惹他，正是田光早先所描述的那种"骨勇之人"，一怒之下，他的脸色就会发白。

又过了几天，荆轲仍然没有上路，他还想再等等那位远方的好朋友，毕竟秦舞阳只是小打小闹的狠角色，在家门口尽可撒野，到了秦国的王廷，面对慑人肝胆的大阵仗，他就未必还能抖擞威风了。

出局：一击失手，千古遗憾

姬丹嫌荆轲行动迟缓，怀疑他想改变主意，就再度前去催促：

"现在的形势真好比燃眉之急，荆卿是不是另有打算？要真是这样的话，我就让秦舞阳先动身。"

办大事者必有静气，姬丹是个鬼幽鬼躁的家伙，他不曾完全信任荆轲，激将法也用得不是时候，不是火候。如此一催再催，令人心烦，连荆轲那样有定性的人也忍不住大发脾气，他怒怼姬丹：

"太子为何这样不信任鄙人？鄙人要是打退堂鼓，不等到此时！手持一把锋利的匕首奔赴龙潭虎穴，根本不可能还有活路。鄙人之所以耽搁几日，是在等候可靠的朋友一同前往。现在，既然太子嫌鄙人行动迟缓，那么鄙人就此诀别！"

刺杀秦王，此事属于燕国的最高机密，但太子姬丹信任的宾客和荆轲的生死之交还是全都知道了。他们一个个白衣白帽，早早地聚在易水河边，神色凄楚，与其说他们是前来送行，还不如说他们是前来送葬更恰当些。荆轲的至交高渐离击响悲凉之筑，荆轲伴唱，换成"征"调后，极尽苍凉，听众无不潸然泪下。

"风萧萧兮易水寒，壮士一去兮不复还！"

嗣后，荆轲又将歌声恢复为"羽"调，高亢悲壮，响遏行云，送行者受到感染，一个个充满了慷慨豪情和对强秦的仇恨。

三步并作两步，荆轲走到高渐离跟前，俯身附在那位仰首望天、泪如雨下的好友耳边说：

"待我手刃嬴政那厮归来，你我在东市大醉三日方休！"

荆轲朗声大笑，与易水边所有送行者挥手作别，然后仗剑登车，长啸而逝。众人无不泪流满面。

到了秦国，荆轲将千金厚礼送给秦王的宠臣蒙嘉，必须打通这个关节，然后才有戏唱。蒙嘉听说荆轲此次出使打算献上叛将樊於期的首级和燕国督亢的地图，这是能令秦王开怀的好消息，他居中联络，绝对只有好处没有坏处。于是，蒙嘉一刻也没耽搁，赶到秦王那儿报喜，嬴政果然开心，决定在王宫当着满朝文武，隆重接见燕国使臣荆轲。

按照原计划，荆轲已经迈出一大步，但他不敢掉以轻心，又做了一番检查。当年，专诸将短剑藏在一条大鱼的腹中，可谓是很有创意，现在荆轲将匕首藏在燕国督亢地图的卷轴里，也是绝妙的构思，它远比一只春蚕栖息在桑叶里更为稳妥和周全。

后世的电影、电视擅长于宏大叙事，其实秦廷的实际气派仍比影视中虚拟的场面更为威严。雄赳赳的卫士列于殿廷之外，他们头戴青铜盔，身披锁子甲，手举森森长戟，一个个威风凛凛，尽管这样，却吓不倒神勇的荆轲。荆轲持节走在前面，秦舞阳捧匣跟在后头。相隔老远，荆轲就望见了殿中的秦王，嬴政身穿金线绣制的朝服，排起仪仗，巍巍乎踞坐于丹墀上盘龙大几后面，其样貌比天神更威严。荆轲心中暗笑，嬴政顶多还能够活上半个时辰，神气什么？

依序，荆轲先呈上樊於期的首级，由缁衣宦官战战兢兢地捧放在盘龙大几上，秦王扫视一眼，然后冷笑三声，那寒意能够穿林打叶。

秦舞阳在殿下晋见秦王嬴政，就如同小鬼撞见钟馗，以往的强横暴戾之气顿时烟消云散。他浑身筛糠，牙齿乱打群架。秦王目光锐利胜过鹰隼，狠盯着秦舞阳，秦舞阳仿佛小鸡猝然受制于鹰爪，更加面色如土。殿廷上，秦国大臣都感觉蹊跷。还是荆轲见识多，反应快，马上解释：

"北番蛮夷的鄙陋之人，未曾见过真命天子，所以惶恐失措。伏望大王包容些许，俾得完成使命。"

荆轲神色如常，泰然自若，经他这么一番解释，众人都笑了，总算是蒙混过去，没有露馅。

"将地图拿来。"

秦王并未大吼，但声音威严，屋瓦受激，扑簌簌掉下灰尘。好厉害！

接下来的一幕，就是荆轲呈上地图，秦王缓缓地展开来看。说时迟，那时快，眼前白光一闪，竟有一把锋利的匕首裸躺在地图上，样子比婴儿还要纯洁，可是这"婴儿"并不喝奶，只管放血。

荆轲的左手已抓住秦王的衣袖，实行零距离接触，右手则握住匕首，秦王嬴政眼看就要成为死人。不可思议的是，暴君受惊之后，并未怔忡，居然反应奇快，跳起身，将长而宽的衣袖扯断。荆轲手中有匕首，秦王腰间也有佩剑，可是剑身太长，仓促之际卡在剑鞘里拔不出来。荆轲紧追不放，秦王绕着殿上的柱子躲闪。

对于这一出人意料的突发事件，秦国的满朝文武全都吓蒙了，失去了主意。秦国的法律规定：殿堂中，文武大臣不准随身携带武器；殿堂外，侍卫手持武器，没有诏令不准进入殿堂。搁在平时，这些法令当然非常必要，如若不然，秦王可能早就被心怀不轨的大臣和侍卫刺死了，哪里还用得着荆轲不远千里走一趟，来冒风险？

任何电影中的追逐戏，都不可能比历史上荆轲刺秦王这幕壮剧更惊心动魄。于荆轲而言，机会稍纵即逝，比闪电的尾巴还难捕捉。荆轲一击未中，立刻陷入了被动。台上比武的"运动员"只有两位，台下大呼小叫的"啦啦队员"却有好几十位。这些人帮不上忙，无非是干着急。只有御医夏无且有个药箱，药能救命，箱子居然也能救命，从未用药箱做过投掷练习的夏无且，扔出去的药箱居然击中了荆轲。就在这时候，秦王嬴政听清了那句场外指导"把剑鞘移至身后"，他缓过神来，拔出了宝剑，砍断了荆轲的左腿。荆轲残废之后，已别无选择，他将匕首用力投掷出去，把最后一枚筹码押上赌台。荆轲身中八剑，鲜血直流，倚靠着铜柱大骂暴君。此刻，他的英雄成色比赤金的成色还足。

"我之所以功亏一篑，是想活捉你这个祸害天下苍生的魔王，订立契约，回报太子！"

最可气的是，秦舞阳自始至终杵在原地，呆若木鸡，倘若他在第一时间冲上丹墀，助力荆轲，捉住秦王嬴政，历史的整个序列就将在五分钟之内重新洗牌。关键时刻，小人物的作用不可小视，但他们天生缺乏"抢戏"的胆识，往往抓不住那稍纵即逝的良机。

可惜吗？荆轲是光明磊落的侠士，而非暗黑的冷血杀手。他英勇献身，万死不辞，提前为战国时代标上了休止符，嗣后，燕国和齐国相继覆亡，已属"停灵暂厝"。

荆轲失手，令千古烈性男儿扼腕叹息。

暴君不死，必有天数，还能说什么呢？

评局：他是莽汉，还是英雄

在中国古代史上，值得牢记的年份并不多，但这一年后人理应记住，公元前 227 年，荆轲刺秦王，以失败而告终。历史中的亮点不少，这无疑是众亮点中最耀眼的一个。

弱小的燕国经不住秦军的猛攻猛打，五年后即宣告亡国，燕太子丹的头颅被他父亲（燕王喜）派出的使者砍下，可此时此刻秦王嬴政对一颗仇人的首级毫无兴趣，他要的是整个燕国，他要的是整个天下。

荆轲刺秦王是一幕千古壮剧。后世也有过类似的壮剧上演，如南宋的施全用斩马刀刺杀大奸臣秦桧（只砍断轿腿，未遂），清末汪精卫用炸弹刺杀摄政王载沣（未遂），黄之荫等人用炸弹刺杀国贼袁世凯（未遂），尽管他们奋身一击，同样代表了正义，但总不如荆轲刺秦王的行动那么壮美，那么义烈，惊天地，泣鬼神。

荆轲刺秦王无疑是千古壮剧中最为独特的一幕。

在这幕壮剧中，尽管总策划人、总制片人、总导演燕太子丹太过于浮躁，但我们不得不承认，他具有诡异的想象力，他的构思极其疯狂，也极为奇绝。在这幕壮剧中，每个演员都有自己的信仰，田光为保密而自杀，奉献给太子姬丹的是忠诚；樊於期为复仇而自杀，奉献给荆轲的是信任。两道血光已预先为这幕壮剧定下悲怆的基调。令人揪心扼腕的是，图穷匕首见，荆轲在最不该失手的时候失手了。荆轲被后世称为英雄，是因为他要铲除的是历史上比夏桀、商纣更凶残的暴君，将荆轲称为正义一方的代表，半点也不夸张。

世间有成功的英雄，也有失败的英雄，失败的英雄更加是英雄中的超级英雄，因为从他们身上更能够凸显出英雄主义彻骨悲壮的那一面。世间的财富和地位并非为失败的英雄而备，被财富和地位俘虏的成功者也终将褪尽其英雄本色。失败的英雄为人间正义而歌，即使有长刺扎入胸脯，也绝不短少夜莺绝唱的每一个音符，歌之以泪，继之以血，歌之以生命，继之以灵魂。那些瞻前顾后的人，那些精打细算的人，永远都不可能成为英雄，也不可能钦佩这样的英雄。

对于荆轲刺秦王这幕壮剧，历来有赞有贬。陶渊明赋诗盛赞荆轲侠义勇烈，柳宗元则赋诗批评荆轲有勇无谋。同样是《咏荆轲》，他们竟吟咏出两种截然不同的意味。陶渊明的《咏荆轲》能够成为千古名篇，不仅以诗艺取胜，以激情取胜，而且以历史观取胜。

燕丹善养士，志在报强嬴。召集百夫良，岁暮得荆卿。君子死知己，提剑出燕京。素骥鸣广陌，慷慨送我行。雄发指危冠，猛气冲长缨。饮饯易水上，四座列群英。渐离击悲筑，宋意唱高声。萧萧哀风逝，淡淡寒波生。商音更流涕，羽奏壮士惊。心知去不归，且有后世名。登车何时顾，飞盖入秦庭。凌厉越万里，逶迤过千城。图穷事自至，豪主正怔营。惜哉剑术疏，奇功遂不成。其人虽已没，千载有馀情！

要问什么古诗能使人读后荡气回肠，这就是一个现成的范例。一向只被人认定有清风逸气的陶渊明，胸中竟然也有英风侠气，这岂不是令人吃惊吗？他对荆轲刺杀秦王的壮举大加赞美，对荆轲功败垂成、身遭显戮的命运深表同情，他的历史观彰显无遗：反抗暴君的义士值得纪念。不必说得太直白，这就足够了。

唐代文学家柳宗元对荆轲之死则不存丝毫同情。"造端何其锐，临事何趑趄？长虹吐白日，仓促反受诛。"这等于责备荆轲有良好的开端，却无美妙的收场，简单以成败论英雄；接下来，其非议继续升级，"始期忧患弭，卒动灾祸枢"，这就等于指责荆轲为燕国灭亡的祸首，但稍加分析，道理上全然站不住脚跟，韩、魏、赵、楚、齐五国很乖态，并未派遣刺客刺杀秦王，不也都相继亡国了吗？在六国之中，燕国覆亡（前222年）只比最晚覆亡的齐国（前221年）早了一年，由此即可见出，荆轲刺杀秦王与燕国亡国并没有必然的因果关系。刺杀秦王嬴政也亡，不刺杀秦王嬴政也亡，燕国根本无法幸免而独存。柳宗元对于荆轲在技术环节上的处理（没有选择在第一时间刺死秦王，却偏要活捉他），也不以为然，"秦皇本诈力，事与桓公殊。奈何效曹子，实谓勇且愚"，荆轲确实想效仿曹沫劫持齐桓公的故事，劫持秦王嬴政，逼迫他签订归还六国领土的契约。这个想法确实过分天真，或者说过分自信。毕竟秦国是以诈力取天下，秦王嬴政比齐桓公要猛鸷凶暴得多，秦国的大臣中也没有管仲那样讲信修睦、一言九鼎的关键先生，荆轲效仿曹沫，就真是胶柱鼓瑟。然而说到"勇且愚"，韩、魏、赵、楚、齐五国中多的是"怯且智"的大臣，他们又做出了什么丰功伟业？后来，东晋更有一大批"怯且智"的清谈之士，国家的命运不是眼看着就衰弱了？所以"勇且愚"并不能减少荆轲的英雄成色。

张良是秦末汉初首屈一指的智士，他能坐镇帷幄之中，决胜千里之外，总不会有谁将他简单地归入"勇且愚"的行列吧？可他年轻时同样带着大力士埋伏在博浪沙，刺杀过秦始皇，掷出去的那只百斤大铁锥稍稍失准，误中副车，功亏一篑。

千余年后，北宋诗人苏舜钦在岳父杜衍的家里阅读《汉书》，以斗酒为伴，读至张良与豪客狙击秦始皇未获成功，犹自抚膺浩叹："惜乎击之不中！"说完，满饮一大杯。

令人遗憾的是，史学家司马光赞成汉代学者扬雄对荆轲的定性——"君子盗"（意思是：貌似君子，实为强盗），他认为荆轲"怀其豢养之私，不顾七族，欲以尺八匕首强燕而弱秦，不亦愚乎"，他同样是用一个"愚"字来评价这位战国英雄。

侠士荆轲和张良是真英雄，明知不可为而为之，明知不可胜而为之，明知不可活而为之，倘若套用鲁迅先生的语式，就该说："这些硬朗的傻子才是英雄，他们是民族的脊梁！"

荆轲牺牲了，燕国覆亡了，但天下义士对于暴君嬴政的仇恨并没有一笔勾销。荆轲的好友高渐离一度改名更姓，替人做苦工，后来忍不住技痒，重出江湖，以击筑得到秦始皇的赏识和特赦（代价是用马粪熏瞎眼睛）。随着他与秦始皇的距离日渐靠近，高渐离想为老友荆轲报仇的心情也越加迫切，他将铅水灌注在乐器中，找个近身的机会去扑击秦始皇，由于准度不够，未能成功。秦始皇一怒之下，杀害了高渐离，从此不再接近六国之士。

清代昆山诗人徐镕庆以诗才卓荦著称乾嘉时期，赋得《易水怀古》，尾句是："呜呼！天意帝秦不可回，君不见渐离之筑张良椎。"荆轲刺杀秦王嬴政未遂，高渐离、张良的刺杀行动也相继失败，一而再，再而三，这就体现天意了，与刺客的剑术生疏、武功寻常无关，也与时机的稍纵即逝无涉。既然天意要让嬴政称帝，那么无论是谁都无法改变这个必然事实。

第九局

李斯的私欲：保全富贵

赌鬼：李斯

最高职务：秦朝丞相

最高赌绩：助秦王嬴政成为始皇帝

赌术精要：窥测风向，把握时机

赌术败着：心术不正，与赵高勾兑

大结局：被秦二世胡亥和赵高灭族

　　除了秦始皇，李斯对秦朝的内政外交所施加的影响无人可以比拟，也无人可以企及。秦朝勃兴，他厥功至伟；秦朝速亡，他难脱干系；真可谓成也李斯，败也李斯。倘若你想检查秦朝兴亡的"黑匣子"，此公绝对是一把百分百匹配的金钥匙。

引言：拿定主意做仓中硕鼠

年轻时，李斯做了几年楚国的芝麻小吏，毫不起眼。他有闲暇，也有闲心，就去观察衙门厕所里窜来窜去的鼠辈，它们瘦骨伶仃，怯头怯脑，每天吃些污秽不堪的东西，尚且担惊受怕。他转背前往粮仓转悠，却发现一个判若云泥的事实：仓中硕鼠饱吃上好的粮食，个个大腹便便，却无虑无忧。李斯善于思考和总结，由鼠及人，不禁感慨系之：

"无分贤良与陋劣，人类社会跟鼠类社会并无不同，关键就在于自身所处的环境和位置！"

李斯从此不甘人下，说白了，是不甘鼠下，他决心做一只皇家仓廪中的硕鼠，这个理想乏善可陈，但也无可厚非。读者若肯动脑筋，阅读面又足够宽阔，或许会想起明末清初那位特立独行的鼓词艺人木皮散客，他的《历代史略鼓词》中有专揭世相画皮的句子：

"忠臣孝子是冤家，杀人放火享荣华。太仓的老鼠吃得撑撑饱，老牛耕地倒把皮来扒！"

李斯热衷势利，对太仓硕鼠的处境艳羡有加，倘若站在他的立场上看问题，老黄牛犁田耕地，累死累活，到头来却被人扒皮吃肉，真是活该，它们叹苦嗟悲，鸣冤叫屈，有什么用？关键是要找到那座现实中的"太仓"，实现硕鼠的理想——养尊处优、不虞匮乏。

当初，李斯拜在鸿儒荀况门下为徒，同门师兄是大名鼎鼎的韩国王室子弟韩非。荀况一直被后世视为儒家巨子，但细究起来，他的儒家身份相当可疑。近现代经学家王闿运有一则犀利的评论，见于光绪元年九月廿九日的日记："荀子欲杀诗书，罢声器，法后王，正李斯之所设施也。论者乃惑于其称仁义，以为迂儒，谬矣。读荀者何以不顾文义而妄论之？今观其大意，唯恐人争富贵，而欲以礼定分耳。又云人主当美饰，富厚威强，以矫墨子之弊。夫墨子虽有此言而势不行，本无弊也。荀矫为此言，李斯进之，始皇好之，而以之亡秦。后人列荀于儒家，幸哉！"荀况实为披着儒衣的法家，要不然，他的高足弟子韩非、李斯何至于偏离儒家主张那么远，尽干些法家的勾当？

这就不奇怪了，荀况教得最好的一门课程居然是帝王术。何谓帝王术？帝王术并非什么济世泽民的学问，任何"学"多多少少总得讲求一点人文关怀，具备一点人间善意，而"术"则大不相同，它讲究通权达变，抹杀人本的价值和人文的关怀，毫无准则，敢于在底线之下暗自运行，纯属工具理性。帝王术的要点是：只判明敌我利害，不分辨是非曲直，与马基雅维利主义的精髓"为达目的，不择手段"高度吻合。书生修习帝王术，只有一个动机，那就是充当帝王师，既帮助帝王统一天下，治理天下，同时也巩固自己手中掌握的权力，长期成为帝王倚重的股肱和信赖的心腹。苏秦和张仪都是参透了帝王术精义的超一流高手，因此他们攫取卿相高位如拾草芥。这两位老前辈正是李斯心目中效法的楷模和崇拜的偶像。

"学成文武艺，货与帝王家。"李斯稳打稳扎，够谨慎，够精明，深知"良禽择木而栖，贤臣择主而事"的诀窍，卖身归卖身，但绝对不能卖个跳楼价。他擦亮眼睛，反复权衡：楚王胸无大志，鼠目寸光，不值得他煞费苦心；韩国、魏国、赵国、燕国、齐国的君主，要么很昏庸，要么很愚蠢，这些君主就像引颈待宰的羔羊，也不值得他去奔走趋奉。李斯想来想去，只有秦国的政治舞台最为轩敞，可供自己大展宏图。于是，他告别恩师荀况，行前剀切陈词，发表独到的见解：

"先生曾经告诫愚生：时机稍纵即逝，必须好好把握。现在七国争雄，正是游说者建功立业之秋。秦王想问鼎中原，吞并天下，这正是布衣封侯、游说者拜相的大好时机。读书人要是不能学以致用，博取富贵荣华，与行尸走肉又有什么区别？所以最为耻辱的事情莫过于卑贱，最为悲哀的事情莫过于贫穷。长期处在卑贱的位置和贫穷的境地，愤世嫉俗，淡泊名利，这绝对不是读书人的本心，而是无能的表现。我打算去秦国游说秦王。"

孟轲主张"人之初，性本善"，荀况主张"人之初，性本恶"。看看血流成河的乱世吧，你砍我，我砍你，人吃人也不稀奇，社会暗黑，人性之恶就像瓦斯爆炸一样难以遏止。荀况有足够的理由认为，他手中掌握着宇宙真理。无奈荀况老了，心劲和腿力都已不济，倘若再年轻二十岁，他早就去黄河北岸高唱信天游了。年轻的时候，荀况曾不远千里，跑到秦国拜晤过秦昭襄王嬴稷，嬴稷用轻蔑的语气问他："儒生专治无用之学，对国家有何益处？"听此诘问，荀况的脸皮一下子就红若猴子屁股。他申辩道："儒生在朝廷任职就能美化政治，在民间生活就能淳化风俗。"他滔滔不绝说了一大篇，出于礼貌，秦昭襄王嬴稷口头赞了声"不错"，心里却不以为然，他习惯重用策士，对儒生不感兴趣。当时秦国的丞相是范雎，荀况跑到豪华的相府去拜访，对着范雎一通恭维，效果全无，只好卷起铺盖，悻悻而归。这次不愉快的经历对自负才高的荀况打击不小，对此他一直耿耿于怀。秦国是荀况的雄心壮志未曾征服的地方，弟子李斯要去那里一试身手，替恩师争回那口硬气，志气不凡，主意很好，荀况点头赞成。

李斯到了秦国，正赶上庄襄王驾崩，十三岁的嬴政即位。他要"拜码头"，首选的对象肯定是文信侯吕不韦。吕不韦赏识荀况的这位高足弟子，器重这位来自楚国的年轻人，没过多久，就任用他为宫廷近臣。嬴政称帝前后，采纳了李斯不少重要的建议，比如运用尉缭的妙计，用重金离间六国的君臣，遣刺客暗杀六国的名士；留用外籍优秀人才；实行郡县制；修筑驰道；统一文字和度量衡；明法度，定律令；焚书坑儒；多修行宫；皇帝巡狩天下……其中，焚书的烂账一直算在秦始皇嬴政的头上，实际上，这项摧残文化、钳制思想、驯服全民的法令是由秦国丞相李斯上书提出的。当儒生厚古薄今，批评郡县制时，秦始皇征询李斯的意见，李斯的回答是：

异时诸侯并争，厚招游学。今天下已定，法令出一，百姓当家则力农工，士则学习法令。今书生不师今而学古，以非当世，惑乱黔首，相与非法教人；闻令下，则各以其学议之，入则心非，出则巷议，夸主以为名，异趣以为高，率群下以造谤。如此弗禁，则主势降乎上，党与成乎下。禁之便！臣请史官非秦记皆烧之，非博士官所职，天下有藏诗、书、百家语者，皆诣守卫杂烧之。有敢偶语诗、书弃市，以古非今者族，吏见知不举，与同罪。令下三十日不烧，黥为城旦。所不去者，医药、卜筮、种树之书。若有欲学法令者，以吏为师。

对于李斯的建议，秦始皇立刻用一个"可"字批准，使之成为法令。宋元之际的历史学家、《文献通考》的作者马端临分析过秦始皇下令禁书、焚书的心理，乃是愧、畏所致。诸生仁义不绝口，言必称《诗》《书》，例必举尧、舜，秦始皇对鉴自照，颇感羞愧，然后由愧生恼，恼羞成怒。夏桀、商纣的暴行载于史籍，给他提了个醒，务必彻底销毁罪证，不留痕迹，焚书无疑是最直接、最快捷的高压手段。马端临对暴君嬴政的心理分析可谓丝丝入扣。

焚书令烧毁列国的历史传记，这是处心积虑地毁灭对秦国不利的罪证，烧毁除开医药、卜筮、种树之外的书籍则是为了造成国人的集体失忆，使之变为听话的顺民和遵命的奴才。要达到这个目的，官方不惜将违犯法令者暴尸街头，夷灭全族。

"一人得道，鸡犬升天。"李斯的长子李由担任三川郡的郡守，相当于省部级高官，几个儿子娶的全是皇室公主，几个女儿嫁的全是皇室公子。在秦朝，李斯位极人臣，又是皇亲国戚，若论荣华富贵，他人望尘莫及。李由回家里休年假，李斯为他设宴，百官前来捧场，宝马香车数以千计，填街塞巷，水泄不通。这原本是赏心乐事，李斯却从中看到了盛极而衰的征兆。他当众感叹道：

"我曾听恩师荀卿宣讲过'物禁大盛'的道理。我原本只是楚国上蔡的平民，皇上不嫌弃我愚钝，将我提拔到眼下满朝文武无人能及的高位，可谓富贵到了巅峰。物极必反，月满则亏，可我至今还没找到歇脚息肩的地方！"

通常，"好人死于良心痛，坏人死于废话多"。李斯临刑前，良心痛吗？他死前仍牢记恩师荀况的谆谆教导，不算老糊涂。"物禁大盛"的意思是：任何事物都必须留有余地，切忌过于旺盛，过于亢奋，过于圆满。李斯对物极必反、月满则亏的道理了然于心，但他迷恋权势，患得患失，并不是完全的明白人。

李斯原本有一条宽路可走，只要他肯劝导秦始皇，于法政之外，施以德政和仁政，使之平衡，则太平盛世可期，千古贤相可为。一位老政客把路越走越窄，越走越黑，可不能怪怨胡亥和赵高过河拆桥。

秦始皇死于巡游江南的途中，皇位继承人本来没有疑问，倘若李斯能出以公心，不向赵高妥协，不与胡亥勾兑，哪怕把身家性命全押上赌台，孤注一掷，也是值得的。毕竟他的胜面极大。然而李斯怀揣着一条私欲的毒蛇，被它噬咬后，"神经毒素"上头，令他方寸大乱。

当智者不智时，他甚至会比蠢人更蠢。

这既是李斯的个人悲剧，也是古今贪婪政客的普遍悲剧。

迷局：逢君之恶，为虎作伥

秦始皇摒弃仁义，反感儒生，仇视侠士，只欣赏法家的学说。这就叫"武力的统制不够，还要加上文化的统制；物质的缴械不够，还要加上思想的缴械"。之所以如此，李斯的多方"开导"起了很大的作用。秦始皇听从了他"若有欲学，以吏为师"的建议，瞧他给众多儿子挑选师傅，就避开儒生，专择精通法律的宦官。刑余之辈，精神很不健全，秦始皇居然期望他们教导有方，简直就是白日做梦。

汉代政论家贾谊在《治安策》中明确指出："夏、殷、周为天子皆数十世，秦为天子二世而亡。人性不甚相远也，何三代之君有道之长而秦无道之暴也？其故可知也。古之王者，太子乃生，固举以礼，而教固已行矣。孩提有识，三公、三少明孝仁礼义以道习之，逐去邪人，不使见恶行，于是皆选天下之端士、孝悌博闻有道术者以卫翼之，使与太子居处出入。故太子生而见正事，闻正言，行正道，左右前后皆正人也。夫习与正人居之不能毋正，犹生长于齐之地不能不齐言也，习与不正人居之不能毋不正，犹生长于楚之地不能不楚言也。孔子曰：'少成若天性，习贯（惯）如自然。'习与智长，故切而不愧；化与心成，故中道若性。夫三代之所以长久者，以其辅翼太子有此具也。及秦而不然，使赵高傅胡亥而教之狱，所习者非斩、劓人，则夷人之三族也。胡亥今日即位而明日射人，忠谏者谓之诽谤，深计者谓之妖言，其视杀人若艾草菅然。岂惟胡亥之性恶哉？彼其所以道（导）之者非其理故也。"

有其父必有其子，有其师必有其徒。胡亥的智商不高，一条道走到黑，被赵高引诱到死路上去，执迷不悟，是正常的。李斯智商高，见多识广，他清楚此中的利害，却为了保全自家的富贵荣华，抱着侥幸心理为虎作伥，逢君之恶，这就等于把自己的命运交给了凶残的"队友"去摆布。

赵高在朝堂上指鹿为马的时候，李斯是否就在现场？史籍上对此没有明确的记载，我们不好妄加揣测。但这件事传遍了秦朝的首都咸阳，李斯肯定有所耳闻，但他却假装什么都没有听到，若无其事，自求多福，不打算与赵高闹掰。赵高大力推行苛政、暴政，日光之下只见刀光，血流漂杵，后果很严重，民怨已沸腾。秦二世骄奢淫逸，李斯身为宰辅，大权旁落，这位吃了几十年政治干饭的老手，凭着敏锐的洞察力，不难预见到一个日益迫近的危机：秦二世和赵高如此不管不顾地折腾下去，秦王朝固若金汤的根基必定风雨飘摇。一旦秦王朝宣告灭亡，李氏家族的荣华富贵必然随之化为齑粉。因此李斯不得不冒险规劝秦二世胡亥改邪归正，为他自个儿好，也为整个利益集团好。东方的造反者越来越多，秦朝军队四处挨打，眼看就撑不住了，右丞相冯去疾、左丞相李斯、将军冯劫决定联手叩宫进谏。

"关东的盗贼多如牛毛，朝廷已经派遣大军镇压，杀死了许多，却很难从根本上解决问题。这全是因为劳役太苦，赋税太重所致。请皇上停建阿房宫，减少边境的兵力调动。"

听到三位大臣异口同声的谏言，秦二世气不打一处来，劈头盖脸就是一番斥责，他蛮不讲理的时候不可笑，他尝试讲道理的时候才是最滑稽的。

"韩非子说过：'尧帝有天下，堂屋仅有三尺高，简陋之极，就是荒村野店也比它强。冬天穿着鹿皮袍，夏天穿着麻布衣，粗茶淡饭，用的全是陶器，就是看门人的生活也不比他差。大禹治水，十年不归，胼手胝足，面目黧黑，最终客死异乡，葬在会稽，奴隶的辛劳也不过如此。'然而，贵为天子，富有天下，谁愿意苦形劳神，住着破旅馆一样的屋子，吃着看门人的伙食，干些奴隶的活计？只有蠢货才会劝人那样去做，贤能的人可不会自讨苦吃。帝王拥有天下，用它来供自己享乐，这才是应得的好处。贤明的帝王严明法律，一定能安抚四海，统治万民，要是自己无从享受，还哪有心思去管理国家？所以朕要纵情极欲，长享安乐而不受外界损害。朕即位才不过两年，强盗就像一窝又一窝马蜂四处乱飞，你们身为大臣，不能平息叛乱，却想停建先帝梦寐以求的阿房宫，居心何在？你们既愧对先帝的在天之灵，又没有为朕尽忠效力，为何还能厚着脸皮尸位素餐？"

秦二世只知人头畜鸣，难道李斯也跟着他人头畜鸣？李斯的初衷是要保住自身和子孙的荣华富贵，现在才猛然发觉，能保住半条老命就该谢天谢地了。这一惊非同小可。人在江河中溺水，渴望获救；人在"鳄鱼潭"边失足，侥幸生还的几率微乎其微。

这时，烦心的坏消息找上门来，李斯的儿子李由长期担任三川郡守，吴广率领的农民起义军过境，他竟然无力堵截，按照秦王朝严酷的刑法，"纵寇"是重罪，甚至是死罪。胡亥派遣身边的宦官，带着他严厉的口谕，前来诘责李斯：

"你身为丞相，何以治国无方，导致各地盗贼蜂起？"

最大的祸源明明是胡亥和赵高，李斯自知处境危险，根本不敢吭声。到了这会儿，棺材、长钉和墓砖差不多准备齐全了，全部摆在面前，李斯抱着蝼蚁惜命的心理，主动变招，上书讨好秦二世，他使出浑身解数，要为自己赢得一线生机。这封奏章的大意如下：

"贤明的君主善于使用督责的手段，臣子应当尽忠效力。君主是天下至尊，绝不受制于万事万物，应该享受人间极乐。"

"申子（申不害）说：'有天下而不恣睢，命之曰：以天下为桎梏。'这就是说，身为君王，不善于使用督责的权力，反而亲身体验劳苦，效仿尧和禹，天下就会成为他们受罪的刑具。帝王要是不能修明申子、韩子的法术，强力督责群臣和万民，把天下当作自己的玩具，却去为百姓费力操心，简直就不明白如何管理天下，也不懂得什么才是无与伦比的高贵！让别人来依顺自己，则自己高贵而别人卑贱；反之，则是自己卑贱而别人高贵。自古以来就是如此，从未有过例外。古代之所以尊重贤者，是因为贤者高贵；之所以轻视孬种，是因为孬种卑贱。像尧、禹那样做天下公仆，大家反而尊重他，简直大错特错，错得太离谱了。"

"韩子为何说'慈母有败子，而严家无格虏'？就因为加重惩罚能够起到很好的作用。所以商君的刑法苛刻细密，甚至要严惩那些将垃圾扔在路上的人。扔垃圾，只是小小的过错，却要判刑，遭到重罚。唯有贤明的君王才能用重刑惩处小小的过错，百姓受到震慑，重罪就必定锐减。圣明的帝王之所以能长久地居处至尊的地位，掌握无上的权威，拥有普天之下的利益，没有什么别的道理，就是能够独断专行，精于督责，轻罪重罚，所以天下没人敢犯上作乱。"

"仁义节俭的人立身于朝廷，纵情任性的快乐就只好叫停；据理力争的人站在身边，放浪形骸的念头就只能作罢；烈士死节的德行受到表彰，快乐健康的歌舞就只得收场。贤明的君王能够避开这三种情况，独揽大权，责令臣子唯命是从，否则绳之以法。如此一来，君王就可以随心所欲，为所欲为，受到天下人的尊重。因为督责极其严厉，群臣百姓唯恐触犯刑法，自顾不暇，还哪能产生二心？像这样高明的帝王手段，就算是申子和韩子复活，也提不出什么更好的建议了。"

李斯逢君之恶，提出如此具有危害性的诱导意见，秦二世听着，特别顺耳，格外悦耳。从此，他厉行督责，横征暴敛者被表彰为明吏，杀人如麻者被表彰为忠臣，入罪受刑的人络绎不绝，死尸残骸在街头越积越多，秦朝的百姓仿佛生活在地狱中，幸福感归零，恐惧感与日俱增。官逼民反，民不得不反。李斯为秦二世胡亥挖掘了一个大坑，同时也为自己挖掘了一个大坑，掉下去就不可能再爬上来。

李斯这人，早先羡慕太仓硕鼠的快活而踏上仕途，精神境界较为低下。做了大官后，为了不从尊贵的太仓硕鼠沦落为卑贱的公厕老鼠，他费尽了所有的心机。秦始皇在位时，他助纣为虐，主张焚书坑儒；秦二世在位时，他又逢君之恶，劝他把暴行进行到底。这样的政客，为了个人的私欲，完全罔顾祸患，在抛弃良知的同时，还不惜彻底丑化自己安身立命的学术，比曲学阿世走得更远。正因为他倒提太阿，授人以柄，给予了昏君和暴君放肆作恶的理论依据。申不害和韩非地下有知，肯定会气得踢烂棺材板。法家的学说经李斯如此断章取义地发挥，从此臭名昭著。作为政客，李斯堕落到这一步，也就到了最后一步；用完这一招，也就是最后一招。然而，这一步已踏进地狱，这一招并不足以起死回生。

《周易·坤卦》中有"履霜坚冰至"的说法，意思是任何祸事都有一个苗头、一个端倪、一个初始，冰冻三尺，非一日之寒。李斯贪生怕死，竟说出丧尽天良的胡话来，他用"人肉"饲养那头恶虎，这样的保命之术也太拙劣了吧。他降志辱身，一味谄媚阿谀，与赵高又有什么区别？

在《读通鉴论》中，明末清初思想家王夫之评论李斯晚年无求生之术，有取死之道，可谓条分缕析，深入肯綮：

李斯之对二世曰："明主灭仁义之途，绝谏争之辩，荦然行恣睢之心。"尽古今概贤不肖，无有忍言此者，而昌言之不忌。呜呼！亦何至此哉！斯亦尝学于荀卿氏矣，亦尝与始皇谋天下而天下并矣。岂其飞廉、恶来之所不忍言者而言之不忌，斯之心其固以为然乎？苟非二世之愚，即始皇之骄悖，能受此言而不遣乎？斯抑谓天下后世之不以己为戎首而无所恤乎？无他，畏死患失之心迫而有所不避耳。

夫死亦何不可畏也。失不可患，而亦何必于失也。前所以自进者非其道，继所以自效者非其功，后所以自保者非其术，退所以自置者无其方，则失果可患而死果可畏。欲无畏无患、以不言其所不忍言，又奚得乎！天下无必死之途，而亦无可几幸之得。正志于早而后无所迫，则不忍不敢之心以全。早不能图度于正，迨其后失有形、死有机，虽欲不为此言而不得。不待上蔡东门之叹，肺肝先已自裂。斯岂果无人之心哉？易曰："履霜坚冰至。"辨人于早，不若自辨于早也。

王夫之分析道：李斯劝秦二世消灭仁义，拒绝谏诤，随心所欲，从古至今，无论贤士、小人，谁会忍心以这种伤天害理的鬼话去诱导君王？况且公然提倡，罔顾后果。李斯何至如此呢？他是儒家宗师荀况的门徒，曾为秦始皇出谋划策，统一天下。他并不是飞廉、恶来那种助纣为虐的奸臣，做的却是同等性质的坏事。李斯真的自以为莠言乱政是明智之举？秦二世愚不可及，听了这番鬼话，顺耳开心；纵然秦始皇骄恣狂悖，又岂能接受此类误导而不严加谴责？莫非李斯认为天下后世不会视他为祸首就心怀侥幸？原因只有一个：他畏惧死亡，害怕失去荣华富贵，心情万分窘迫而有所不避。

完全可以这么说，自打李斯与胡亥、赵高结成"邪恶铁三角"（或谓之"反正义同盟"），就已泥足深陷于一个死循环中而无力自拔：他寻求胡亥的翼蔽，胡亥倚仗赵高的忠诚，赵高则要将他置之死地而后快。能虑始者，方能虑终。李斯不能善始，又岂能善终。

秦二世胡亥效桀纣之行，起初还不敢自信，一旦得到朝廷内首屈一指的理论权威充分肯定，就有了变本加厉的官方依据。从此，这位年轻暴君底气充足，对群臣的督责不断加码。酷吏满天飞，受刑者遍地跪，死囚的骸骨通街堆，杀人多的是忠臣，心地善的是奸宄。秦二世得益于赵高的启蒙和李斯的诱导，终于尝到了专制极权带来的一整套变态狂欢。李斯已经完成魔鬼作坊里的最后一道工序。为了保全身家性命，他不去打败魔鬼，而是顺从魔鬼，讨好魔鬼，给魔鬼壮胆鼓劲。

孟子有一个著名的论断："长君之恶其罪小，逢君之恶其罪大。"这么说来，李斯的罪责远远大于赵高的罪责。

骗局：堕入赵高设置的圈套

李斯上书逗得秦二世心花怒放，乐不可支，赵高可不愿意在大白天听到这类"好消息"。讲理论，李斯头头是道。玩阴谋，赵高则招招占先，他要摧毁掉秦二世心中对李斯刚刚萌生的好感，于是略施小计，前去拜访李斯，忧心忡忡地说：

"关东盗贼横行，皇上却大修阿房宫，聚集狗马无用之物。卑职想劝谏，但人微言轻。大人是丞相，一言九鼎，不妨去说说。"

"这句话如鲠在喉，老早我就想说了。可是皇上深居简出，我想劝谏，苦于无人通报。"

"大人要是真想劝谏皇上，卑职来替大人妥善安排。"赵高一口应承。

赵高挖好了坑，就等李斯往下跳。

嗣后，每逢秦二世左拥右抱、寻欢作乐之时，赵高就叫人去招呼丞相李斯入宫奏事。李斯穿戴整齐，乘坐马车，到宫门求见。这样折腾几次后，秦二世胡亥大光其火，不禁怒气冲冲。

"朕经常有空，不见丞相来商议公事。朕刚想寻点乐子，他就来搅局败兴。莫非丞相认为朕年轻，存心小看朕？"

这正是赵高想要的效果，此时此地他将几句谗言夯实下去，保准李斯吃不了，得兜着走。

"陛下，事情越来越危险了！沙丘密谋，丞相曾参与其中。现在陛下的帝位确立不拔，丞相的尊贵却毫无增加，看来他希望得到大片的土地，分封为王。陛下不问臣，臣不敢进言。丞相的大儿子李由担任三川郡守，楚地的盗贼陈胜就是丞相邻县的人，所以楚地盗贼横行无忌，路过三川时，郡守睁一只眼闭一只眼。我还听说，丞相父子通信频繁，具体内容如何，不得而知，所以臣没敢奏明皇上。再说，丞相在宫外，权力比陛下大得多，谁也不敢招惹他。"

秦二世胡亥越发觉得事情蹊跷可疑，他想逮捕李斯，又嫌证据不足。于是，赵高建议，将李斯的大儿子李由作为突破口，严查他串通大盗反贼的罪证。只要此案成立，按照秦朝的连坐法（一人犯罪，株连整个家族），纵然李斯贵为丞相，廷尉也只须派一名衙吏登门，就可以将他拿下。李斯深知秦朝刑法的厉害，也清楚赵高在背后捣鬼。到了生死存亡的关头，李斯这样的资深政客竟然找不到一位高参，他想出的应急高招（与赵高暗中掰腕子）十分离谱，估计学龄前儿童也会不以为然。李斯竟天真地认为，让秦二世充当裁判，他可以一举击败赵高，并且将这个变态小人彻底制服。李斯出此下策，真是越老越昏聩。

当时，秦二世胡亥正在甘泉宫兴冲冲地看摔跤比赛。李斯照例被排除在嘉宾名单之外。他只好用一度灵验过的招法，上书给秦二世。大意是：

"臣听说，群臣要是怀疑君主，没有不危及国家的；妻子要是怀疑丈夫，没有不危及家庭的。现在有大臣在陛下面前决定何者为利，何者为害，与陛下没有区别，这很不妥当。从前，司城子罕出任宋国的相国，执掌刑罚，以威严行事，一年后就劫持了国君。田常是齐简公的大臣，爵位国内无人能出其右，私家的富有与国家相等，布施恩惠，笼络民心，群臣都只听从他的指示，最终他在朝堂上公然杀害了齐简公，霸占了齐国。这是天下人都知道的史实。现在赵高有邪恶放纵的意念，有危险反动的行为，就好比子罕出任宋国的相国；其私家的富有却比齐国的田常有过之而无不及。赵高同时运用田常和子罕的叛逆之道，窃取陛下的威信，陛下要是掉以轻心，不赶紧将他解决，我担心有朝一日他会发动政变。"

应该说，李斯不愧为资深政客，他还是有些预见力和洞察力的，赵高的狼子野心被他一眼看穿，但他见机太晚，赵高的迷魂汤和蒙汗药已经将秦二世灌醉麻翻，此时李斯想一语唤醒梦中人，已经太迟。秦二世读了这封奏章，大为光火，他把李斯叫来，厉声质问道：

"你到底想干什么？赵高只不过是个宦官，他人品高洁，心地善良，修养极佳，他完全是凭着忠贞得到提拔，凭着诚实坚守本职，朕认为他十分贤能，你却直指他为乱臣贼子，这究竟是为什么？再说，朕少年丧父，没有多少知识和经验治理百姓，你的年纪又大了，指不定哪天就会弃世。朕不信任赵君，又该信任谁？何况赵君精明能干，体察民情，与朕融洽，你就别瞎猜疑了！"

"事情并不简单。赵高本来就是小人，不识大体，贪得无厌，权力仅次于皇上，所以臣认为眼下形势危急。"

论恩德，秦二世对李斯和赵高都是感激的，毕竟凭着三人的沙丘密谋，他顺利登上了皇帝宝座，李斯、赵高二位居功至伟。但现在李斯与赵高水火不容，两人中间必须倒下一个，在恩德之外，就还得讲点情分。赵高是秦二世的师傅，他们朝夕相处，臭味相投，李斯根本没法相比，现在李斯与赵高对掐，不用秦二世胡亥裁判和权衡，我们也能猜出倒下的那个人会是谁。

死局：富贵成梦，家族遭殃

秦二世担心李斯对赵高下毒手，他就把这番谈话说给了赵高，后者的反应果然非常激烈：

"目前，丞相所顾忌的只有赵高，赵高死了，丞相就可以效仿田常弑君篡位了！"

你瞧瞧，李斯说赵高是田常，赵高也说李斯是田常，效果却完全不同。李斯唠唠叨叨讲了一大篇，引用了几个历史掌故，反复声明自己是为秦二世"着想"，鼓动力却远远抵不上赵高这样甩出一句狠话，相当于一匕首戳中了要害的地方。胡亥脸上无二两肉，皮肤苍白而见灰沉，青筋坟起，他手臂一挥，对赵高说：

"李斯就交给你了！"

胡亥为什么将李斯交给赵高？当然是法办，是治罪。李斯落在仇人手中，赵高又是刑法专家，罗织罪名，易如反掌。李斯身陷囹圄，这才有了迟到的觉悟，然而死到临头，他还要为自己脸上贴金。

"可悲啊！君王昏庸无道，哪值得为他着想！从前，夏桀杀害关龙逢，商纣杀害王子比干，夫差杀害伍子胥。这三位大臣，难道还不够忠诚吗？然而，难逃一死。三人死后，他们效忠的君王都铸成大错。我的智慧不及三位先贤，二世的残暴却超过了夏桀、商纣、夫差，我因为忠诚而冤死，理所当然。二世的统治真够昏乱的！铲除手足兄长而自立为帝，杀害忠臣而重用贱人，续修阿房宫，横征暴敛。我并不是没有劝谏过，但他对我的忠告充耳不闻。古代圣明的君王，饮食有节，车器有数，宫室有度，凡是要增加开销而又无益于百姓的项目，一律黜免，所以能够长治久安。现在二世将坏事干绝，天下已不再听命于朝廷，全国一半的老百姓都在造反，他依旧执迷不悟，以赵高为辅佐，我一定能够见到造反者杀入咸阳，朝堂化为废墟。"

李斯的这番话一味地谴责胡亥和赵高，对自己的所作所为毫无反省，将自己的遭遇与关龙逢、比干和伍子胥的遭遇相提并论，更是不伦不类。如果说他助纣为虐，焚书坑儒，多少还有维护秦王朝利益的苦心在，属于事出有因。残害忠良呢？"功劳簿"上少不了他的名字，当初，扶苏之死，蒙恬和蒙毅兄弟之死，倘若不是李斯点头，跳梁小丑赵高肯定无能为力；秦二世登基称帝，若不是他李斯有意成全，也必定泡汤。何况他还曾因为妒火焚心，暗算了他的师兄韩非。李斯的悲惨遭遇只能说是他心术不正，多行不义必自毙，是他自己种下孽因，最终自食恶果。李斯死有余辜，改变历史的枢纽原本就在他手中，他可以使数百万生灵幸免于涂炭，当然他自己也会有更好的结局。但他却将历史赋予的机会拱手让给了指鹿为马的赵高。天下血流成河，多半拜他所赐。

苏东坡在《东坡志林·隐公不幸》中论定李斯绝非智者，颇具说服力："李斯听赵高之谋，非其本意，独畏蒙氏之夺其位，故俛而听高。使斯闻高之言，即召百官、陈六师而斩之，其德于扶苏，岂有既乎？何蒙氏之足忧！释此不为，而具五刑于市，非下愚而何！"如果李斯担心强悍的蒙氏兄弟日后对他不利，在军前依法斩杀阴险的赵高和邪恶的胡亥，此举对于扶苏而言，是极大的恩德，对于蒙恬、蒙毅又何尝不是如此？他们一定能达成和解。李斯为自家谋，为国家谋，这才是正路和活路，而他智不及此，竟跟随赵高勾兑，钻进了死胡同。李斯心术不正，终于害己害人。

酷吏办要案，没什么大学问，一言以蔽之，重刑之下必有懦夫。一个经典的黑色幽默经常被人提起：唐朝酷吏来俊臣奉旨办案，要惩治另一位酷吏周兴，于是，他不动声色，大摆宴席，向周兴讨教如何才能够让那些宁死不屈的犯人乖乖招供。周兴立刻贡献出一个金点子：将犯人装进大瓮，然后烧火去烤，没有人受得了这般烤炙，必定坦白交代。周兴话音刚落，来俊臣就搁下酒杯，站起身来，恭请周兴入瓮。"请君入瓮"的成语由此而来。赵高是典型的酷吏，他主办李斯和李由谋反一案，用的是毒打一招，直打得李斯身上无半块完整的好肉，实在忍不住疼痛了，只好自诬，承认他有谋反之心。与李斯同时被捕的还有大臣冯去疾和冯劫，他们悲愤不已地说：

"身为将相，绝不能忍受这样的奇耻大辱！"

李斯很快就听说两位冯姓同僚在狱中自杀了，不免兔死狐悲，但他仍心怀侥幸，苟且偷生，自负有雄辩之才，为秦始皇父子立过大功，又确实没有谋反的铁证，他决定上书给秦二世剖白自己的心迹，他太过相信自个儿文笔的感染力了，寄望于秦二世一夜之间成为圣人，豁然顿悟。应该说，凡事所苛求的条件越多，所强求的目标越高，能实现愿望的概率就越小。李斯是资深政客，他不可能不知道这个基本常识。然而，死马权当活马医，即将遭到灭顶之灾的人只要双手捞到救命稻草，头脑中就会激活登岸生还的幻想。

李斯上书，措辞讲究，摆功摆得巧妙，用情用得浓烈，讲理讲得透彻，并且正话反说，却未能打动那位昏君的铁石心肠。李斯的信大意如下：

"臣担任丞相，治民已三十余年。秦国的土地原先很狭小，先帝时，秦国的领土不过方圆千里，士兵仅有数十万人。臣竭尽所能，执行法令，派遣谋臣，指导他们带着黄金美玉游说诸侯。厉兵秣马，修明政教，任用勇士，尊重功臣，所以能够胁持韩国，削弱魏国，攻破燕国和赵国，荡平齐国和楚国，兼并天下，俘虏六国的君王，尊立秦王为天子，这是我的第一宗罪行。领土并非不够广大，又在北方驱逐胡、貉，在南方平定百越，以显示秦朝的强大，这是我的第二宗罪行。尊重大臣，使他们的爵位非同寻常，强化他们对于国家和君主的感情，这是我的第三宗罪行。立社稷，修宗庙，借此显示君主的贤德，这是我的第四宗罪行。统一度量衡，将法律公布于天下，树立秦朝的声威，这是我的第五宗罪行。修驿道，建行宫，借此表明君主的得意，这是我的第六宗罪行。减轻刑罚，降低赋税，借此为君主博取民心，使皇帝受万民拥戴，至死不忘，这是我的第七宗罪行。李斯这样担任丞相，罪过太大，老早就该死了。

幸获皇上垂注信任，臣方得竭尽绵薄之力，直到如今。请陛下明察！"

李斯运用语言技巧，正话反说，摆功摆了七桩。检视之后，我们不难发现，他摆出的功劳全部是在前朝取得的，在胡亥治下寸功未立。他助胡亥上位，涉及沙丘阴谋，不宜见光，他提都没提。倘若单看李斯这"七宗罪"，你会觉得他是伟人，也是完人。事实上，他不可能揭穿自己的脓疮，把助纣为虐、逢君之恶的丑事、坏事自动抖搂出来。无论他的信写得多么动人，甚至连秦二世那样的狼心狗肺都能被打动，有一个死对头、活冤家却无法绕开。兔子一定要穿过老虎洞才能够活命，还用得着问那封信的下落吗？赵高将它扔在地上，狠狠地践踏了两脚，然后狞笑着说：

"囚犯有什么资格向皇帝上书！"

赵高的狡诈真可评为九段、黑带、横纲、特级大师。他让门客十多人冒充御史、谒者、侍中，不断去提审李斯。李斯次次如实相告，次次都遭到毒打。后来秦二世胡亥派宦官来核查口供，李斯不知道这回来的是救命真神，以为还是那些蛮不讲理的恶棍，他不敢再说实话，就承认自己确实有罪，以免遭受皮肉之苦。秦二世听宦官汇报案情，李斯在狱中亲口认罪，竟面露喜色。

"要不是赵君，朕差点被丞相卖了！"

大臣谋反非同小可，李斯被腰斩于市，还被诛夷三族。腰斩是酷刑中的超级酷刑，死囚被拦腰斩断，鲜血没放尽，一时半会儿死不了。旧笔记上有一则惊悚的传闻，某位被腰斩的秀才用衣角蘸着自己的鲜血，在地上连写三个"惨"字。若真有这种情形，见到的人必定终身都会陷入地狱般的梦魇而难以自拔。专制王朝的极端残忍通过一系列的酷刑表现无遗：拶（夹手指）、熏（弄聋耳朵）、劓（割鼻）、刖（砍腿）、炮烙（逼迫犯人在烧红的铜柱子上行走）、腐（割去男性生殖器）、剐（割肉离骨，又名"凌迟"）、醢（剁成肉酱）、铡（用铡刀断头）、磔（类似于车裂，又名"拉杀"）、车裂（五马分尸）、腰斩（拦腰斩断）、点天灯（挂到高竿上烧死）。当然，除此之外，还有一些，林林总总，不下数十种，可谓名目繁多。

李斯与次子（长子李由已死于战乱）被绑赴刑场，咸阳城万人空巷，个个伸长脖子看戏，有称快拍手的，也有同情落泪的。人之将死，其言也善，李斯望着面色通红的次子，临终遗言竟是这样一句："我想与你再牵着黄狗，一同出上蔡东门，去追逐狡兔，过自由自在的生活，永远都不可能了！"

父子俩相视而哭，太阳依然热辣，从此以后只为他人热辣，天空仍旧湛蓝，从此以后只为他人湛蓝，咸阳城繁华辐辏，笑闹笙歌，花香如雾，衣袂如云，都成了迷梦，昨夜的迷梦。刀光血雨之后，魂魄缥缈之余，昔日的最低愿望也升格为了最高愿望。

李斯的临终告白包含了深深的悔意，其实早在他爬上权力风口浪尖时，也就是二三十年前，他就应该预料到自己迟早会有这么一天，在权力斗争的旋涡中心，他能够苦撑这么久，已经是一个了不起的奇迹，尤其要考虑到他侍奉的是两位超级暴君。

评局：功名爵禄，误人实多

在中国古代，士子贪权慕势，往往如中蛊中邪，只有众人想不到的，没有他们干不出的。特级厨师易牙为了谋求齐桓公的宠幸，不惜将自己刚出生的儿子烹成美味，让齐桓公吃得咂嘴咂舌，开胃开心。竖刁不让易牙独美，这家伙别无所长，取得齐桓公信任的绝招竟然是挥刀自宫。竖刁和易牙"强强联手"，齐桓公老命休矣。吴起初始的理想是在鲁国当上将军，为此他不惜杀掉齐国籍的妻子，只为洗脱自己身在鲁营心在齐的嫌疑。

秦国丞相李斯崩盘出局了，仍有不少人艳羡他官运亨通，至于腰斩，甚至灭族，他们倒是并不介怀。

汉武帝时，大臣主父偃根本不把诸侯王放在眼里，提出西汉第一阳谋"推恩令"，诸侯国越分越小，愈分愈弱。同僚原本畏之如猛虎，但酒壮怂人胆，竟批评主父偃骄横霸道。主父偃的自辩词可谓披胸见臆：

"从少年以来，我游学四十多个春秋，郁郁不得志，父母不肯把我当儿子善待，兄弟将我拒之门外，宾客弃我而去，困苦的日子我已受够了。大丈夫活着的时候要是不能五鼎食，死去的时候就遭五鼎烹好了。我年纪大了，想做的事情还很多，所以要倒行逆施，快意恩仇！"

主父偃的悲剧收场可想而知，砍头加灭族，所不同的是，他咬紧牙关，握紧拳头，誓不后悔。

西晋文学家陆机因为兵败被卢志谗害，临刑前，也曾怀念故园，怆然感叹道："我想再听一听华亭的鹤唳，还哪有机会呢！"

《世说新语》将他的这句话放在"尤悔"栏目。上蔡黄犬，人人可牵，李斯却不再有资格牵；华亭鹤唳，人人可听，陆机却不再有福气听。他们都是上了刑场才悔悟，可惜悔之晚矣，就算肠子悔青，又有何益呢？倘若我们套用杜牧《阿房宫赋》的结尾，就该这么说："李斯、陆机不暇自哀，而后人哀之；后人哀之而不鉴之，亦使后人而复哀后人也。"

主父偃倒是知行合一，既然贪权慕势，就把生命当成孤注，押上赌台，愿赌服输，绝不后悔。

在中国读书人的心目中，"道德"无论经过怎样的修配和改装，一旦遭遇"势利"，就会败得极惨。结果，"道德"沦为漂亮的幌子，"势利"才是终极标靶。子夏是孔门的入室弟子，其修为不同寻常，他也曾坦白道："出见纷华盛丽而悦，入闻夫子之道而乐，二者心战，不能自决。"子夏尚且免不了艳羡势利，其他儒生，精神境界相差甚远，又怎么可能紧抱着冷冰冰的道德，在荒村野店，乐呵呵地高枕安眠？道德与势利交锋，势利就算做不到百战百胜，占尽上风则是不争的事实。由此不难看出，道德是精瓷，势利是大鼎，势利敢碰瓷，道德却不敢撞鼎。

身为战国晚期大儒荀况的弟子，李斯一生成就斐然，却也劣迹斑斑。荀子的学说如何？大烈士谭嗣同的评价只有两个字："乡愿"。何谓"乡愿"？乡愿就是同流合污，伪善欺世。在《仁学》中，谭嗣同对"荀学"的抨击相当猛烈："……故常以为二千年来之政，秦政也，皆大盗也；二千年来之学，荀学也，皆乡愿也。唯大盗利用乡愿，唯乡愿工媚大盗。"

大盗利用乡愿，就不烦多举史例了。李斯以其乡愿工媚大盗（秦始皇和秦二世），工媚的水平绝对一流，可是他最终仍难逃身死族灭的厄运，由此可见，大盗本无情，本绝情，怪只怪乡愿之徒自己犯贱，引鬼上身。还是明代异端思想家李贽骂得最痛快："阳为道学，阴为富贵，被服儒雅，行若狗彘！"

早年，李斯羡慕太仓鼠。中年，他超值实现了个人理想，在太仓鼠的队伍中担任头号领班。晚年，风云骤变，由于大库清仓而遭遇灭顶之灾。做太仓鼠，又何尝不是风险与利益并存。

当初，李斯只看到跻身皇家仓廪的好处，饱食甘肥，坐享利禄，做这样的硕鼠固然可以傲视那些专拣脏物充饥的同族贱类，却也容易结仇树敌，必然有垂涎于侧的鼠辈窥伺和觊觎那个油淋淋的肥缺。世间的风水宝地多乎哉不多也，拼挤倾轧的结果必然是权力的更替，得失翻转，祸福相倚，完全符合自然规律。丢掉身家性命，代价固然高昂，但毕竟潇洒走过一回，"五鼎烹"之前毕竟有过钟鸣鼎食，他们的悔悟也仅仅是灵光一现而已，要是再给予他们一次机会，他们仍然会追逐权势，去尝试打好几个补丁，修复几个漏洞，把悲剧的脚本改写一番，把新台词背诵得滚瓜烂熟。

食槽就是死槽，说可悲真可悲，说不可悲还真不可悲，因为各人对于生命的价值和意义有不同的理解。但在权力不受制衡的专制时代，权贵们身处权力的潮头浪尖，须维系的何止个体生命，还有亲友之外千万生灵的命运，他们的"失误"终归是一场灾难，将开启泪河血海之闸。

太史公司马迁对李斯所下的评语如何？他说：李斯从布衣开始发迹，辅佐秦始皇，抓住六国政治、军事上的破绽穷追猛打，帮助嬴政成就帝业，李斯身为丞相，可谓受到了信赖和重用。李斯深知儒家六艺的宗旨，却不肯致力于修明政治，补救君王的过失，只是一味地贪恋爵禄，见风使舵，居然听信赵高的歪理邪说，害死扶苏，立胡亥为帝。等到诸侯纷纷叛乱，他才去规劝秦二世弃恶从善，改弦更张，这岂不是太晚了吗？人们都认为李斯极其忠诚，却遭受酷刑而死，可是考查他一生行状，竟与市井的评议有很大的出入。李斯真要是极其忠诚，他的功勋就可以与周公和召公比肩看齐了，实际上却并非如此。

相由心生，相随心转。心术坏了，欲望必定失控。李斯有最多筹码，本该成为头号赢家，竟沦为头号输家，其间的落差是三千尺，还是一万丈？李斯把那个成为千古贤相的良机白白地断送了，而把那个助纣为虐、逢君之恶的反面典型高高地树立起来。

即便如此，李斯仍然是后世鼠辈们渴望复刻的顶流榜样。

历史赌场的暗黑秘密是什么？赌客可以"死"，但一定要死得明白，死得洒脱。临刑前，李斯感叹"上蔡黄犬，不可复牵"，他的游戏精神就不免受到质疑，身为赌客，其段位尚不及汉代狠角色主父偃，相比商鞅、范雎、苏秦、张仪等高手，其水平差距当以光年计。

跋

这本书写于十年前。

2015年，四川文艺出版社推出首版，书名就叫《战国九局》。

当年，吴鸿先生执掌四川文艺出版社。此前，我们素未谋面，经好友刘景琳先生介绍相识，通过微信畅聊过几次，非常投缘。

吴鸿先生是资深出版人，也是作家，还是性情中人，文化情怀不俗，出版理想甚高。听他谈论美食，烹龙炮凤，尤其津津有味。

2017年6月29日，吴鸿先生在欧洲克罗地亚考察书业时突发心梗，不幸辞世，仅得年五十有三，未尽其才，悲哉！

在当日的朋友圈，他留言"早上好"，不料竟成永诀。

"人生一世，犹如石火电光；寿算百年，恍若风烛草露。"

夫复何言？

总之，我对吴鸿先生抱有真挚的谢意，因为我们合作过《战国九局》，也因为彼此有过愉快的交往。

愿他在天堂里依旧谈笑风生。

一个人有一个人的命运轨迹。

一本书也有一本书的生存形态。

十年后，我重新修订这部旧著，相比从前，固然加深了对社会、人性、历史的理解，但总原则"看破七分，说破三分"，依然不宜更改。

为什么？懂的都懂。

不懂的，就从三分说破涨到七分说破，看看它难不难，辛苦不辛苦。

作者护读者周全，只能送他们山一程水一程，而非全程。

证悟这东西，毕竟做不到打包赠予，作者只能隔空点拨。

有时，隔一层就等于隔千层。

赌台那么小，赌客那么多。可怜许多人陷在套中，蒙在鼓里，蜷缩于蜗角之间，游荡于边缘地带。由于某些江湖豪客成王败寇，连带你的命运载浮载沉。生不得其安，死不得其所，昔之筹码，今之代价，状况相当。

相比蝴蝶效应，羊群效应或许更应该引起食草动物的反思和警醒。

一辈子太短啊，趣味、见识、觉解，多少要预留一些扩展的空间。

做糊涂虫快乐，毕竟那是虫类的快乐；做明白人痛苦，毕竟这是人类的痛苦。虫与人的悲欢并不相通，除非自视为蝼蚁，且甘心为蝼蚁。

战国九局全是示例。鉴于"人性从未有过些许进步"的定谳，你只管平视一切，自由联想，大脑风暴准定会把你直接带飞。

《战国九局》能够推出修订版，与读者见面，我要感谢团结出版社！感谢为此付出辛劳的每一个人！

王开林

2024 年 10 月 16 日撰于长沙松果书屋